海中白象

〔美〕凌岚 著

北 京 出 版 集 团
北京十月文艺出版社

目录

001　海中白象

039　潮来

077　陀飞轮

103　消失

137　烟花冷

175　豹

201　时差

257　萍聚

291　四分之一英里

337　后记　谁能在皇后区过得很好?

海中白象

每次在长岛495公路上开车，我心里都升起温柔的悲凉，这次也是。

　　驾车去冷水街看我爸，起因是东卵镇的警官梁彼得给我打电话，"你爸拖欠银行的房贷，还拿枪威胁警察"。梁彼得过去曾是我的高中同学，初恋男友。接完电话后，我也不可能上班了，立刻请假，开车去长岛。

　　东卵在长岛南汉普顿郡的最东端，地图上是一个很长的印第安土著语的名字。但人人都叫它东卵，East Egg，495高速进了那块地界立刻就像进了荒岛，路的两边连加油站都少见。公路的不远处就是海，海与路之间隔着一条灰蒙蒙慢吞吞的大河——鹈鹕河。河岸上长满密密的杂树，白色的鹭鸶和海鸥自树顶飞起来。冬天时河两岸的那些树落尽叶子，从海里吹来的风呜呜地穿过褐色的树林，吹到高速公路上，带起白色的积雪和灰尘。

鹈鹕河贯穿大半个岛，最后再流进大西洋。入海的地方叫鹈鹕湾，那里有个人迹罕至的海滩，布满大大小小滚圆的鹅卵石。从无锡移民到纽约的最初几年，夏天我们一家三口周末总来鹈鹕湾，停车不要钱，沙滩上的椅子免费……是度过夏天最便宜的去处。多年以后，鹈鹕湾是我开车去冷水街看我爸的必经之路。

我的老爸年近七旬，我想象他在冷水街那栋小屋前，右肩背一把雷明顿步枪，穿着那件黑不黑蓝不蓝的旧卫衣，瘦腿微微罗圈着，裤子皱皱巴巴，腰里别着卷尺，翻毛靴上尽是白漆和洋灰……这副老年打工者的样子法拉盛遍地都是，就他这样还想跟警察对峙？

自从小陈的事发生以后，他身边一直带着枪，而且不止一把。一开始没有拥枪执照，后来也补办了，这么多年一直都很太平。纽约州有一半人口都拥有枪，老爸只是纽约合法拥枪居民的多少万分之一……他移民前在国内当过兵，虽然是运输兵，但学会了打枪，也学会了修车。修车的技能在中年移民后变成了挣钱的职业，但是携武器威胁警察？这还是我那个胆小怕事，一辈子不走运的老爸吗？

老爸在东卵镇的房子，是冷水湖的度假别墅，是千禧年长岛地产泡沫时盖的。冷水湖过去有重污染的历史，湖边一直竖着牌子，提醒人不要吃湖里钓到的鱼，也不要游泳。我爸的小屋，小小的木结构的房子，盖在湖岸北向的高地上，每栋差不多大小，都是两卧两卫，间距不过十尺，跟联排公寓差不多，很便宜，也很少有人，房主大部分都是想借翻房赚一笔的投资人。

他打工，有时搞装修，有时修车，因为没有执照，现金流并不稳定，但这不是问题，因为照法拉盛华人极度节俭的过法，拥有再不稳定的小工作的人都会有存款，加上这房子便宜，再加上长岛的地皮税，每个月要还的房贷并不高。但我老爸不一样，他喜欢去赌场玩，他能赌到连吃饭的钱都没有。

老爸并不希望我去看他，我也尽量不去。美国日历上有几个固定的家庭团圆的节日，感恩节和圣诞节，国殇日，劳动节。每年我择其中两个日子前往，跟他小聚。如果去多了，他不好意思明说，问完我工作以后，就没有太多的话了。上一次去看他，是大半年前了。我给他带了一瓶加勒比海地区出产的朗姆酒，一瓶五粮液。我们围着冷水湖转了一圈，湖边一个人都没有。暖冬，几对没有南飞的绿头鸭在不远处的水边浅滩里打转。我爸得意地指给我看外墙上一道修补过的裂纹，从屋顶一直延伸下来。湖边地带潮湿，尤其在多雨的秋天，木屋靠近地基的一圈会长出蘑菇。

"你知道这个怎么修吗？"老爸问，说着弯腰去拍那个新补好的外墙，那一块的木头还没有上漆，露出青绿的防水处理后的实木颜色。我摇头说不知道。

"要把木头全部拆下来，换上新的。木头上长蘑菇是因为里面都烂了，黑的。光是重新油漆可不行。下雨时里面会继续烂，还会长蘑菇……"

除了给我看他修的房子，我们见面后的固定节目是他给我的车换机油。总之，见面的时候尽量找些事做，避免说话，尤其是避免提到我去世的妈妈。

小木屋的车库只容一辆车，他会先把自己的车开出去，腾出地方，然后我把车开进去。冬天就得关上车库门。先用千斤顶把我的那辆小福特悬空架起来，把换机油固定用的几块砖头垫在架高的车盘底下，四面都垫好，然后把一只两百瓦的手提大射灯塞到车盘下，人随后钻了进去。关了车门以后车库昏暗，唯一的亮光来自那个车盘下的大射灯，从下往上照，沿着福特车的轮廓照出一个光边，在黑暗的车库里像一个发光的巨坑，老爸就躺在坑里，见不到人，只听到他的声音。我站在车边，脚在"坑"的余光里，上身在昏暗中，偶尔给他递一两件工具，其余的时间就是听他从汽车底盘下发出声音，跟我说几句老套的话："你真的不需要特意跑这里来，杰西，我过得还挺好的。"我会说并不麻烦，顺路来看看，诸如此类的理由。从小到大我陪他换油陪了很多次，闭着眼睛都知道他需要哪些工具。有的时候，他什么都不需要我拿，只要我站在那里，帮他端着一只开了罐的百威啤酒。

换完机油，晚饭照例是我带他去"丹尼"快餐馆吃。在炸鸡和土豆泥送来之前，老爸避开我的眼睛，看着窗外高速公路上飞驰而逝的汽车，一边静静地喝着啤酒。在丹尼门口告别时，我们彼此都松了一口气，一年两次的见面，总算又熬过去了。我从冷水街回来，需要好长时间心里才能平静。

来美国之前我们住在无锡。他出国时我才一岁多一点，等到我们母女取得签证飞到纽约跟他团聚，整整六年过去了。在肯尼迪机场见到我，听我怯怯地叫爸爸，他愣在那里，好半天没有反应。

我和妈妈初到纽约的时候，老爸在纽约打工已经六年，修车，也搞装修。为了迎接我们，他用五分之一的积蓄，买了一辆七成新的丰田车。取车那天，一家三口坐在里面，我和妈妈都兴奋地说你开啊一直开到天边去，于是爸爸就开上了495高速，一脚踩紧油门，一路向东，开啊开啊！路边的风景越来越荒凉，一眼望过去连加油站都没有，农田接着农田，农田后是蓝色的不变的大海，最后495由三排道变成一排道，高速公路变成小镇的马路，到达的地方就是鹈鹕湾。那是我和妈妈第一次看到真正的大海。

时值7月盛夏，鹈鹕湾的海滩上还有游海的人，钓鱼的人。海水被晒得温热，大太阳照得海滩明晃晃的，我们一家人没有带游泳衣裤，但反正这里人也不多，没有人管，老爸穿着卡其短裤就走进了海浪里。我和妈妈把裙子扎在腰下部也踏进海里。妈妈两条圆滚滚的腿上皮肤真白，站在黄色的沙滩和蓝绿色的海水之间，胖胖的她像一只白色的小象。不一会儿，她赤裸的皮肤就被太阳晒红了，像蒸熟的龙虾一样。

一个星期以后，带上泳衣、防晒霜、洋伞这些沙滩活动标配，老爸带着全家再次飙车到了鹈鹕湾。我和老爸水性很好，立刻下海游。妈妈穿了泳衣，戴着遮阳帽，站在齐腰深的海水里。她不会游泳但很享受海浪，每一次海浪冲过来，她就惊讶地尖叫着背过身去。我和老爸在她的白象腿边游过来游过去，用手指搔她泡在海水里的肉腿。妈妈开始以为是水里的鱼在碰她，不停地踢腿想把鱼赶开。后来她终于意识到是我们在捣鬼，伸手来抓我们，我们飞快地游开去，她跟在后面气喘吁吁，想在海水里追上我们，最后海水淹没到胸口，她不得不停下来，看着我们游到更远的地方。我们回头望，她站在那里，举起胖手臂朝我们招手让我们回去，海浪高高低低起伏着，风把她的声音带走，但我可以清楚地看见她脸上的笑意，闪耀在阳光下。

妈妈去世后，每次她入梦，情景都是在海滩上，她穿着泳衣，四肢赤裸在阳光下，大笑着对我招手。好像她变成了鬼，都是一个白白胖胖，没心没肺，开开心心的鬼。老爸不是这样，他性格孤僻，整天非常严肃，到家就看电视，也不怎么跟我们说话。

495东段白天不堵，我很快就开到了冷水街。小区门口已经摆上几盆秋天的花，万寿菊、小叶菊、紫色的包菜花，还有几个大南瓜，几堆稻草，旁边插一个稻草人。车开进小区大门，老远就看到红蓝色的警灯在闪，停的位置，就是老爸那栋小木屋。车里坐着两个警察，一个在看报纸，一个在打瞌睡。看报纸的那个注意到我的车，立刻放下报纸，推开车门，探身朝我做了一个手势，让我原地站住。然后他跨出警车，右手按住手枪，又开腿向我走来，一边走一边惯性地微微晃着肩膀，就像二流警匪片里的样子。若不是他先给我打电话，让我知道彼得在这里，那么此刻我绝对认不出这就是自己青春期曾经的初恋，梁彼得。彼得发胖了，那身警服把他过长的上身裹得满满的，像包着一个粽子。

"请问我怎么能帮到您？这里警察封锁了。"他问，冷冷地朝我抬了抬下巴。片刻他认出了我，眼睛里发出光来。

"嗨，彼得，你好吗？"

彼得眯起眼睛，上下打量着我，好像在跟他记忆中的人做着对比。然后他咧开嘴，露齿而笑，笑的时候眼角堆出细纹。他冲我伸出双手，紧紧握住我的手，摇了几下才放开，"好久啦！毕业后就没有见过你！但经常在报纸上看到你的大名。"

岁月让彼得的脸棱角分明，他的眼睛比以前更细，好像总是眯着眼睛的模样。五官唯一没有尺寸变化的，是他的嘴唇，下唇厚而曲线饱满，是高中女生喜欢的性感的样子。那嘴唇让我很不好意思又怀旧地想起我们曾经有过的亲热，也让我立刻确认面前的中年汉子就是梁彼得。

"我进去看看老爸，劝劝他，希望事情到此为止。"我说。

"他知道你来吗？"

我摇头，电话打不通。

彼得点头，说："我现在得搜查你，这是惯例，请理解。"说着他上前一步，完全挡在我前面。

"搜身？！你开什么玩笑？这里住着我的亲生父亲，我又没有犯法。"

"我知道。但他有枪，还举枪威胁警察。"

"全纽约州超过一半人口都有枪啊！"我冲他嚷嚷。但他表情已经恢复到几分钟前那副公事公办的样子，目光也不跟我对接，只是对我做了一个手势，于是我举起双手，让他近身来搜查。

彼得弯腰蹲下，仔细地拍过我的裤腿，连大腿内侧都仔细摸过。他搜我的时候，头低下去，那个样子像高中时，他把头亲密地贴在我的胸前。我比他略高，此时发现这个曾经熟悉的脑袋上的头发已经开始稀疏，几根灰白的银丝，在太阳下闪着光。搜查上身时，他的手灵巧地躲过我的胸部。忍住这一通拍啊摸啊，我无聊地尽量看着不远处冷水街四周，那里立了两台小掘土机，掘土机不远处插着一个什么建筑公司的牌子。这种即将大兴土木的样子，跟刚才在495一路上看到的光景类似，看来经济起飞的翅膀已经飞到了这里，冷水湖的地又要开发了。

他搜查完我，点点头，说你进去吧，我们也撤了。说着掏出笔和一张名片，在名片后写了几个字递给我，还努努嘴示意，那眼神里的内容很多。我们在高中走廊里遇到时，往往心领神会地一瞥一笑。进车前彼得说："你好好劝劝吧，不要让事态再恶化，尽早搬离。买地的开发商现在催命似的催我们动手呢。"

"要是他不听我的，不肯搬怎么办？"

"有办法让他搬的。"

"什么办法？"

"扔两颗烟幕弹。"

"别啊！千万不要！我爸都快七十岁了！"

这时他已坐进车里，将车启动，一掉头，绝尘而去。

整个冷水街就我一个人，我把手里的名片翻过来，后面写着一个手机号，是他的个人号码，还有一行小字："灯塔山坡，东卯大街16号，下午五点半。"我把名片胡乱塞进手提袋里，急忙朝那个熟悉的14号门前走去，没走几步，就听到窗户啪地推开一道缝，一管黑漆漆的枪口伸了出来。

"别开枪！老爸，是我，杰西！"

就听到哗啦一声，步枪的保险栓解锁的声音。随即门开了一条缝儿，让我钻了进去，又立刻关上。门里老爸一手扶着枪，一手跟我致意，然后带我朝厨房走，那里是他的"宿舍"。

老爸看上去比他的实际年龄要年轻。常年做装修或者修车这些体力活儿，他皮肤黝黑，身材精瘦，给我开门时腰板挺得笔直。我跟在老爸后面往厨房走，房间里跟我上次圣诞来时一模一样，连门厅里花架上的吊兰，客厅里的飘窗上窗帘的挂法，甚至空气清新剂的香味儿，都没有变化。这个房子整洁得不像有人住，更像售楼处的样板间。

老爸为了卖个好价钱，基本舍不得用，自住的生活空间集中在厨房和旁边的小浴室里，让整个房子尽量保持着崭新状态，"买家随时可以拎包入住"。

厨房里完全是另外一幅景象，空气里飘着"老干妈"辣豆豉的气味，灶台上有半锅煮方便面的汤，酸辣的调料味重得就像工业废料。水池里堆着一些还没洗的碗筷。厨房一侧靠近暖气出风口的地方，摊着一张充气床，上面堆着枕头毯子被褥。在枕头一侧的墙上，挂着一张我大学毕业的照片，除此以外，这就是一间单身宿舍。

他把步枪立在照片下的那面墙边，从吧台下拖出一个高脚凳，让我坐下。然后打开吊柜，从里面拿出几只番茄酱罐头："你饿吗？就剩下这些老美吃的罐头汤了，方便面已经吃完了。"我想不出还能吃什么，罐头汤是可以的，我盯着那把步枪上的瞄准镜出神。

"我记得这把枪不带瞄准镜啊！"

"对的，这不是原来的那把。现在连沃尔玛卖的气枪都带瞄准镜了你知道吗？"说着他已经把热好的罐头汤端过来，顺手把厨房岛台上的垃圾广告单顺了顺，在我面前清出一小块地方。老爸对枪一直很热衷，到美国以后不久就被朋友带到宾州的枪展，他的第一把步枪，就是在那里买的，一把二手的雷明顿步枪。

厨房岛台上有一沓五颜六色的广告单，最上面一张是手枪射击场的广告。我把那片广告单捡起来看，那个地方我去过。老爸教过我打步枪，教过我把枪搁在肩膀的哪个位置，能减小子弹发射后的后坐力。我一边喝汤，一边看这些广告彩页，心里盘算着怎么劝固执的老爸搬出去。

这栋小小的度假别墅只有一层，一客厅一居室加两卧一浴一厕，老爸买入后，在后院又加盖了三分之一的面积。前房主破产，被银行强制没收房子前，一气之下，把屋里能搬走的东西都搬走，搬不走的统统用铁锤打烂，比如厨房里原有的冰箱和炉灶、洗碗机都被撬下来拉走了，橱柜运不走就用榔头打破；厕所里的洗脸台子、抽水马桶都被卸下来拿走了，房子就剩下一个空壳子，"跟英法联军洗劫圆明园一样"。

"英法联军洗劫"后，房子的估值再次压低，拍卖会上卖得三文不值二文。老爸跟着他的朋友"翻房"，从他搞装修时就开始了。他入手的小别墅只花了六万美元，原价的一半都不到。先是借钱现金购入。购入后到银行做抵押借出贷款，拿出钱来装修。等房市升温了出手卖掉，就赚啦，然后你就可以买进第二栋房，装修，再卖出去，再买第三栋，再装修……这就叫"翻房"，这是老爸给自己设计的财富独立路线图，冷水街这栋房子的装修，的确是照"路线图"走的。

之前老爸翻一套房，赚了近十万美元，这个钱，对我们来说简直是飞来横财。所以冷水街的开发商破产，银行委托法院拍卖房子时，他毫不犹豫就买下了，以为装修了很快就能卖出去，一切都照计划进行，直到出了小陈的事故。

*

我妈到纽约以后一开始是做保姆，一年后盘下一家美甲店，很挣钱也很辛苦。每次从美甲店下班回来，她先要把所有的衣服换了，扔到洗衣房，然后从头到脚好好洗一个澡，"把指甲油的化学气味洗掉"。她有几套固定的去美甲店上班时穿的裙装，那些套装看起来很正式，其实是合成纤维的料子，可以放洗衣机里洗，不走形。套装配着百褶裙，很短，坐下以后露出膝盖以上大腿白腻的皮肤。妈妈坐下来以后，每次都用手按一按裙裾，那个动作很有女人味儿。

她虽然胖，但是皮肤细白，加上会保养，一直是个美女——瓜子脸低头时露出浅浅的双下巴，挑得细细的眉毛下一双水杏眼，每天出门都勾眼线，嘴唇上涂着浅浅的口红，头发染过又烫过以后再用酒红色塔夫绸的发圈扎成一个松松的马尾。我妈喜欢穿裙子，GAP店换季时打折打得很厉害，连衣裙三四美元就可以买一条，她看到喜欢的就买，回家后用缝纫机把腰改小，把裙子截短，胸口露出白白的皮肤，两条赤裸的玉臂，超短的裙裾下是一双白腿，夏天穿着一双半高跟的凉鞋，在法拉盛缅街上袅袅婷婷地走过，去买一把葱，几个桃子，一路上都有人回头看她。

这么山清水秀地在街上走，曾经是我妈最喜欢的休息方式，"杰西，跟我出去透口气好吗?"她喜欢这样邀请我，于是我欣然同往。每次上街转，她舍不得花太多钱，但最后我们都会到法拉盛中心的排档摊吃一顿晚饭。妈妈一周六天半的时间都是在美甲店里帮客人画指甲，在缅街上散步闲逛对她来说是奢侈，"不干活嘛，当然就是休息啦"。

老爸的装修公司有个老搭档小陈。小陈跟我们一样是靠亲戚移民来的。他不懂装修，但拉得到生意，因为他是温州人，法拉盛有一个盘根错节的温州帮。老爸这个小公司接的装修大单子，都是小陈介绍的。比如帮"新中国超市"装修地下二层的停车场，那就是小陈介绍的生意。因为这些关系，老爸很照顾小陈，知道他做不了重活，对建筑施工一窍不通，小陈开始时帮着开车接送工人，在午饭时帮他们买饭买饮料，其余的时间不干任何重活，只管打打电话拉客户。小陈负责拉生意，装修让老爸来做就行了，照样分钱，到后来他们熟悉了，小陈连工地都不用去，由老爸新招的副手负责开皮卡接送工人。

不去工地，小陈白天有大把的时间在法拉盛缅街上逛，慢慢他就逛到我妈开的小店。若是中午，他会帮我妈带个外卖，肉炒双冬，水煎包……这样他们就成了朋友。我妈下班回来，喜欢让我在厨房的小桌上做功课、看书，她在不远处一边做晚饭，一边跟我说话。若是她提"小陈说……"那我就知道那天小陈又去她店里了。

小陈单身，但有一个同屋。这种同屋形式在唐人街华人单身男女中很普遍，我小的时候并不知道是怎么回事，以为就是分担租金和水电的roommate，其实不是。小陈去妈妈的美甲店久了，就开始来家里吃晚饭。妈妈会提前下班，去中国超市买了新鲜蔬菜和鱼肉，回来在厨房里忙进忙出。比如油炸黄鱼这种技术难度高一点的菜，假如小陈第二天准备来吃晚饭，我妈会在前一晚把鱼洗好，用盐腌上，再用筷子支成架子把鱼晾起来。做油炸类的菜，她用塑料浴帽把头发先严严实实地罩上，等菜端上桌以前，她会去浴室把浴帽摘了，洗一洗，重新化个妆什么的。小陈来吃饭的晚上，多半是老爸在外州做大的装修项目，晚上回不来。

　　小陈移民前是温州市什么国营厂宣传科的公务员，他有一双修长白净的手，优雅地放在桌上，安静地等着我妈端菜盛饭。他的右手食指上套着一枚宽宽的白中泛紫的玉戒指，玉的两侧镶着细细的金边——"翡翠之翡，不是普通的白玉啰，"小陈纠正我，"这个叫扳指，是男人戴的戒指。"小陈第一次来我们家的时候，那天学校只上半天课，中午就放学了。小陈见我推门进家，客气地跟我打招呼，见我不吱声，他讨好地把扳指脱下来让我玩，又跟我絮絮叨叨，解释翡翠和玉的区别。他整个人和他那双手一样，也是修长白净，衬衣永远熨得平平整整。

　　饭桌放在厨房门外和客厅之间的一个小空间里，我和小陈就坐在那里，沐浴在厨房飘出的带着葱姜蒜香味的油烟里，静静地等我妈妈从浴室出来，衣服也换了，唇和眉都描过，然后再从厨房里变戏法似的，一样一样把菜端出来，摆在小陈面前。小陈的眼睛，不看菜，就看妈妈。妈妈对我说，等你爸爸回来，我们再做同样的好菜，补偿他一顿。她说这话，我就很兴奋，这么一来，那周就可以大吃两顿啦。

　　小陈是一个讲究的人，带来的酒也很讲究。一次带的是意大利出的白葡萄酒，另一次带的是北方出产的带酒精的苹果汁，反正都是我和妈妈没有见识过的东西。这些酒都是起泡的，浅金色液体倒进杯子以后会在杯底翻腾着，像脱了地心引力的云朵一样不停地往上涌。我妈会不由自主地舔舔舌头，轻声细语"不用那么多，一点点就好，我容易醉"。

　　那时我才八岁，在一边也闹着要喝。我妈有时候会匀给我一小杯尝尝，不能多。饭后我就犯困了，有时连作业都不写，就上床睡觉。我们那时租住在罗斯福大道的一室一厅小公寓里，公寓的墙壁很薄。但妈妈和小陈在隔壁说话，他们喜欢一边看电视剧一边说话。

我有次醒过来，屋里的灯已熄，身上已经盖着被子，从沙发里坐起来，卧室的门关着，里面透出灯光，传来电视剧的声音。我叫了一声妈，没有人答应，又叫了一声，还是没有人答应。只好继续躺下来，睡不着，闭着眼睛。卧室里电视开着，说明妈妈在家，于是我就不害怕了，闭着眼睛迷迷糊糊又有睡意袭来，过了不知道多久，我听到卧室的门吱呀一声打开：

"你别下楼了，我自己走，把门带上就好。"这是小陈的声音。

妈妈说："好吧，小心走路。"她的声线很细，这时有点疲惫的嘶哑，娇滴滴的像小孩子，我从来没有听到过她用这种声音说话。

我无缘无故突然很害羞，好像自己做错了什么事，几乎屏住呼吸，把眼睛闭紧，不想让他们知道我还醒着。大门的撞锁咔嗒响了一声，小陈的脚步声渐远，我才松口气。我妈以为我睡着了，打开客厅里的一盏小台灯，走到浴室里洗澡，一边轻轻地哼着歌。等她出来，从浴室带进屋里一团香波的热气，那热气湿乎乎的，让我突然很生气，我一个打挺坐了起来，对她大喊："我要睡觉！妈你真吵！讨厌你！"

她吓得一哆嗦，裹住身体的大浴巾啪地从手里落在地板上，妈妈全身赤裸地站着，长头发上的水滴在胸口，又滴到地板上。脸色煞白，呼哧呼哧急促地喘息着，肥厚的乳房不停地起伏，她用手按着胸口，跌跌撞撞地往前走两步坐进长沙发的另一头里，把头埋进手里。没有想到她会被吓成这样，我爬起来从地上捡起浴巾给她盖上，然后挨着她坐下，依偎着她，头靠在她的胸上。妈妈闭着眼睛沉默。

妈妈个子小，但胸很大，加上她过去一直在无锡纺织厂当女工，做体力活，胸肌很有力。过去我们在无锡的时候，我爸先到美国，好多年家里就剩下我们母女，晚上我喜欢跟她睡，睡之前总是隔着睡衣摸她的乳房，然后顺着往下一直摸到肚脐下多肉隆起的小腹，再往下，我才腻心地把手挪开。那时我几岁？三岁？五岁？好像都是。有时我玩得兴起了，索性爬到妈妈的胸口压着她。她嘴里呵斥我，但并不推我下来，而是用手紧紧搂住我，身体发出热力和好闻的香味，于是我慢慢睡着了。

无锡的家里没有浴室，洗澡需在房间里先搬一个木盆，烧了热水兑上自来水，坐在木盆里洗。为了省水，她总是先让我洗，我洗完了，妈妈再脱下衣服站到木盆里。洗完澡我就在一旁做作业，看着妈妈一件一件地脱下衣服，然后小心地跨进水盆里。她浑身健壮的白肉，肥壮的两腿之间黑色浓密的毛发……我从小就习惯大人赤身裸体——不明白这次为什么她会惊吓成那个样子。

自从那次以后，小陈就不再来吃饭了，至少我没有撞到过。经济起飞，装修项目多到做不过来，老爸在Home Depot多雇了几个做短工的老墨，老墨人数雇得多了，需要小陈一起出车带他们去工地。小陈出事那次，是老爸带着他在宾州做一个办公楼的防寒抢修。那天除了修房顶的两个专业师傅，一共带去了六个老墨，他和小陈各开一个大皮卡载人装材料。

老爸突然后半夜回到家，把我和妈妈叫醒，告诉我们小陈正在医院里抢救，他从两层楼高的梯子上跌下来，轻则双腿粉碎性骨折，最坏的情况可能下半身瘫痪。我妈哇的一声大哭出来。老爸见状迟疑了片刻，过去用手轻拍着她的背，说："我们赔点医药费也是应该的。"那一刻，他想当然以为她就是被突如其来的事故吓住了。他扶着妈妈坐回到床上，帮她盖好被子。妈妈号哭着，整个人蜷缩成一团，背对我们，面朝墙壁哭了一夜。

小陈这个肩不能挑担手不能提篮的人，怎么会举着重达几公斤的桶，爬上两层楼高的梯子，这一直是一个谜。事故发生时正是黄昏，他提着满满两罐封闭外墙用的耐水泥子，给趴在房顶修理的师傅送上去。我爸爸后来跟律师说，那天是寒潮来袭的前几天，必须抢在天黑前修好屋顶，修好才能回法拉盛。因为工程比原先预计的复杂，人手不够，连小陈都得去工地搭手帮忙。谁也没有注意梯子的下端缠着一根户外电线，电线蜿蜒着拖得很长，接到另一面墙上的电插头上。暮色里我爸推着小车经过梯子边，他根本看不见地上的电线。车轮绊在电线上，扯着拉动了整个梯子，梯子翻倒下来，梯子上站的人应声而落。

小陈家的亲戚请了律师要起诉老爸的公司。律师来向我父母做案情陈述。律师反复询问小陈跟我爸的工作细节，公司一年来的项目安排，想从中找到蛛丝马迹的犯罪动机。

小陈的家人强调他极少去工地，没有任何施工经验。问来问去，我妈妈跟小陈共度的那些时光，慢慢浮出水面。最后小陈家决定撤诉，老爸同意赔偿十几万美元的医疗费。刨去生活用度，人员开销，十五万美元是他这三年开装修公司的盈利，包括第一次翻房的战果。

事故以后，老爸虽然还跟妈妈和我同住，但他基本不跟妈妈说话。他也不再出门工作，尽量不见熟人。家里来电话，他尽量不接，一是怕原来相熟的朋友跟他打听小陈的事，二是怕老客户来电话，找他做装修上的小活儿。慢慢地，也就没有人给他打电话了。

一开始他白天在家里，要么睡觉，要么看电视。我放学回来，常常看到老爸坐在客厅唯一的沙发上，双脚架在一个茶色玻璃面的咖啡桌上，盯着电视出神。他的脚下横七竖八地压着超市免费送的杂志以及几个月前的《世界日报》周刊。咖啡桌的一角是吃泡面后的脏碗加一杯喝剩的茶。老爸除了不穿比基尼，坐姿跟那些彩印旅行杂志封面上的模特一样，都是半躺半卧。那些模特坐在泳池边，手里举着一杯带冰的鸡尾酒，眼神迷茫地望着画面外。

那时我们家里没订购有线电视节目，电视里能播放的就只是三五个免费频道。老爸也不知怎么找到一个纽约交通台，反复放着纽约交通实况，间歇穿插着抢劫枪击案的视频，一般都是发生在便利店或者快餐外卖店的半夜抢劫案，连画面和犯罪分子都差不多——低分辨率的监控视频里，两三个穿套头卫衣和肥大牛仔裤的少年从门外冲进来，一手持枪指着店员的脑袋，一手提着自己的裤子，一迭声地要店员交出现金，店员则一迭声地哀求，哗一声打开收银机……视频里的三人都带着浓重的布鲁克林口音，连最后的那一连串枪击声都是按照同样的节奏，好像在模仿饶舌歌里的鼓点。

一开始我还怕看那些暴力画面，抱怨后老爸会把电视切换到静音。但第二天回家，又是同样的视频和音量。慢慢我也习惯了，持枪少年的号叫，受害店员的哀求都已经失掉现实感，我在旁边做作业，甚至暗中期待枪击声响起，就像听着广播里放的耳熟能详的流行歌曲，期待着下一句歌词。

等我妈下班回来，老爸会立刻出门，或者躲进另外一个房间睡觉。他在卧室里摆了一张折叠床，晚上我若上大床休息，他就睡在旁边的折叠床上。我妈则睡在客厅的沙发上，彼此互不干扰，也不吵架。两人在家里见到，从来不对视。我爸有什么事要交代，即便是他们在同一个房间里，也是通过我——"小杰，跟你妈妈说，房东来催过房租了！""跟你妈说，银行来了税单。"

老爸停止看电视，是因为公寓修理管道，那几个星期下午时间公寓停水停电，没有电视可看。这样老爸被迫转到室外。我坐校车回家，校车行到法拉盛最热闹的缅街，我在校车上看到老爸一动不动站在罗斯福大道和缅街交接的十字路口。街对面是一栋三层的旧楼，若干年后它被"新世界"地产公司以创纪录的投标价格买去，推倒后盖了十二层高的新世界大厦，成为法拉盛的新地标，那是多年后的事了。老爸盯着看的是新世界大厦的前身，那栋三层楼高的旧砖楼。我也不明白他那么入迷地在看什么，问他，他支吾着，也说不清楚。看着看着，他会不由自主地眯起眼，举起手来，指指点点，目测街对面三层高的灰色小楼，口中还无声地念念有词，像在跟人说话。就这样，他能消磨好久，而且时间越来越长，到后来他大半天都站在那里，呆呆望着，不肯回家。下午三点以后法拉盛缅街开始忙了，人潮汹涌，老爸是那个路口唯一静止不动的人。

几个月以后，当他中蛊一样伫立街角，老爸遇到在四川当运输兵时的战友老赵。老赵在长岛东卵郡有各种生意——餐馆、亚洲超市和修车行。老赵帮老爸搬出了法拉盛，离开了我和妈妈。老爸在老赵的车行里打工，晚上就住在那里。

妈妈是乳腺癌走的。那时我在纽约大学上大三。最后那天在皇后区医院，我去看她，发现妈妈已经没有力气吞咽食物了，护士准备把一根长长的胶皮管从她的鼻子里伸进食道，然后通过管子把维生素和营养液的混合物压进她的胃里。老爸跟护士争辩，说这办法是变相折磨。护士坚决地摇头，"这是医院的治疗政策，必须插管！"

这时妈妈忽然从昏睡中醒来，睁开眼睛，我叫了她一声，她微微朝我的方向看一眼，从嘴里挤出几个字："小妹头来了，好啊！"声音又薄又弱，像稀薄的纸袋里装着什么东西，随时都会裂开来。那装着的东西，就是她的命吧。妈妈比以前缩了一号，原来丰满的身体又小又干，双目深陷。她的灵从睁开的眼睛中往外看。那个灵还活着，至少在那一刻。医生说她视力不中用了，在光照下她只会对着光眨着眼睛，像乌龟一样，但不能聚焦。我去拉她的手，她手上的皮肤是这样的薄，膜一样撑在骨头上，摸上去骨头特别硬。没有生病前，她有一双雪白的胖手，每一个指关节上有一个小窝。

从医院出来，我知道妈妈就要死了。离开后不到两个小时，我决定折返医院，在7号线地铁上接到老爸打来的电话，宣布噩耗。

自从妈妈去世，我自己身体的一部分也仿佛沉入大地——它没有消失，它往下，钻进土里，每时每刻都往下走进地层深处。像秋天地里准备过冬的虫子，纤细的触角和爪子抓住泥土，努力地下行，朝地表之下，无边际的暗黑混沌之中。即便每天照常作息，在公司里，坐在电脑前，开电话会议，坐地铁上班的路上，平静的日常，我都能感觉到那脆弱的肢体，在冰冷的泥石里深深划过。这些沉默的泥土，隔开了我和老爸。

*

喝完罐头汤，老爸自己躲到客厅里看美式橄榄球赛，我无所事事，觉得很闷，借口出门帮他买东西，开车离开了冷水街。出了门，我不知道往哪里去。时间过了下午五点，已经日落，西北处的天空现出粉红色和橘色的余晖，但整个天空在迅速地暗下来，路边堆的残雪在车灯下是脏脏的青白色，整个东卵的路上没有多少行人，整个大地被慢慢升起的阴影笼罩。

我开车转上东卵主街，那里有一座两层楼高的红白双色的灯塔，塔身打着黑色的字母，Beacon Hill, Bar and Restuarant。不用说，那便是"灯塔山坡"。这就是我想来的地方吧，心心念念。

店门口没有停几辆车，看不出来哪辆车属于梁彼得。我进了灯塔店。吧台前坐了两三个男人，同时抬头打量我。这几人肤色各异，却有几分相像，都长着圆中带方的胖脸，很高的发际线。彼得面前的啤酒已经喝了大半杯，他换下制服，现在穿着毛衣和牛仔裤。我在他身边坐下，也叫了啤酒。我注意到他盯着我握酒杯的左手看了一会儿，侦察我手指上有没有戴婚戒，然后抬眼打量我，微微笑着说："你的'画像先生'呢？"

我愣了一下，想起来他说的是我曾经约会过的长岛本地一个著名作家。"著名作家"豪宅的客厅里挂着真人一比一的巨幅画像，他自己的。所以也就得了这么一个绰号。

我和"著名作家"火热约会的那年，他的一部小说入围"国家图书奖"的长名单，因为这个荣誉，他当选那年的拿骚郡年度人物。媒体到他家里采访，我也在，我们双双坐于巨幅画像下的照片上了本地报纸的头版——"勒内·史密斯和他的同样是作家的女友杰西·王"。这段报道估计我们高中的同学都读到了。彼得的语气都带着醋意。

我耸耸肩，问："那你的辛迪和孩子呢？"梁彼得结婚生子，在校友通信录上有大字宣布，并附有多幅婚礼彩照，算是对我的"画像先生"扳回一手。

"今晚是我们分别活动的晚上，每周一天。婚姻关系指导推荐的。一会儿我去看电影，她晚上去做热瑜伽，跟朋友喝酒。"说完他用手指弹了弹一张皱巴巴的旧报纸，上面是东卵郡电影院的档期。他举起报纸，指着其中一条，"这就是我今天晚上要看的电影，谁演，演的什么，这里写得清清楚楚。"说完彼得看牢我，说，"你想不想跟我去看电影？这样我也可以回家汇报，而不是坐在酒吧里编一晚上故事。"

我想笑，啤酒沫从嘴角溢出，滴到衣服上。

"瞧瞧你这衰相，怪不得嫁不出去呢！"彼得开心地哈哈大笑。我狠狠朝他拍一巴掌，掩饰自己的窘态。

彼得接住我的手，把我的手贴近唇边亲着，我的手心里满是他嘴里湿热的呼吸，从我的手上，移到我的脸上。

几分钟以后，我们回到他的车里。我尝到他嘴里湿热的啤酒味儿，我们像两只扭打在一起的发情的猫，在车后座上翻滚着。梁彼得忽然停下，说离这里十分钟的路就是汽车旅馆，我们不能在车里来，主街上来往的人都认识我，我管这片。说完他按了按自己的裤裆，打开车门，坐回到驾驶座上发动了汽车。

半个小时后，我们再次变成两只扭打在一起的发情的猫，这次滚在汽车旅馆柠檬黄色的床罩上。我们都没有发出任何声音，像默片里绝望的情人，无声地把事情办了。彼得停下来时，我才意识到他压在我身上的重量，那是记忆里高中时的两倍。床头墙壁上的顶灯，其中一个灯泡快熄了，不停地一亮一暗闪着。我用手臂挡在脸上，遮去那刺目的光，也不想看到彼得的眼睛。彼得没有说话，默默地把身体从我身上移开，躺在那里一动不动。过了好长时间，听到他叹了一口气。他起身，我听到衣物窸窣，裤子的拉链拉上，皮带金属扣合上。"杰西……"彼得打破沉默，但说不下去了，我仿佛可以看到他脑海里飞快闪过的各种借口，他不能留下来陪我……

"杰西！"梁彼得又叫了我一声，声音凄凉。我坐起来，他已经站回到床边，弯腰看定我，他的脸凑近我，几乎可以闻到他嘴里的汉堡和万宝路香烟的味道，胖脸里可以依稀看出过去那个英俊的运动员的瘦脸，好像叠映的照片。我忽然觉得鼻子有点酸，我们这些一起长大的人，如今在汽车旅馆里见面！

"你走吧，我现在得回冷水街去了。"

"叫你爸千万不要开枪！记住了吗？我不是开玩笑，如果真枪实弹，他的步枪哪里抗得过我们那么多条AR15！"

第二天早上醒来时，太阳从起居室正面墙的三排窗顶照进来，直照到我脸上。和衣躺在客厅的长沙发上，我爸不知什么时候进来给我盖了一条羽绒毯子，我的头下枕着一个很旧的枕头，估计也是他塞给我的。

我起身走出客厅，发现老爸已经端着枪站在客厅的窗边。窗帘被枪管微微挑起，可以看到前院并排三部黑色的雪佛兰警车，几个警察躲在车的后面，我看不清梁彼得是不是在其中。在我们家前院不远处，停着一辆长岛13台的电视直播卡车，卡车前，背对我们站着一个穿西装套裙的女人，手里拿着一个麦克风模样的东西，在絮絮地说着什么，离她几米外有一个肩上架着摄像机的男人。

我睡眼惺忪地盯着这个直播场面发呆，直到一个高音喇叭里传出梁彼得的声音："这是给你们最后的警告，冷水街14号的居民，请你们迅速离开住宅，警察受东卵法院委托，委托书号10034，前来接管14号……"经过电子扩音器的处理，他的声音变得很尖厉，法拉盛华人社区特有的口音被放大，听上去很可笑。

"这次警察来了一个小分队的人啊，我可以数出一共有多少条枪，七条！这帮匪徒！"我爸冷冷地说着，高音喇叭里的声音明显激怒了他，他脸色严峻，集中注意力时眯起双眼，整个脸显得又小又皱。他把枪端到窗口，随即把步枪的枪栓推上去，子弹上膛哗的一声，吓了我一跳。第一次，我真正觉得害怕了，脊背发凉。

"爸！"

"嗯，杰西！"

"你真开枪吗？你打得过吗？"我的声音都在发抖，"打不过怎么办？"

老爸吃惊地转向我，张开嘴想说什么，又发不出声音，好像突然被我问住了，看来他从没有想过这个问题。恐惧让他整个人矮了下来。这是我生平第二次看到老爸害怕。第一次，爸妈在罗斯福公园吵架，我与他们走散，他在公园里急得团团转，像疯了一样大声地叫我的名字，先是英语，然后改成无锡土话叫我的小名。我不过躲在几米外的一棵大橡树后面，赌气不肯出来……

我正想上前拉他离开，就听到客厅的玻璃哗地被打碎了，碎玻璃溅到我们俩的身上脸上，他的脸已经挂花了。

随即一只打开的烟幕弹落在客厅天津地毯上，咝咝地尖叫着，一缕缕刺鼻的烟飞快地升起，迅速占满客厅的空间，空气像被一只无形的吸尘器吸走，变得稀薄。眼睛喉咙鼻腔肺里都像着了火一样地刺痛着。我用衣服的前襟遮住鼻和嘴，往厨房里撤。到了厨房，我想喊老爸一起进来，一张口，辛辣的气味狠呛进喉咙，我忍不住剧烈地咳嗽起来，耳边听到老爸的咳嗽声……

几分钟之后厨房已经充满浓烟，再也不能待了。我视线模糊，眼泪鼻涕像下雨一样，跌跌撞撞再次冲出厨房，往门厅里走，走到门厅时视线模糊得连门把手都看不清，我双手摸索着，打开了前门，迈出门几步，一头栽倒在草地上。头和胸都剧烈地疼痛着，但嘴里呼吸进草地上的空气，已经好了很多，我卧在草地上，把头微微侧向一边，可以好好呼吸周围甜蜜的空气。

几只手抓住我的胳膊，狠狠把我从草地上拖了起来，朝院子外飞奔，一直拖到警车后面的安全地带才把我放下。坐定后待视线恢复，可以看到几个警察戴着防护面具躲在另一辆警车后面，严阵以待，一动不动，唯有其中一个，往我这里转头看了一下。看身形我认出那是梁彼得。他们每一个人手里都有枪，枪口对着小屋的方向。

高音喇叭的电磁干扰声打破了屋外的安静，然后听到梁彼得被喇叭放大的声音宣布："他出来啦！"我半立起身体，朝老爸家的前门看。大门洞开，灰色的烟雾里，出现老爸佝偻着的身影，他脸上蒙着一块什么布，几乎遮住整个脸。若不是从那熟悉的屋里出来，我根本认不出这是老爸。

忽然喇叭里一声尖叫，"枪，他端着枪！"恐慌感淹没我们这些汽车掩体后躲着的人，接着是听到噼里啪啦推子弹上膛的声音，近处、远处都是，我辨不出方向。

我的脑海一片空白，突然我大喊一声，"爸爸！"一个鲤鱼打挺站起来朝他跑了过去，四周的警察啊地惊叫着。

　　我的身后是一阵奇怪的猛烈热辣的风声，那风带着千军万马的爆裂把我扑倒，我爸带着痉挛一样的姿势丢下他手中的枪，扑倒在草地上。

　　像久别重逢的亲人，我们几乎同时向对方扑过去，那一瞬间，我眼前恍惚出现一片熟悉的海，我们又回到了鹈鹕湾，到美国最开始的几年……

　　海水又咸又苦又清凉，一道道闪电一样的光打在海水上面，晃得人睁不开眼。岸上的救生员使劲吹着哨子，老爸说："美国佬就是胆小，这么几下就让我们回去了。我们就在这里待一会儿。"警戒线外的碧蓝的海水从眼前一直伸展到天边，无穷无尽，老爸指着远方说那就是大西洋。

　　"这里呢，这里是什么？"我问。

　　"这里是我们的家。"老爸回答。

　　"现在到哪里去？"我问。

　　"我不知道，你跟着我就好了。"

　　老爸骄傲地说。他的赤铜色的身体，随着浪头漂起又落下。他深深吸一口气，一个猛子扎进水里，伸手示意。我照做，把头也潜进水里。耳边还是响着救生员的哨音，若不是在水里我差点笑出声，我们在警戒线外转了片刻，直到救生员吹哨子一声比一声急，恨不得跳上快艇摩托船朝我们冲过来，这才慢悠悠地掉转头朝妈妈站的方向游回去——海水被阳光照得透明，像一块亮绿色的玻璃，透过玻璃可以看到海滩上的人，他们在无限深的玻璃的尽头。妈妈也在那里，她正全神贯注地对着海眺望。猛烈的海风掀动她罩在泳衣外的连衣裙，露出下面一双粗壮健美的白腿，海浪带着舞蹈一样的节奏，缓慢地扫过海滩，细碎的波涛在她脚下聚起又散开。妈妈变回一只年轻的白象，站在蓝色的浅水里，等着，等着我们这两个美洲大陆上的亲人回家。

潮来

1

老麦去复诊是在星期五。之前一天，星期四，沈宁原本准备一放学就回家。但那天中午收到奥利佛的短信，要在课后来找她。奥利佛是沈宁闺蜜米佳的儿子，11年级，在上沈宁教的高级物理课，最近一次考试考砸了。沈宁以为他是来补考的，也就答应了。

高级物理课的补考，一般是在图书馆的小会议室里。沈宁的课补考程序是这样的：学生先把卷子重新做一遍，然后再做十分钟的讲演，把学期当中最难的一个物理概念讲清楚。可是那天下午，过了约定的两点四十五分，奥利佛没有出现。三点，奥利佛还是没有影子。到了三点四十分，辩论俱乐部的学生走了进来，问沈宁还用不用那间小会议室，沈宁这才意识到自己已经等了近一个小时。查看手机，无短信，确定是被奥利佛放鸽子了。她气哼哼地收拾摊在桌上的东西。这时小会议室已经站了七八个辩论团的学生，他们嘻嘻哈哈，其中两个学生大声背诵着下次辩论会的背景知识，一边添油加醋地打趣着这些数据，引起更多的笑声。那些年轻笑声像泡沫一样富有感染力。沈宁忍不住问他们，可曾看见奥利佛没有？这几个学生都摇头。

晚上，沈宁梦中听见那些年轻的欢声笑语。在梦里，那些无忧无虑的笑声，像一道道的光，像夏夜里的萤火虫，在空气中舞动着弥漫着。她梦见自己跟丈夫老麦，以及两个孩子，黛安娜和卢卡，在这些光亮组成的小路上走着。小路蜿蜒曲折，戴安娜和卢卡不是现在成年的模样，他们只有七八岁。老麦也是退休前的样子，精神抖擞，脚步轻快。他们三个飞快地向前走，沈宁渐渐落在后面，四周大朵的白云像浓雾一样飘动着……

醒来那一刻，沈宁隐约还记得梦里是夏夜，他们一家四人，还有别的华人，一道去米佳新家附近的海边，一起看夜色中的潮涨……

睡在卧室里另一张床上的老麦正在打呼噜，他打呼噜的声音像唱戏，有高音部独唱，有低音部和弦。沈宁半梦半醒时听到，心里升起另外一个担忧，也就把原先学校里的事忘了。她拧开台灯，盯着躺在床上的老麦看了一会儿，然后决定起身，走到老麦的床边，掀起羽绒被的一角，并排躺下来。她伸出手臂抱住老麦的身体。老麦迷迷糊糊地醒来，嘴里支吾了两句，又继续酣睡。

卧室的墙角有一枚夜灯，米老鼠造型，装夜灯是因为一年前老麦起夜跌倒。夜灯是儿子卢卡小时候用过的东西，全家第一次去迪士尼时买的纪念品，沈宁一直舍不得扔掉。

从米老鼠发出的光里，依稀可以看到老麦熟睡后的样子，下巴以及颈项上的肌肉松弛，嘴唇干燥，嘴半张着，黑洞洞的口腔中飘出干燥的腥味。呼噜停止几秒钟，老麦似乎感到窒息，他猛地合上嘴又大大张开，喉咙里发出奇怪的咕噜声，像是溺水的人在挣扎。沈宁吓得猛地推了他一下，想把他摇醒。可是老麦并没有醒，不过，呼吸平稳下来，嘴也合上，脸上的表情渐渐安详。

地下室锅炉房传出轰轰声，卧室地板上的出气口涌出一股热风，这熟悉的声音让沈宁松了一口气。不知从什么时候开始，她心里常有一丝莫名的恐惧。

四年前老麦退休，从他做合伙人的律师事务所退股折现，老麦发了笔财。为了庆祝，那个夏天老麦和沈宁一起去西班牙和葡萄牙旅行。三个星期后回家，到家时已经是半夜，他们把两个大旅行箱拖进玄关，就上楼洗洗睡了。

第二天早上，沈宁醒来以后，发现老麦已经坐在厨房里了。下楼时候，看到他满脸惶恐。沈宁不知出了什么事——原来他看着不远处的两只旅行箱，知道有人刚刚出远门回来，但就是想不起来到底是谁出门了，去了哪里。

沈宁拿出地图，沿途买的纪念品，所拍的照片……花了近一个小时的时间，跟他解释旅行的每一天是怎么度过的。老麦看上去听得懂，也似乎回忆起来了。但他的眼睛里依然满是不安。

这种完全忘记的情况后来又发生过一次。不过，老麦最令人烦恼的还不是健忘，而是性格变得喜怒无常。老麦做了一辈子律师，一直是个彬彬有礼的人，跟人争辩也是有理有节，基本不会提高嗓门。现在却变得易怒，为一点小事在家里或者汽车里跟沈宁吵。有个星期天下午，在厨房里，老麦为了沈宁刚才在超市忘记买蛋黄酱而喋喋不休，吵到一半，不知是忘了词还是忘了自己的思路，他愣愣地站在那里，对沈宁怒目而视，过了一两秒钟，顺手抄起一个茶杯往墙上砸。沈宁吓得后退几步，双手捂住脸，以为人高马大的老麦要动手打她。茶杯的碎瓷片飞溅过来，撒了她一身。她没有被伤到，老麦却像没事人一样，走出厨房，扬长而去。

房间里安静了，沈宁猛然想起，刚才去超市的，明明是老麦自己啊！她一直在家里批学生的期中考试卷子。

过了一年，一天凌晨，老麦醒来想去解手，他圆睁着眼睛，嘴里叫着"宁！宁！"但却躺在床上动弹不得。老麦多年前曾闪过腰，西医治疗闪腰办法是平躺在硬木地板上睡觉，一动不动。那时老麦起床，是让沈宁抱着他的肩背，把他半拉半抱着起来。沈宁现在听他疾呼，以为他又闪了腰。她把老麦从床上拉起来，像跳舞一样，脸对脸，他的手被沈宁的手握住，她往后挪一步，他往前迈一步。沈宁像带着学步的婴儿走路那样，慢慢增加着脚上的步数，一，二，三，四……就这样，老麦进了卫生间，坐在抽水马桶上，开始正常撒尿，哗哗的水声传出来。片刻之后老麦忽然又恢复正常，说饿了！想吃松饼。上完厕所，他自己站起来，刷牙洗脸。然后下楼。

沈宁松了一口气，才发觉自己已经出了一身的汗。

楼下传来开关橱柜和冰箱门的声音，显然老麦已经开始做他想吃的松饼。沈宁站在那里听了一会儿，她特别想洗一个热水澡。

老麦不到七十岁，不可能患老年痴呆吧？

这个问题，像浴室热水龙头打开后，飘满在屋里的蒸汽，久久不散。

最近发生的这几件事，不是老年痴呆又是什么呢？沈宁站在淋浴的莲蓬头下，热水从头顶洒向她赤裸的身体，薰衣草沐浴露的香味，随着蒸汽，云一样包围着她，沈宁舒服地叹了口气，举手调节莲蓬头的角度，她和老麦，曾有过多么美好的时光啊！热水的浸泡下，她手上的皮肤柔软细腻，手指肥肥短短，粉红多皱，沈宁看着这双手，复又想起刚才的一幕。

2

米佳从医院紧急救护部回来，到家不久，警察和社工就来了。警察跟米佳说了几句，取了些样本就走了，社工留下来继续询问。社工是一个年轻的拉丁裔女子，穿着藏青镶米白边的小西装，时髦的米色西裤，耳边吊着长长的耳坠——细金链子的耳坠，末端是一颗透明的珠子。说话时，脸庞边一左一右两颗珠子时不时闪一下。一闪，米佳的眼睛就不由自主看一下。

她本来精神恍惚，听英文很费劲，这么闪几下，社工的话就被漏掉一大半，连社工的名字"玛丽亚"都是后来从名片上认出的。社工说，奥利佛是她接受的"案例"，my case，这个词在米佳心里转来转去，她不爱听——奥利佛出了这么大的事，怎么就变成这个第一次上门来的年轻女人的案例啦？她不开心，就不想回答社工的话。

何况米佳的任何话，都会引出社工更多的问题。比如说到家人，米佳解释，"我丈夫保罗送两个孩子去长岛祖父母家暂住，先避一避。"这么一说，社工又开始问孩子的情况。米佳解释得有气无力，说到后来，就像是在给自己和丈夫申辩，最后干脆闭口不言，只是盯着社工耳垂边的珠子发呆。珠子怎么闪已经引不起米佳的兴趣了，她哀伤地想起奥利佛小时候总玩她的首饰，玩过就丢，这个念头，让她差点哭出来。

社工走后，米佳走进儿子的房间，浑身发冷，但还是克制自己。她不希望也不能像丈夫那样完全垮掉，有一股奇怪的力量，让她不能离开奥利佛的房间。若不是家里来客需要她应对，她恨不得一天所有时间都坐在那里，困了就和衣睡在单人床上。坐在儿子的房间里，米佳觉得心里好受一些，好像这样就可以离紧急救护病房里的儿子近一点。

　　米佳开门那一刻，沈宁几乎认不出自己高中时的闺蜜了。漂亮的米佳比以前小了一圈，像怕冷一样，用一个巨大的深色披风帽包住自己的头，只露出嘴巴和鼻尖。她见到沈宁，嘴巴瘪了两下，无声地哭了。沈宁进门后，紧紧拥抱着她，慢慢等她平静下来。静默一会儿，米佳转身带沈宁往楼上走。沈宁对这个宅子很熟悉，知道奥利佛的房间在哪里，她原本只想待一会儿就走。她假装没理会米佳的意思，自顾自往客厅走，结果米佳反身过来拉她，说我们必须上楼，沈宁拗不过只好上楼。到了楼上，没来得及说几句话，米佳又反身下楼去烧茶。

　　沈宁站在房间中央，房间恢复了以前的安静，昨天出事时狞厉的空气没有了。房间里处处是房主人的痕迹，奥利佛说过的话，听过的音乐，看过的书，穿过的衣服，睡觉的小床……所有这一切中，仿佛随时都会走出一个真正的人。沈宁拉了书桌前的椅子，放在门口，迟疑地坐了下来。复又想起这是奥利佛平时坐的，他就是从这把椅子上跌倒摔在地板上的吧？这个念头让沈宁霍地站起来，立刻把椅子复归原处。

环顾四周，沈宁决定从二楼走廊里挪来一把木制的双人椅，沿墙放在奥利佛房间的门口。这时窗外已经暮色苍茫，远处邻居家屋檐上缠的圣诞彩灯，一闪一闪。夜中起雾了，她打开吸顶灯和屋中两盏台灯，屋中还是光线暗淡。

这个房间，跟沈宁五年前来参加派对时看到的没有什么两样：墙上唯一一张奥利佛的照片，是几年前的学生照，那时他还没有戴眼镜，双颊还有点婴儿肥，纯洁的黑眼睛笑眯眯地对着镜头。小书架的顶层排着一套精装本狄更斯小说集，《远大前程》《老古玩店》……那是六年级时经典作品阅读比赛，奥利佛得奖收到的奖品之一；单人床，床后的墙上贴着纽约麦迪逊广场体育馆"英雄联盟"全美表演赛的海报，书桌上小熊台灯是童年时代就有的，印着威镇汉密尔顿高中标记的白瓷杯，杯子的边缘留着棕色的咖啡渍……人去屋空，这些东西却还在眼前。

五年前，米佳带着她顺着那堂皇的楼梯走上二楼，去参观重新装修的浴室。路过奥利佛的房间门口，奥利佛在屋里打游戏，因为戴着耳机听不到她们上楼来的动静。米佳走过去直接用手拉开他的耳机，说："沈宁阿姨来了，你也该停一停啦，好不好！"奥利佛这才看到沈宁，咧开嘴大笑，摘下耳机，跟沈宁打招呼。那时的奥利佛还没有蹿个子，依然是小少年的模样，圆圆的脸，肉嘟嘟的腮帮子，柔软的棕色头发打着卷留得很长，配上清秀的眼睛和眉毛，乍一看像小姑娘。

　　米佳从楼下取了热茶，送上楼来，她们并排坐在木椅上。她泪眼婆娑，说："宁，你觉得奥利佛还救得过来吗？昏迷对大脑会有坏影响吗？"沈宁拼命点头，怕米佳误解，又立刻摇头，连声说"不会有影响的，能救回来"。随后两个女人抱在一起哭。等米佳哭累了，沈宁说："米佳，星期五我请假，陪老麦去纽约的医院，回来以后忘了给你打电话。奥利佛是个好学生，这次物理期末考试没有考好。我本来计划让他退课，不算在学期总成绩里，不上成绩单。没想到……没想到……奥利佛居然这么冲动，就去……"说到这里沈宁觉得口干舌燥，全身无力，她实在说不出"自杀"那个词。

米佳叹口气，摇摇头，说："不是自杀，警察认为极有可能是OD——吸毒过量引起的昏迷。我都不知道奥利佛在吸毒，到底是什么毒，可卡因？止疼药？大麻？我在等医院的检查报告，过几天才能出来。现在只希望奥利佛能捡回一条命，其他的不敢多想了。"

米佳平静下来，沈宁握住她的手，轻声道："你知道星期四下午他本来发短信给我，说下午会来找我，但是他没有来。"

米佳点点头，说："对，那天他和女朋友杰西去城里了，很晚才回来。到家后他心情特别好，还给我看跳锐舞的视频。他要是觉得读书压力太大，进城去散散心，也是可以的。但我猜……"说到这里，突然止住了。沈宁等着她说下去，米佳则是一脸狐疑。楼下的落地大钟，慢慢敲响。等那几声停了，米佳继续道："假如星期四他去布朗士跳舞，买了毒品，为什么出事的时间是四天以后？我上网查了，这些年轻人去跳舞，可能会嗑药，但是为什么过了几天才出事？"

沈宁答不上来。过了一会儿，米佳继续道："星期二出事那天，早上他先是起不来，后来起床了，下楼来跟我说身体不好，想休息一天，然后扭头就上楼了。那是奥利佛最后一次跟我说话，他都没有像往常那样叫我妈妈。

"奥利佛头发蓬乱，眼睛无神，也不正眼看我，脸色特别难看。我当时还想是不是感冒了，在家睡一天也就好了，没太当回事，只嘱咐他记得给高中的考勤热线打电话请假。"

好像要拼尽全力才能说出来，米佳浑身发抖，颤声道："那天上午，我在家上班。书房的无线网不好，我把电脑搬到厨房的桌子上。也不知道过了多久，楼上咚的一声，像有什么东西砸在地板上。我当时跟客户在线聊，没有立刻放下电脑上楼看看……等我把客户那边的事搞定，才上楼……我好糊涂啊。

"我真的一点都不知道他在吸毒，还以为他是伤风感冒睡在床上，不小心从床上滚下来。等走到近前，才发现他昏迷了。这到底是什么毒品啊？不是大麻，大麻有气味的，我知道……"

米佳的声音慢慢低下去，沈宁想换个话题，问"你想回长岛吗？我开车送你"。米佳摇摇头。沈宁从提包里拿出一个白信封，"米佳，请你一定收下，我知道你们家不缺钱，但这是我的心意，我是看着奥利佛长大的。"米佳看到这个白信封，脸色煞白，嘴唇哆嗦着，接过信封的手在发抖，语无伦次："沈宁啊！没想到，我怎么也没想到会有这一天啊！呜呜呜……"她的声音像受伤的动物，不是哭，是吼，是尖厉地诉说。她大口大口地喘着气，好像溺水的人，在自己的眼泪和悲痛之中挣扎着呼吸……沈宁只好紧紧抱住她，等她平静下来。

沈宁起身告别，她们慢慢往楼下走。"之"字形的楼梯特别气派，橡木的实木地板漆成深棕色，黑色雕花的铸铁栏杆，像两行直立的音符，在一楼的末端卷成一个漂亮的旋儿……这个扶梯沈宁走过多次。

出来时天已经完全黑了，周围邻居家满院子的圣诞灯饰把小街照得五光十色。这些灯饰自带电子音乐的功能，反复播着一支录好的圣诞歌曲："我梦见一个白色圣诞，就像我记忆中的那样，树顶闪闪发光，孩子们侧耳倾听，那雪地的铃儿响叮当……快乐而光明，纯洁如雪……"

沈宁木然地走着。过去多少年来，每一次到这里参加派对，为避免米佳家门口停车太多，沈宁都把车停远一点，久而久之养成习惯，今天也是这样。一阵长风吹过沿街的橡树和枫树，12月的寒气随着风飘进她的长大衣。沈宁走到自己的车前，忍不住回头去看米佳的大宅。它位于街角的坡顶，是整条街上唯一没有开圣诞灯的，被两个罗马柱环抱的大门黑洞洞的，好像随时等着主人回家，开灯，唱出"我梦见一个白色的圣诞……"

一只野猫迟疑地在街上走过去，顺坡而上，到了坡顶站定，与沈宁对望。车灯一晃而过，野猫的眼睛奇亮，它守在门口像一只斯芬克斯，忽然凌空一跃，消失在夜的空气里。

3

宋米佳是沈宁的高中同学，她们一文一理，是金陵中学名列前茅的学霸。米佳考进北大英文系，沈宁考进北师大物理系。按米佳的说法，沈宁跟丈夫老麦认识，还要归功于她呢。沈宁和米佳都是大学毕业后即到美国来留学。米佳读商学院，结婚，工作，挣高薪，几乎人生的每一段都走在沈宁的前面，唯一的例外是生子，米佳生孩子比沈宁晚。

　　沈宁博士毕业后过了两年就生病了，从研究员的职位退下来，开始人生里最无聊最消沉的日子，那时她第一次觉得自己的命不如闺蜜。奥利佛出事，沈宁第一时间想过来看望米佳，怕米佳再出事。沈宁克制着自己心里的恐惧。若换成任何别人，她是绝对不会上门的。

　　米佳的宅子在镇上的华人家庭中一直是最豪的——建在本镇最贵的临海小区，不仅是深宅大院，而且位置极好，百米之内有一个专属于本区住户的栈桥，可以跑船出海，通向长岛内湾。第一次上门做客的时候，沈宁和老麦还住在火车站附近的联排公寓里，沈宁对这座地中海式的大宅子由衷艳羡——那么多房间啊，加上装修好的地下室一共六百多平方米，七个卧室，六个洗手间，后院有露天泳池，泳池边还有网球场。

　　搬入新居后，米佳开了盛大的温居派对，邀请了镇里八九个华人家庭。沈宁的两个孩子读中学，奥利佛才八岁，他的弟弟刚刚三岁，最小的妹妹尚未出生。温居派对约在夏初的"老兵纪念节"。后院游泳池里碧波荡漾，池边架起两个烧烤炉子。烤炉上热气腾腾，升起烤肉和玉米的甜味。

傍晚的风从游泳池上吹过，水汽里带着孩子们身上防晒霜的气味。放饮料的桌子上堆满了各家带来的各种啤酒和葡萄酒，香槟，旁边有一个盛满玛格丽特鸡尾酒的水晶大钵。晚上点起彩灯，米佳丈夫保罗带着孩子架起篝火烤棉花糖……那天，参加派对的人们酒酣耳热之际，一起步行到那个栈桥上去看海。人多灯暗，潮水还没有涨上来，海水退得好远，沙滩上一片空阔，臭烘烘的。

奥利佛穿着印有青蛙图案的游泳裤，光着上身，露出肉嘟嘟的小圆肚子和胳膊。米佳带了一只电筒，刚刚拧亮，就被奥利佛抢了过去。他兴奋地举着电筒跑到这行人的前面，给大家指路。电筒射出长长的光柱，照亮前方一小片夜空。一团一团的蚊子在滩涂上空飞，岸边的芦苇蒿草已经长到一米高，风吹过带来一点草香味儿，草里扑棱棱飞出一对绿脖子野鸭，一路叫着飞远了。其他的孩子，一齐拥在奥利佛身边，都争着要玩那只电筒，就听到奥利佛清脆的童音："一个一个排队啊，每人只能玩两分钟！"

派对结束时已经过了半夜。客人多，车停得很远，沈宁穿着细高跟凉鞋，派对时在后院打赤脚，在游泳池边走来走去，不觉得累。现在是石板路的下坡，她脚步不稳，走不快。老麦和孩子们走在前面，孩子们已经在打瞌睡，被老麦半拉半搂着走得很快，跟她拉开了距离。沈宁那段时间在家养病，难得这么开心一晚。她哼着晚上唱过的中文老歌，带着醉意，飘飘然。晚风里还有刚才放烟花留下的硫黄味儿，风带着凉意吹着她的长裙子飘在赤裸的小腿之间，醉眼里看到草地上一闪一闪的萤火虫。进车之前，沈宁转身再次留恋地回头看米佳的大宅子，它依然灯火通明，像黑夜里闪闪发光的海市蜃楼。

这时，沈宁忽然听到海上涨潮的声音，她有点吃惊。米佳说潮起潮落一般间隔六个小时，刚才在栈桥边久等而潮不至，没想到现在聚会散了，海潮却来了。夜深人静，那水声仿佛从遥远的地方一直涌过来，充满了神秘的力量，不可阻挡。涨潮声完全是非人的，与人类无关的，刚才臭烘烘的风平浪静的内海在这洪大的声音中，终于与遥远的地球深处的海洋连接起来。

4

老麦被说服，答应去看家庭医生。他在原先的诊所做了一堆检查，家庭医生也不能确诊是"老痴"："记忆力衰退有多种原因，可以是衰老的开始，也可能是生活突然变化，焦虑所致……"沈宁不太相信这个家庭医生的话，她跟同事打听到纽约的西奈山医院专治衰老相关的疾病，想带老麦去那里检查。但老麦不肯，还赌气，"哪里需要啊！我这不是好好的吗？"沈宁坚持，说了好几次，老麦最后同意："好吧，就这一次，如果看不出结果，我以后就不听你的了。"

西奈山医院的脑神经科医生的门诊并不好约，何况老麦不疯不癫，没有中风脑梗这种紧急病情，过了好几个月才约上。

沈宁从来没有去过纽约的大医院，为带老麦去西奈山医院检查，她提前跟学校请了一天的假，几天前就计划好路线。一大早起来，他们坐通勤火车进城。老麦过去的律师事务所在纽约中城，早上坐火车去上班是家常便饭。现在他坐在火车上气定神闲，沈宁提起的心稍稍放了下来。

到东哈莱姆区的125街，下了车得走约五分钟，才能坐上6号地铁。一出站，满街行人穿着各异，奇形怪状，空气里垃圾的臭气夹杂着说不出来的怪味儿。火车站门口就倒着两个流浪汉，其中一个嘴角流血，旁边有救护人员在看护他。老麦眼睛盯着看，脚步就朝地铁站相反的方向走。沈宁手疾眼快，用手臂挽住，把他拉回来。这时路边恰好停下一辆黄色的出租车，沈宁赶忙拦下，跟老麦上了车。

到了西奈山医院，第一步是拍脑图片子。拍片子前，要剃一剃多余的头发。老麦长着一头白人少有的浓发，虽然都白了，但还是十分茂盛。护士帮他用电动推子稍微把脑后的头发推短，刚开始还好，可是等到看见一撮头发落下来，老麦突然抱着头，死活不肯再剃。他表情狞厉，眼神像野兽，加上后脑勺上露出的青白色头皮，忽然像一个狂人。挣扎了半天，护士才搞定剩下的那几推子头发。

剃完头发，换上病人穿的前面开襟的花布袍子。老麦个子高，两条瘦腿在布袍下摆伶仃着，脚下穿着纸质的一次性拖鞋，跟他原来西装革履的律师模样有着天壤之别。沈宁看着，觉得老麦像个难民。她默默地陪着老麦，跟在护士后面去CT室，走廊里来来往往的是穿着绿袍、蓝袍的医生和彩色花布罩衫的护士，沈宁知道这些不同颜色的衣服代表医生的级别和职位，他们像一支军队，唯有她穿着普通人的衣服，属于无辜良民。老麦的那身病号服，让他变成被军队押解的难民。医院走廊像迷宫，走廊两边是带隔音玻璃的办公室，有的办公室里黑着灯，玻璃上就映出押解的这一幕……沈宁心想："第一次嘛，一切都陌生，以后再来，就不会这么一惊一乍的了。"随即她意识到这个想法的漏洞，哑然失笑，"以后再来？"

5

沈宁帮米佳拎包，跟在她后面，进了奥利佛的病房。病房里灯光很亮，很吵。连在床头的各种监视仪器发出低鸣声，还有一只仪器隔一会儿便嘀的一声叫一下。病床四周竖着几支长长短短的金属杆，像天线一样，杆子一端夹着大小不一、贴着标签的塑胶包，里面装着透明的药液，一根根橡皮管把这些药液输送进奥利佛的身体。

奥利佛穿着医院统一的水绿色病号服，衣服的门襟用带子扎住，但还是露出一大块胸脯。他平躺着，闭着眼睛。一只黄色塑料面罩盖住他的口鼻，面罩下方接了一根管子，管子一直拖到一个呼哧呼哧作响的机器上，那个机器发出像发电机一样的低鸣声。他睡的病床带围栏，四个床腿上都带着轮子，身上搭着一块从家里带来的花毯子，上面印的图案是《玩具总动员》中的巴斯光年。医护床的围栏以及那块卡通图案的花毯子，让奥利佛像躺在婴儿床里的婴儿。他的额头上有一处伤口，是从椅子上跌下来时撞到桌脚上磕的。这个伤口已经愈合，除此之外，身体看不出任何损伤。

沈宁看着面前这个年轻人，总觉得只要拔了那些连在手臂上的管子，脱下那个黄色的呼吸面罩，他就会醒过来，然后开始说话。他会抱怨医院早该把那些管子和仪器移走，他不是好好的嘛……

但是奥利佛却并未醒来。

米佳一进病房就叫儿子："奥利，亲爱的奥利，我的儿子，你今天好吗？妈妈和沈宁阿姨来看你啦！你听到了吗？能跟我们说一句话吗？"说着说着声音开始哽咽。米佳把病床边的椅子搬近一点，坐下，伸手握住儿子的手，做按摩，一个手指一个手指地用力地揉着，揉完了再用力把他的指尖抓在手心里，使劲地握住。做这一切的时候，米佳的情绪开始平静下来。她专心致志，按摩完一只手，就去按摩另一只。同时，也跟沈宁聊天："我们尽量说说话吧，让他多听听我们的声音，这能刺激他的大脑皮质，让他尽快恢复。"

"奥利佛什么时候能醒过来就好了。"米佳说，眼圈红红的。

米佳反复地说，最后悔的事就是在听到楼上一声巨响的那一刻，她还忙着在网上跟客户聊天，等客户满意了，她才收了线，这才想到上儿子的房间去看看。

这段时间有多长？半个小时？四十分钟？米佳说不清楚，她纠结的是，"如果"那时听到动静后立刻上楼，然后立刻叫救护车，是不是奥利佛现在已经睁开双眼，回到家中休养生息了？那个被米佳反复提到的"如果"和"现实"之间，相差了大约四十分钟。四十分钟的昏迷，在现实和黄泉之间开了一条虫洞。奥利佛就在这虫洞里，在半生半死之间，绕不出来。

奥利佛什么时候能够醒过来？米佳再次问沈宁，沈宁不忍心看她自责得要发疯的样子，只好回答："奥利佛很快就会醒过来的，他年轻，能扛过去的！要有信心！"说完她自己都要哭了。

唯一能让米佳平静下来的，就是帮奥利佛按摩。按摩完，她打开手机里的音乐播放，放奥利佛平时听的歌。米佳甚至找出奥利佛以前在合唱队表演的录像，还把他在网球队比赛的照片制作成视频，连续播放，米佳靠在儿子身边，把画面解说给儿子听。

奥利佛什么时候能醒过来？用英文里的俗语说，这是一个价值百万的问题，或许明天，或许下一个月。但沈宁完全相信奥利佛能醒来，她刚才说要有信心，是真心话。沈宁坐在一边，看着，听着，偶尔跟米佳聊几句。但她的思绪已经飞到自家的老麦身上。其实老麦面对的，也是一个价值百万的问题。

6

在西奈山医院神经科看门诊，做检查，拿到老麦所有检查结果时，已经是5月了。

老麦的CT脑图，打印成大胶片，一共十张，贴在医生办公室的白板上。灯光下脑图中各个功能区的灰白质沟壑分明，像一片片形状各异的乌云和白云。云图前站着穿白大褂的科恩医生和他的护士，沈宁和老麦坐在下面听他们解释。沈宁只能听懂几个词——"可能有脑出血"，"中风症状"，"造影"检查。

老麦这段时间倒是没有太闹，记忆力也还可以。唯一的问题是，他说话时，舌头有时会在嘴里打转转，口齿不清。这个症状是典型的中风前兆，不是沈宁以前担心的老年痴呆。沈宁松了一口气，随即心里又生出新的担忧，这"前兆"什么时候会变成真正的中风呢？科恩医生摇摇头，嘱咐沈宁要注意观察，要经常做例行检查。

从会诊室出来，沈宁牵着老麦的手往外走。老麦的手绵软细腻，是做了一辈子文案工作的律师的手，比沈宁的手大，现在听话地被沈宁牵着，头前带路。他们走过那两边都用玻璃窗隔成办公室的走廊，走廊的尽头是护士站，几个护士或坐或站，对他们熟视无睹。

时光倒流三十年，第一次认识老麦，也是这样拉着他的手往前走。那是在燕园，20世纪80年代。沈宁在北师大读书，周末到北大玩，由英文系的米佳带着她去学三食堂参加舞会。学三食堂里撤掉了长桌子长条凳，空出的地方就是舞池。音乐一响，灯光暗下来，五彩斑斓的球形灯像空中等着降落的外星人的飞船。球灯转着圈，在四围照出一个光怪陆离的圈子，学三里的男女同学，就在这圈子里尽情歌舞。

米佳是英语系的系花，打扮得花团锦簇；也不怕冷，棕色暗花的毛呢短裙将将及膝，露出白皙的美腿。进了学三的大门，就有一大群男生围上来，排着队请她跳舞。沈宁眉清目秀，素颜戴一副白边眼镜，清汤挂面的短头发。米佳犹如明星，沈宁却很羞涩，进了学三本能地往后缩。舞池里挤挤挨挨全是俊男美女，沈宁个子小小，孤身一人站在一边，没有男生前来邀舞。最糟糕的还不是这个，是她鼻孔里一阵阵奇痒，想打喷嚏。

沈宁特意听从米佳叮嘱，穿着当时流行的鹅黄色的马海毛毛衣。这件衣服是她当时衣柜中最好的，从来舍不得穿，为了这场舞会第一次穿上。它柔软地勾勒出沈宁小小的美人肩，小巧的胸脯，窈窕的腰线，沈宁对镜自照，很满意。

哪知到了学三，里面开足了暖气。热不说，沈宁稍微动几下，毛衣就开始掉毛，绒毛飞扬，让她鼻腔发痒，眼泪汪汪。连打几个喷嚏，沈宁忍无可忍，只能把毛衣脱了，露出里面穿旧的花衬衫，皱巴巴，袖子上还打了补丁。脱了这件神奇的马海毛毛衣，沈宁好像脱了水晶鞋的灰姑娘，自己都觉得矮了一截。她忍不住往后退，想退到外星人探照灯外的黑暗中去，这样可以自由地痛快地打喷嚏。

黑暗里她踩在一个人的脚上。那人跟沈宁一样，正在溜边站。黑暗中沈宁看不清对方的长相，只知道是一个高个子，须仰面而视。喷嚏总算停了，沈宁忙着道歉，尴尬地举起手里的马海毛毛衣，"怪这东西！这衣服掉毛，现在连我的眼睛都痒了！"

那人说："你这是allergy reaction——过敏反应。"那个英文词，字正腔圆，沈宁意识到对方不是中国同学。

"我是麦克·刘易斯，中文名叫刘小麦。"对方介绍自己，普通话说得很标准，四声都没有错。学三天花板上转动的球灯，将五颜六色的光扫到他的脸上，等光转过去，他的脸又在黑暗里。沈宁想看清他的样子，不由得盯着看。他见沈宁全神贯注地对着自己，那样子又滑稽又可爱，不由得笑了起来。他向沈宁伸出手，说："你会跳舞吗？可以教我吗？"刘小麦的普通话已经不如刚才那两句那么字正腔圆。沈宁意识到这是今晚第一个邀请她跳舞的男生，不由得喜上眉梢，说："好的，跳舞没问题，很容易学的。"

来燕园之前，沈宁特意花了两个小时练习舞步，基本掌握了几种交谊舞的要领。这时正好放一个平四节奏的舞曲，平四是她跳得最好的一种，沈宁更有信心了，说："你跟我来。"说着她踮起脚把毛衣放在学三的高窗台上，拉起这人的手，往舞池里走。舞池中间的彩灯，慢慢照出刘小麦和沈宁的脸，这两张年轻的脸在不停跳动的光线下，随着舞曲时远时近，时笑时语……

三十多年后，对面那张脸变成老麦，现在跟着沈宁从西奈山医院神经科的诊断室往外走，沈宁拿着医生开的防止中风的药。

跟三十年前比，老麦的身材变化不大，瘦高个子，平时不多话，乍看态度谦逊，其实他很骄傲，尤其是他那双眼睛从上往下看人，有点居高临下的气势。在燕园时他的表情淡漠多于倨傲，深陷的眼窝里一双浅蓝色的眸子，看沈宁时表情似喜非喜……沈宁抬头看看身边的老麦，他好像又比以前消瘦了，脸上的表情是老人特有的混沌无邪，哪里有她记忆中的倨傲。

还没有走到医院大门口，就听到门外的百老汇大街上传来鼓乐声，带着强烈的节奏感。音乐让沈宁精神一振，不禁加快了脚步。到了医院门口，迎面一支衣着鲜艳的队伍，里三层外三层，挡住了路。这些人都是棕色的皮肤，个个身圆体壮，在人群中跑出的花童也是胖胖的，他们穿着及地的白纱裙和粉红色纱裙，腆着小圆肚子。走在队伍最前面的是一对身着白缎的年轻人。女人穿着低胸长裙，脖子上戴着珍珠项链，还有一个长长的苍兰、金盏菊编成的花环，手捧着一大束玫瑰，年轻的男子也戴着同样的花环，手捧玫瑰。他们咧嘴大笑，露出雪白的牙齿，朝路边的人群招手，不时抽出一枝玫瑰抛向人群。新人后面跟着一辆白色的林肯礼宾车，车的前盖上，车灯上，两边的车窗边缘都贴满了鲜花。阳光灿烂，连白色都变成清新的喜庆色彩。老麦看了一会儿，说："这是婚礼，波多黎各人的集体婚礼。"

这一对人走后，是另外一个方阵，另一对新人，同样的打扮，同样的花环，玫瑰，礼宾车……接着又是一对。婚礼的队伍后面，跟着波多黎各的社区游行方队，一列一列，杂耍组，老兵组，民族歌舞组，波多黎各国民历史组，青少年组……伴奏的音乐是拉美萨尔萨，节奏欢快，这个音乐听几分钟，路人的脚和腰都开始有节奏地扭动。纽约真有那么多波多黎各人吗？这时候都出来了，载歌载舞。音乐渐渐换成慢节奏的悠扬的调子。

老麦站在那里也开始闲不住，双脚踩着音乐的节拍在踏动。他拉起沈宁的手，凑到嘴边轻吻了一下，低下头对沈宁耳语道："谢谢你，宁！"沈宁看着身边这个人，他好像又恢复了清醒的神志，心里忽然觉得卸下了一个负担，心往高处飘，像充满了热空气的气球。那音乐环绕在他们身边，像专门为他们演奏的，萨尔萨变成悠扬的慢曲子，南美的笛子吹出低缓的旋律。听着听着，沈宁听到音乐里的悲哀，孤寂岛屿上的黄昏，空无一人的海与天空。她和老麦的未来和过去，恍然同时出现在这乐声里，但已经不属于他们两人了。沈宁看到年轻时的自己和小麦。带着小麦去圆明园的那个有月亮的晚上，有人在唱歌，最后在场所有人一起合唱，荒寂的园子，月光下的大水法废墟……

沈宁出神地站在那里，乐声像水波又像乌云一样穿过她的身体。不知过了多久，这水波里，这乌云里，就剩下她一个人了，老麦消失了，变成了乌云的一部分，慢慢离她远去。在她不远的地方，是正在行进的婚礼的行列，欢快的乐声，以及飞在空中，落在人群里的玫瑰，口哨声，喝彩声，以及身穿白色缎子婚纱，棕色皮肤黑头发的笑靥如花的新人……

不知过了多久，街上空荡，恢复了以前的交通。沈宁去拉身边的老麦，发现身边站着一个膀大腰圆的西班牙裔中年丽人，再看看另一边，也不是老麦！沈宁脑中轰地一响：

糟了！老麦走散了！

她没头没脑地往前小跑，跑了几步又折回，觉得那不是老麦走开的方向。沈宁呆呆地站在原地，过了一会儿才想起掏手机拨打老麦的电话。电话接通，那头传来老麦的声音："亲爱的宁，我就在街角的咖啡店里，我刚才不是跟你说了，你别这么紧张好不好，我还没生病呢！"

"你跟我说了吗？我怎么不记得！"

"对，说了！你还说帮你买一杯小号星冰乐，加全脂奶。"

一杯小号的星冰乐，就像刚才远去的婚礼游行队伍，再遥远，在沈宁记忆里都还是有一点影子的。沈宁打量一下四周，朝街角的咖啡店走过去。"但愿是我多虑，老麦一切安好，他今天这样子完全正常。"推开咖啡店的门时，她在心里默默地祈祷。

那天夜里，沈宁梦到一个黑影，从天而降，落在她和老麦的身上。她拼尽全力，狠狠朝那团黑暗打了一拳，黑暗化为乌有……

她醒来，脑海里还是盘旋着那个无解的老问题：老麦会中风吗？哪一天？

7

奥利佛出院后，沈宁就再也没有见过米佳。每次给米佳打电话，不是打不通，就是赶上她在做着别的什么事，没说两句就挂断了。每次结束时米佳都说"我过一会儿给你打回去"。结果，沈宁左等右等，米佳也没有打电话回来。然后沈宁自己也忘记了。

6月中旬高中放暑假，沈宁决定去米佳家里找她。车库前空地上新铺了一层沥青，黑色的路面簇新。沈宁下了车，脚踩在路面上还留下鞋印，她穿着高跟鞋，发出噔噔的脚步声，带出回响。沈宁没想到米佳还有心思搞装修。沿着车道边的小路往后院走，进了后院，游泳池已经清空，盖泳池的帆布上飘着几片落叶。池边的彩色遮阳伞收起，白色的桌椅都已归置，在院角整齐地堆叠着。院里的秋千架，木头搭的儿童滑梯被拆除，空出的地方种了几球冬青，冬青下的土还是新填上的黑土。厨房窗外木头搭的小苗圃里，原先种了多年葱蒜韭菜，每到6月会茂盛得跟蒿草一样，现在葱蒜韭菜都被拔掉，空荡荡的小苗圃里铺上厚厚的褐色锯木屑，上面摆着两盆假花。周围特别安静，沈宁心里疑疑惑惑，她感觉这个院子这个家已经好久都没有人来了，它像一个冬眠的动物，等待下一户人家搬入，才能再活转起来。

再转回到前院，这才看到前门上挂着房地产中介售屋专用的钥匙盒。草地边的信箱旁，插了一个地产中介的牌子。那个吉屋出售的纸板牌子用铁丝固定，歪歪斜斜地插在草皮里，被风吹倒，贴近地面，她刚才开车进来时没有注意到，沈宁走过去把纸板牌子在草地上扶正。这张临时的售屋广告牌过两天就会换成一个堂皇的木牌，挂在一个水泥打桩的木杆上。前院草地中央的苗圃里，几丛芍药已经开花，粉红、粉白、深紫色的大花低垂到地，草地边的小路上落满了芍药的花瓣，花圃中央的喷水池也是干的。

一只橘色胸脯的知更鸟站在草地的中央，远远地注视着沈宁的一举一动。

离开前，沈宁特意绕了路，去看小区的海边栈桥。正是涨潮的时候，木头栈桥在涌进的海浪中吱吱嘎嘎地响，四周一个人都没有，离栈桥最近的一家正在大兴土木装修房子，墨西哥工人进进出出，好奇地偷偷打量这个神色凝重的亚裔女人。沈宁给米佳发短信，问她情况。

那天晚上，很晚了，米佳才回电话。她在长岛的大颈镇，他们搬过去和孩子们的爷爷奶奶做邻居。米佳聊起长岛的情况——大颈学区在全美国名列前茅，极其优秀，在历年的英特尔天才科技竞赛中，大颈高中每年都有学生入围并得奖；保罗在看房子，计划把现在的房子卖了就买新的；校长对他们很照顾。"旧家的东西呢？"沈宁问。

"等房子卖了，我再回来卖家具。"米佳回答，"我最近辞职了，帮奥利佛康复，另外也参加了青少年戒毒运动，我想改变这个世界……"

"怎么改变？"

"保罗说生活要继续，但我不想继续过去的日子……"

然后电话就没有声音了。过了好久，沈宁都以为电话断了，喂了一声，电话那头复又传来米佳的声音："我在呢。你知道'茉莉星期二'吗？"

还没有等沈宁说不知道，米佳继续解释："是一种派对里发的娱乐性毒品，不是特别凶。人吃了'茉莉'以后连续几天会很舒服，心情舒畅。等到药性过去，服药的人情绪会突然低落。"

"奥利佛出事是因为吃了'茉莉星期二'？"沈宁问。

"对，就是这种。但奥利佛运气特别不好，他服用的'茉莉'剂量过大。警察说这些毒品都是地下小工厂生产的，每一片药的剂量不能保证，偶尔就会出中毒事故……"

说完之后米佳又不出声了，长长地沉默着，只有她的呼吸声从那些灵敏的电信号间传过来，令沈宁想起在病房里见到奥利佛的情景——医疗机器上闪动的灯光，奥利佛身上插的那些导管，他脸上罩着黄色氧气面罩，下边拖着一根粗粗的管子……米佳说晚安，挂了电话。

沈宁打开电视，却看不出屏幕上滚动的画面到底在放映什么。但她又不想关了电视，希图用这一点杂音和色彩打破家里过分的安静。窗外隐约传来草地的虫鸣和偶尔汽车开过的声音。最后睡意袭来，她才关了电视，走上楼，进了主卧室，洗漱后在老麦身边躺下。随着夏天到来，老麦比以前更加衰老，医生预言的中风，还没有来，又随时可能来。

老麦侧身躺着，身上盖着薄被，睡得很香，他修长清瘦的身体占了床的整个长度。沈宁把头贴在他的后心，听到那心跳声，隔着他脊背上薄薄的肌肉传来。那声音像是来自山洞的深处，老麦的肩胛骨抵在她头的一侧。沈宁觉得听不清楚，又下意识地把头贴得更紧一点。沈宁想象着那心跳声戛然而止，心脏虚化成微尘一样的影子，顺着打开的窗户，慢慢加入到窗外的虫鸣中去。

她第一次跟刘小麦做爱，是在北大勺园，当时的留学生宿舍，小麦那间在一楼。那也是夏天，夜里窗户开着，北方干热的空气带着楼外的自行车声、人声，以及虫鸣。

"过一星期，又得陪老麦进城看病了。"沈宁脑海里闪过下周要做的重要的事，一件件在心里过一遍。那是一个常规性的微创心脏手术，前几年在左心房做的，这次做右心房……都不用全身麻醉，小手术……

沈宁慢慢进入梦乡，再次回到涨潮的海边，她和老麦，两个孩子，米佳一家人，还有过去认识的好多人，他们站在夜色中的海滩上，一只手电筒打出光柱，把他们的目光引向海的深处。虫鸣声像合唱一样包围过来。

那晚之后，老麦再也没有醒来。

陀飞轮

题记：陀飞轮的工作原理是抵抗地心引力，它是瑞士钟表大师路易·宝玑于1795年发明的钟表调速装置，目的是校正地心引力对钟表机件造成的误差，原词来自法语Tourbillon，有"旋涡"之意。

珍妮割腕是在5月，那时正是11年级AP[①]考试前的一周，也是雨燕迁徙回归的高峰季。黄昏时漫天的燕子，黑压压像巨型的苍蝇，从南方的天空飞降到我们这个北方小城罗兰岗。鸟屎密密麻麻落在汽车上，高中橄榄球场的记分牌上，镇公所的旗杆上和AT&T的钢筋信号塔楼上，也落在游艇俱乐部内湾里停泊的船上。年复一年，这个时节雨

---

① AP，及后文的SAT，是美国高中结业前的两种标准考试，其成绩是申请大学的重要参考。——编者注

燕的粪便带着固定的颜色——黑绿色——质地和黏稠度,预报夏天的到来。成千上万黑得像煤灰一样的燕子,在黄昏的天空中流星一样疾飞。被主街上疾驰的救护车的鸣笛声惊到,它们齐齐发出雷霆一样的响声,以为随着汽车警报声而来的是它们的天敌,红隼、白头鹰、游鹰这些猛禽。

珍妮的双胞胎妹妹朱莉和玛丽,足球训练结束后搭同学家的本田车回家,这会儿车正在主街上开。为给救护车让道,所有主街上的车辆都一齐停下。汗臭和脚臭弥漫在本田房车里,这几个女生看着救护车冲向珍妮家的方向,心里都升起同样的直觉——又出事了!朱莉打开足球包里的第二罐健力饮料,喝了一口,心里默默祈祷救护车别去我们家吧!

在罗兰岗过了大半辈子的中国台湾人陈太,牵着一老一小两只博美犬,正在例行一天三次的遛狗。她目送着救护车行过,忽然发现开车的是她的老相识,一度暗恋过的罗宾,仅一秒钟她就认出罗宾那老而帅的侧影。陈太心中升起一丝骄傲,为自己眼力没有退化,也了为驾驶座上的"老而帅"。后来她跟当心理医生的丈夫回忆,前一天她居然在镇上唯一的杂货店外遇到珍妮骑车出来,车筐中的塑料袋里，装的正是她割腕用的塑料剃须刀。珍妮下车礼貌地跟陈太打招呼。两滴燕子屎，准确地滴在她们各自的衣服上，珍妮说："是时候啦！"陈太当时以为她指的是回归的燕子，频频点头。后来每每想起这句预兆血光之灾的话，陈太还是心中一阵凉。

罗兰岗的医疗救护EMS是义工组织，由老而帅的罗宾领头。他慢吞吞地往身上架着急救包和便携式呼吸器，像一只负荷超过体重的工蚁一样走过杂草丛生的草地，墙基边的灌木长得像营养过剩的杂树，杂草杂树丛里是这栋屡屡出事的赵宅。前门半掩是半推半就的邀请。罗宾大力推开门，哈啰哈啰地打招呼，然后他和助手鲍伯熟门熟路地走了进去。

珍妮家的几大危险地带罗宾很熟悉。珍妮的爸爸常年在亚洲做生意，家中日常由她妈妈赵太主持。四个手无缚鸡之力的女人组成的赵宅常常出状况——陡窄的楼梯正对着大门，一个趔趄失足跌下来会让人跌断尾椎骨（赵太）；楼梯栏杆间距过宽，随时会把倚栏而立的小孩子掉出来（朱莉）；厨房炉灶被溢出的汤水扑灭了明火，煤气泄漏可以让人中毒（赵太和珍妮）；侧门通向车库，关闭车库打开汽车的发动机，汽车尾气从车库飘向厨房，并随着室内循环暖气迅速带到楼上（赵家先生，雪天关门热车）；后院暴露在外的甲烷瓶一共两只，双缸共五百升，被闪电或者子弹击中可以炸翻整栋房子甚至半条街道（前屋主）……

每一处陷阱都被珍妮绕开避过。此刻她像一个练习仰泳的人，躺在二楼姐妹三人共用浴室的澡盆里。温热的洗澡水被血染成粉红色。若不是她的手腕被简易剃刀里拆下的刀片割破这点血腥作怪，那么她漂在水里的如丝长发，柔美苍白的瓜子脸，因缺氧而泛出蓝色的纤纤四肢……都会组成一幅完美的洗头水或者内衣广告画面。珍妮并没有裸身躺在水里，她选择了一套白色的样式保守却带蕾丝花边的胸衣内裤。罗宾一把将她从温水里捞出来，把伤口缠上止血绷带。一低头，发现自己的大脚正踩在澡盆旁的遗书上，水渍和脚力已经把那张简短的遗书踩得不可辨认。没有人读到珍妮的临终遗言，她的自杀对我们一直是一个谜。

这时珍妮妈妈乔伊娜·赵的号哭声打破浴室里的宁静，她闭着眼睛，救生员一样一个鱼跃扑向浴盆，等跌坐在水里时她才看见浴盆是空的。珍妮的身体已经被转移，平躺在狭窄的担架上。乔伊娜再次湿漉漉地扑向担架，被罗宾拉住，他有力的双手半拖半拽把乔伊娜拉出了浴室，安顿在楼上浴室外的一把椅子上，一迭声地说："我来照顾珍妮，你放松你放松……"他想说的是你别闹了别浪费我的时间！救人要紧！

打电话报警的老比利是管子工，定期上门修理堵塞的水管。珍妮并没有死，可以说是她家总被长头发堵塞的下水道救了她的命。虽然浴室的墙壁和瓷砖地上像所有的杀人现场，鲜血四溅，场面凶残，但珍妮手腕上流出的血只是涓涓细流——水温不够热，珍妮下手割得也不够狠。就这样她捡回一条命。珍妮在医院的急救中心，超然物外地看着医生把输血针头扎进自己的手臂，她默不作声，跟旁边的实习医生一起静静地观摩医生熟练的示范操作，注视着血浆带着回春之力冲进自己的身体，在几分钟之内令她脱离危险。珍妮早慧，过目不忘，这一套操作已铭记在心，日后再轻生时她会记得避免割腕这种失败率很高的办法。

高中生自杀在罗兰岗不是新闻，大家都见怪不怪啦。罗兰岗高中全美公校排名第三，在东岸排名第一。每年春夏之交是历届11年级高中生功课最忙的时候,AP,SAT全科和单科考试前夕,自杀案例最多。罗兰岗高中毕业生的"爬藤率"跟它的自杀率一样有名。考试和自杀都是一年一度,准时得如同北归的雨燕,乌云一样罩在我们头顶上。那一年是爬藤的小年,也是自杀的小年——进哈普耶三大藤加上MIT斯坦福的12年级毕业生人数总共二十六个;企图自杀的11年级有五个,未遂的四个。罗兰岗的居民有一种奇怪的迷信,自杀和爬藤呈概率统计上的"正相关"关系。不要小看爬藤率,这是罗兰岗房价居高不下,几十年常升不跌的最重要因素。

虽然在校园里我们不常见到她,珍妮是我们罗兰岗全镇闻名的天才女神,已经在卡内基音乐厅开过演奏会,是上过《纽约时报》的钢琴演奏家,但她只能算半个罗兰岗高中生,对爬藤与自杀的正相关率贡献不大。

病理报告没有几页,心理医生的评估报告却占了病例的大部分。做心理评估的是心理医师C.K.陈博士。高中自杀事件太多,他兼职做了青少年心理辅导义工。经过多次跟珍妮长谈,陈医生得出结论,珍妮的自杀企图来自于青春期,"被压抑的荷尔蒙借自伤身体这种极端行为向外呼求"。从伤口位置和切口来看，伤口并不深，陈医生认为珍妮并不是真正想结束自己的生命。他向前来的乔伊娜·赵和尊尼·赵（珍妮的父母）推荐社交疗法，说到重点处，他停下来用手里的圆珠笔敲敲病历。面前坐着的两个成年华人，像课堂上思想开小差打瞌睡被老师抓到的顽童，猛抬头看着医生，一脸的茫然不知所措。赵先生西装革履，腕上一只带陀飞轮的名表，精致得像是刚从《GQ杂志》的广告上走到人间。赵太薄施脂粉，低调的家常打扮，白牛仔裤加苹果绿色的V领羊绒衣。两个成年人都是扑克牌脸，陈博士搞不清他们听懂了多少。他把英文改成了台湾腔的普通话：让珍妮跟同龄的异性多接触，社交后情况会有改善。说完，赵氏夫妇如梦初醒，频频点头。陈医生见状，调门略微提高了一点，继续道："允许珍妮适当地化妆也有好处，这样可以让她更容易与本年级的女生交朋友，打开社交面。"

就这样，珍妮回到了高中正常上学。她的美丽没有太多的变化，唯一不同的是为了遮掩手腕上的伤疤，她就每天都戴手表。那是一只名贵老气的钻表，据说是赵太的订婚表，跟赵先生手上那只"陀飞轮"是一对。这枚表价格昂贵，同样的钱可以买一辆本田新车，珍妮为什么要戴这么名贵的手表到高中上课呢？更何况这都什么年代啦还戴手表？老土啊！戴个手镯不行吗？珍妮家有钱，但从来不按常理出牌。晚春初夏，风和日丽的下午，珍妮安静地坐在女生喜欢扎堆的篮球场外，给正在进行的篮球赛喝彩。但珍妮从来不发声，她默默地坐着，有时会手托着脸，面对某一个不可知的地方盯看好一会儿，一动不动。阳光反射到她的手腕上，那只钻表折射出迷人华贵的光彩，像一个金光闪闪的手铐，把她的手臂和其他女生的手臂区分开来。除此以外，珍妮这个天才早慧的钢琴家跟其他女生没有什么不同。

《人群中一素颜》，A Face in the Crowd，是她在校刊上发表过的一篇小说的题目。暗恋她的男生都读过这篇，但不知道她在写谁，难不成是在写她自己吗。珍妮从来不素颜，她是人群中的仙鹤，花中之王，她自带光环，加上那只名贵的陀飞轮手表的钻石光芒，说她照亮校园都不过分。但对这一切，她似乎浑然不觉。在她和我们之间，似乎隔了一层看不见的玻璃。但那个时候的女生们，美丽的不美丽的，对我们都是一个谜。珍妮的心思就像她那张被罗宾一脚踩得稀烂的遗书，没有第二个人读到过，当然更谈不上读懂。

　　自从陈博士推荐赵家"扩大社交"以后，帮她家割草打理院子的墨西哥小工马可被恩准进门喝水。之前是绝对不可以的，在他干完院子里的活儿之后，赵太会递给他一瓶冰水然后立刻把门关上，好像怕被传染上什么病菌。自杀事件后，赵太主动亲切地邀请他进厨房来喝杯柠檬冰水。马可也是我们高中同学，他进赵家厨房喝水的事，被他吹嘘了一遍又一遍——他热汗淋漓，打着赤膊，露出胸口的刺青，走进珍妮家的厨房……这个画面中，珍妮在哪里？她在家做什么？但我们不好意思过于急巴巴地问。马可说得眉飞色舞，高潮处朝地上吐一口唾沫，长长的脖子上喉结上下滑动。他不屑又得意地扫了一眼我们，又透露了更多的信息——珍妮在厨房里跟她的两个妹妹分冰淇淋，一碗加了草莓的香草冰淇淋——这种罗兰岗经年累月最普通的零食，经马可的讲述，立刻变得无比性感，好像成为女神身体的延展部分。在我们不断重复的春梦中总是浮现着一坨慢慢融化流动的，浇着白色奶液的冰淇淋，正中间是一颗鲜艳欲滴的小小的草莓，哦耶！

珍妮从来没有跟我们一起吃过冰淇淋，甚至我不记得在食堂里看到过她。从九年级开始她就只来学校上代数和英语课，其余的时间她在家练琴或者去纽约、去欧洲上大师课。这个安排是珍妮的妈妈赵太跟学校商量的结果。虽然康涅狄格州规定公立学校学生必须上满一百八十天的课，但是罗兰岗公立高中怎么肯放过珍妮这样一个优秀校友，未来的钢琴演奏家呢？学校以"独立学习课"的名义对珍妮网开一面，赵太在高中家委会每年筹款募捐时少不了积极掏钱。

就这样，当着马可的面吃冰淇淋只是个开始，一个月以后，她宣布来参加6月的11年级舞会。听到这个消息的时候，我们难以置信——珍，妮，真，的，可，以，来，参，加，毕，业，舞，会，啦？

是的！是的！是的！是的！是的！是的！是的！是的！

下一个问题让我们更加焦躁，她会选谁做舞伴呢？

谁？谁！谁?!

我们课间在学校走廊里三五成群，热烈地讨论打探。马可耸耸肩走过去，一脸不屑："反正不会是我！我才不要约会一个整天弹钢琴的女生！'傻×'！"

　　四个人最可能入选——莱恩，学校有名的帅哥。凯文，不是帅哥，但他宣称从五年级起就认识珍妮，暗恋珍妮的年头最长，"但这不影响我交别的女朋友，我的心的一部分永远属于珍妮·赵"。凯文说时一脸真诚，真是一个伪君子！我，卢克，我曾跟珍妮同一个钢琴老师，那是在她还没有上大师班的时候，我后来放弃钢琴去打"英雄联盟"网游。"英雄联盟"计有四百七十多种武器可以跟对手打斗，指法、眼手配合的复杂程度不亚于钢琴十级的李斯特钢琴曲。最后一个是艾莱克斯·赵，他和珍妮都是来自北京的移民。北京大得和宇宙一样，你能说你和珍妮都是碳基生物你们就一定有缘分吗？你能说你们都姓赵就一定能成一家人吗？

　　最后我们决定抽签。抽完签才发现这些都是瞎忙活，根本没有用！舞伴得女生决定。最后决定雨露均沾，无论是谁被珍妮选中，我们一起合租一辆带司机的加长林肯，四男四女八人成对，等于跟珍妮共度了良宵。

　　珍妮选择了莱恩。确切地说，周一早上的晨会，她接住莱恩投来的热烈的含情目光。她朱唇轻启，邀请莱恩到家里做客。做客等于约会，约会就是高中舞会前的试水。

莱恩跟我们宣布时，激动得原地跳了起来，结果他的美瞳落了一只，一只眼蓝一只眼黑，长刘海下，莱恩的窄脸像发情的波斯猫。

但这约会很特别，必须在珍妮家的客厅中，陪珍妮和她的两个妹妹看一部迪士尼电影录像。"搞了半天就是让你免费看小孩啊！"凯文嫉妒地说。约会前他用发胶把莱恩的刘海根根定型成直立状，一种大风吹拂的美。他的细长的手指在莱恩额前那丛毛发里摆弄，我们在一边看着都起了不健康的联想。

"我有看孩子的证书，还有窒息急救证书。"艾莱克斯说。有证书不奇怪，艾莱克斯妈妈恨不得让他考天底下所有的证书。"我可以跟你一起去吗？我们？"我提议，反正我们四个人会一起租加长林肯，现在一起试水约会，也是合情合理。莱恩坚决地摇头——他妈的这人重色轻友多么自私！

据莱恩回忆，那是一次真正的家庭电影。跟他并排坐在客厅沙发上观影的，既不是珍妮，也不是她的双胞胎妹妹，而是赵太，赵太旁边是赵先生。珍妮坐在他背后五尺远的椅子上。莱恩即便明眸善睐也毫无办法，他后脑勺上没有长眼睛，睐不起来。沙发是给客人坐的，珍妮你坐后边吧，赵太礼貌地指点女儿。晚上十点一到，赵家的电视就立刻熄灭，赵太和赵先生满意地伸手跟他道别，"莱恩，晚安！"然后由珍妮把莱恩送到大门口。

那是多么漫长的夜晚啊！阿拉丁还是狮子王在电视屏幕上又唱又跳，好像在笑话莱恩的无能为力。莱恩从赵家出来，深一脚浅一脚地走过前门的草地，忘记礼貌的走法是从便道上走而不是这么堂而皇之地踩人家的草地。他额前的刘海，还是根根直立，他坐进福特车，把头压在方向盘上，前刘海像硬毛刷子一样硌着他的头皮。就这样在车里埋着头，他不知坐了多久。

突然车门打开，车里的空气被搅动了。还来不及反应，珍妮已经坐在前排的副驾驶座上。街灯的微光里，只能看清那双散发出野气的亮眼和尖尖的下巴。完全像换了一个人，她已经换上碎花的长睡裙，脸上的妆都卸了，也没有戴手表或者任何闪闪发光的首饰，但她比任何时候都好看，都活泼，她现在是一只自由的小兽。珍妮咧开嘴笑，嘴里散发出带草莓口香糖味道的热气。她将手轻搭在莱恩的衣服前襟。好像接到许可指令，莱恩身体前倾，去亲她的嘴唇。他以为会是友情式的告别轻吻，结果下一秒钟，他嘴里除了珍妮的舌头还有一团温热的口香糖。珍妮的舌头像一团湿漉漉的野兽，好像在跟莱恩的整个身体肉搏。莱恩慢慢苏醒过来，知道这下是真的了……过了一会儿，珍妮拙笨地跨过车的换挡杆，挤在方向盘和莱恩之间狭小的空间里，她横跨着坐在他的腿上，光着脚，脚上带着从草地上踩过的露水，脸上还留着高士洁牙膏沫。珍妮像吸血鬼那样大力地吸着莱恩的嘴唇。莱恩觉得自己两腿之间已经快要爆炸啦！可她忽然把他放下，说得走了，晚安啦！明天见！然后推开车门一路小跑地回去。

莱恩说完，艾莱克斯和我同时咽了口唾沫，凯文瞪着那双高度近视的青蛙眼，虽然戴了隐形眼镜还是像盲人一样地凑近莱恩，几乎脸贴脸，说你再讲一遍好吗？就这样我们共同回味着这个长达几分钟的热吻，一遍一遍。最后传到马可那里，热吻已经变成莱恩和珍妮搞车震，"靠！弹钢琴的丫头还能这么猛?!"马可吃惊地问，他半信半疑，禁不住无限遐思地舔舔舌头。

从此后莱恩就像被雷劈过，被闪电击中后的幸存者，那几分钟的热度在他身上留下了不可磨灭的印记。若看到他一个人独自坐着，双目盯着空中某处，脸上似笑非笑，你就知道他在回忆什么。我们听他重复每一秒钟的细节，说了无数次，我们都无法勘透其中的大欢喜，"像被八爪章鱼上下抚摸"。此后我们在学校臭烘烘的走廊里，在体育馆里，跟珍妮擦肩而过的时候，我们同时想象在那些零号牛仔裤，长绒衣下面是一只柔软纤长的章鱼——跨物种的性感生物。

那天夜里珍妮回到家里是否被守在门口的赵太抓个现行呢？我们不得而知。之后莱恩接二连三要求约会、看孩子、看电影，都被她拒绝，原因都是她父母觉得一次约会足够了。

按照C.K.陈博士的心理分析，珍妮把爱和性混淆，她在社交上的孤立让她努力在异性身上寻找感情寄托。陈博士在他后来写的青春期心理书里，好几处以J为例。我们一看便知是以珍妮为例。这让莱恩很不高兴："照那个傻×江湖医生的意思，珍妮对我不是真爱，我就是她排遣孤独的工具?! 这不可能！Fine！我心甘情愿！她是我的一生至爱！"更加不高兴的是赵太，她对陈博士的话非常反感，"我的三个女儿从来不缺爱！"陈博士虽然不招人喜欢，但他的意见还是被采纳了，珍妮返校后就停止了严格的钢琴练习和演奏，她开始社交，开始参加高中的活动，给校刊投稿，参加舞会。

　　舞会的那一天是高中生活的高光时刻。司机开着白色的加长林肯，载着我们，一路接了各自的女友，最后开到赵宅门口停下。我们四人鱼贯进入了赵家的前门，莱恩像新郎官那样走在最中间，我们三个是伴郎。珍妮盛装站在楼梯口，朱莉和玛丽一左一右像伴娘一样陪着。珍妮穿着一件粉红色曳地长裙，大泡泡袖，大裙摆，这件衣服是这么宽大，我们刚看到时都以为是合唱队演出时穿的那种长袍。珍妮整个人淹没在一片粉红当中，只露出细细的手臂，脖子以及手腕上闪闪烁烁的手表。莱恩不介意这长袍，他觉得这让珍妮显得更性感，她跳舞时每一个步态，都让他想象着裙子下那纤细的肢体，那杨柳细腰费劲地把裙子撑起来。这个想象让他全身像着火一样，必须克制着自己不继续想下去。珍妮从来没有参加过学校的这种活动，兴奋和期待让她容光焕发，哪里会计较裙子。

　　她的头发像圣代冰淇淋那样高高地堆在头上，头发里别了很多水钻发卡。屋里飘出橘子糖一样的香味儿，不知道是空气清新剂还是珍妮身上的香水。前厅右手是客厅，里面黑着灯，但我们明显感到赵太坐在那里虎视眈眈地看着，以至于我们都有点怯场。在三个女孩面前站定，气氛很隆重，莱恩的嘴唇都哆嗦了。好在这时他想到怀里的花，于是双手把装在透明塑料盒子里的花朝珍妮捧过去。

"我们都选了蓝白色的花，因为花店老板说蓝白色跟什么颜色都搭配。"莱恩回头看了我一眼，小声说。珍妮对花满意地点点头，他明显地松了一口气，后背比进门时挺得更直了。珍妮把花交回莱恩手里，腼腆地把胸口往前挺了一下。这时就听到客厅里赵太咳嗽一声，莱恩刚伸手接过花又是一哆嗦，他转头对着客厅望望，对那个似乎无形的声音来源解释道："我现在要把花帮珍妮别上。"客厅里哼了一声，或者没有声音，反正表示同意。于是莱恩笨手笨脚地把花从那个塑料盒里拆出来，右手翘起兰花指，捏住花背后的别针，左手轻轻拈住珍妮礼服的前襟，把花别上。

这道工序，我们事先都上油管视频网站学习过，要保证不能碰到女生也不能扎到自己的手指。别上了花，今天晚上的舞会，珍妮就正式成为莱恩的舞伴了，没有人可以抢。我对莱恩手指的灵巧非常佩服，高中毕业后他读医学院，后来做了外科医生，我一点都不吃惊。

　　一切完成，莱恩对着黑暗的客厅说"那我们出发啦"。这一句，像咒语一样让隐形的赵太现形。好像为了把我们看清楚，她戴着一副双焦距眼镜，穿着居家的长袖衣，头发有点蓬乱，衣服胸口还有一块油渍，完全是一个深居简出的小老太太。平时的干练、时髦、高效率都随着那副把她的眼睛割成两半的眼镜烟消云散。连她的声音，都配合着颤巍巍的——"你们几个人合租的车啊？"她问，"有司机吗？""晚上出门要小心啊！"

　　我们勇敢而正确地回答了斯芬克司的三个问题。她从上到下，又从下到上扫了我们几眼，然后悲壮地点点头，转身挥挥手，把在一旁羡慕观望的双胞胎赶回去睡觉。

　　我们齐声再说："晚安！"打开门请珍妮先走，我们穿着租来的黑色礼服，如四只企鹅跟在长裙摇曳的珍妮后面，朝加长林肯走去，司机已经出来，把车门打开，一切都很文明老派。从坐进林肯的那一刻起，一切都变得流畅自然。一坐到车座里，珍妮就变成话痨，一刻不停地跟车里的其他三个女孩子——奥黛、卡柔和凯特聊天。她跟这三个女生在学校只是点头之交，现在则熟络得像一日不见的闺蜜。

珍妮完全不介意车里狭小的空间，莱恩的手臂环抱着她的肩膀，她身体的另半边紧紧贴着我的肋骨。个子最高也最瘦的艾莱克斯坐在对面，他像蜘蛛一样的长臂，离她美丽的瓜子脸只有两寸远。如此近距离，如此小的空间里跟女神接触，我们反而很拘谨，都很安静，不说话。"她好像跟别的女孩子并没有什么不同"，莱恩后来回忆时不止一次说过。

　　珍妮恢复正常全日制上课只有一个月，学校和镇上的八卦她都飞快地补习了——高中物资部经理偷校车的柴油被抓，校长雇的数学咨询师是他的外甥……我们本来以为有过自杀经历的女孩子应该是脆弱易碎，需要呵护的，但眼前就是一话痨，普通的活宝。在女生七嘴八舌的话语里，莱恩偷偷把脸转向我，朝我做了一个耸肩摊手的动作。

　　舞会在学校的体育馆举行，那里原来是室内篮球场，地上铺了细条地板，是绝好的舞池。学校借来了一个迪斯科球灯，吊在顶棚下，闪闪烁烁，每个进体育馆的人脸上都跳动着几种颜色，大家好像都换了一个人。那天的舞会主题是爵士时代，不少女生都戴着白色的长手套，脖子上绕了几圈珍珠项链。难怪珍妮梳那么高的头型，原来是爵士时代的意思啊！

体育馆内沿墙的桌子铺了白色的桌布，上面撒着彩纸，分门别类放着家委会捐的点心和带气泡的苹果汁等饮料，正上方的墙上挂着一带丝绒条幅，贴着本年度毕业生的年份。正下方并排放着一对敞口玻璃罐，那是投票选"舞皇""舞后"的罐子。舞曲响起来的时候，本来嘻嘻哈哈的女生忽然严肃僵硬，像木头人一样机械地被我们推着，在狭小的圈里打转，呈现早期迪士尼动画的画风。等到四五个曲子以后，大家才松弛下来恢复人形。

我用眼角的余光一直跟踪着莱恩和珍妮。他们趁着舞会开始前的纷乱，躲在墙角里，不知道说些什么。待莱恩牵着她的手走上跳舞的中心地带时，乐曲忽然换了一个快节奏的曲子。场上的少男少女刚刚习惯了放松的慢曲，这时突然急急地要踩对步子，大家拙笨得像婚礼舞会上动作僵硬的老年夫妻。莱恩他们更是慌张，珍妮紧张兮兮地低头默记着自己的脚步，莱恩像跳格子一样避免踩到她那件长袍的裙摆。好不容易等到快曲结束换成慢曲，大家再次松弛下来，珍妮的手指跟莱恩的手指交叉而握，摆出高贵的奥黛丽·赫本的姿势——背挺得笔直，一边跳舞还不时优雅地跟莱恩耳语几句，就像黑白电影里气质高贵的女贵族跟伯爵缓缓跳华尔兹舞那样。莱恩不是伯爵，他紧张地想跟上她迷人的舞步，但又集中不了注意力。趁着舞曲的间隙，他偷偷跟我打手势。我们从加长林肯车的迷你酒柜里偷出一瓶酒，由凯文保管，莱恩一直惦记着。

中场音乐停了，学生会主席开始唱票，评选"舞皇""舞后"。场上所有的人都盯着主席手里举起的一张张选票。趁着这会儿，我们几个在莱恩的示意下，偷偷往体育馆的观众座位那个方向溜。层层架高的座位贴墙而立，座位后部是空的，可以爬进去藏起来。体育馆里随着主席唱票声，传出一浪高过一浪的欢呼、喝彩与口哨，迪斯科光球加速地转动着。

五彩的跳动灯光从观众座位之间的缝隙照进来，一条条光线组成栅栏，我们被困在栅栏里。外面热闹得像打仗一样，我们八个人挤挤挨挨坐在那个窄小黑暗的空间里。凯文从礼服的内襟掏出了那瓶宝贵的酒，原来是一瓶"摩根船长"朗姆酒。酒瓶上的商标是一个殖民时代打扮的英国军官，穿着红色的军装，披着黑色的斗篷，一手挂着军刀，一只脚姿势夸张地踩着一个横倒在地上的木桶。玻璃瓶子带着凯文的体温。为了防止酒被偷走，凯文把它掖在衣服里随身携带了一个晚上。我们喝一口酒，传给下一个人，酒瓶在不同的手上传递着。透进来的灯光时不时反射在"摩根船长"那像煞有介事的脸上。他好像随着那棕色的酒液加入了我们这场秘密的仪式。

珍妮接过瓶子喝了一口，咕咚一声咽下去，忍不住咧嘴笑了一下，"这东西真猛！"一滴酒汁从她的嘴角溢出，她举起手来擦掉，又舔了舔手背上的余沥。黑暗里她的脸不再是矜持严肃，而是变得柔美，眼睛注视着我们，闪着光。好像她一直在等着这个时刻，第一次，围绕在她身边那层看不见的玻璃墙消失了，珍妮终于跟我们坐在了一起。莱恩凑过去，狠狠亲她，珍妮用手臂环住他的脖子，那是一个长长的好莱坞特写镜头式的接吻，光线像镜头那样定格在那只手表上，带"陀飞轮"的宝珀，手表外缘镶嵌的碎钻石玲珑闪光，拼出一个心形。珍妮的心，被她戴在手腕上。好莱坞式接吻后，珍妮又亲了我们每一个人，礼节性的亲吻。

"为什么一定要戴表呢？"我脱口而出问了这个萦绕心头的问题。

"这表可以卖不少钱呢。我演出挣的钱都存在我妈那里，我只有这只陀飞轮。"珍妮道。

　　莱恩插嘴道："珍妮随时都想离家，戴表等于随身带了一笔钱。亲爱的珍妮，我说得对吧？"

　　那瓶酒喝完，我们完全被酒精打倒，没有一个人想再出去跳舞。我们互相拥抱着，倒在一起打瞌睡。凯文的头在奥黛的胸口，她的舞裙已经被扯开，露出半个胸……我们身体里的热力从层层的衣服里透出来，像火炉一样彼此烤着。唯有珍妮那里是一片阴凉，我感觉不到有热量从她那里辐射出来。我把手伸过去抓住她的一只手，把她的手指含在嘴里，这时莱恩和她已经完全醉倒，她的被单一样的裙子也被卷起，堆在腰际，舞鞋踢掉，我的手摩挲着她的双腿……啊，那个5月的下午，罗宾走进浴室把她从水里捞起来，她真的还活着吗？

　　体育馆的地板缝里，传来愉快的窸窣声，那是成群的老鼠在地板和墙壁的管道中跑来跑去，好像在举行另外一场毕业舞会。那个更狭窄更幽暗的空间是另一个宇宙，散发出生命的热气和腐臭，窸窣声和脚步声清晰可闻，老鼠们在大笑。

　　我在睡梦里听到一声声惊雷，那声音好像是舞会劲歌的鼓点，也好像来自我们体内。那声音犹如一个个旋涡从鸿蒙之初苏醒过来，在我们的身体里飞速旋转着，涌动着，那是一个个永恒不止又转瞬即逝的飞轮，朝我们压迫过来，吞噬着我们正在长大的身体。

消失

每一个钢琴天才儿童，都有告别演奏生涯的时刻，迟早而已——这是我的俄国老师鲍里斯说的。幸运的人可以将才华持续一生都不谢幕；而有的人却终结在二十岁出头。他自己的顶点在三十一岁，那年从欧洲巡演回来，他决定退下来教授钢琴，从此以后他就不是那个世界期待的可以青出于蓝的钢琴家了。

　　"那我呢？"我傻傻地问。那年我十二岁，刚刚在波兰钢琴大赛上拿到青少年组的金奖，照片出现在《纽约时报》的古典音乐乐评版上。

　　"你会永远弹下去。"鲍里斯微笑着，摸摸我的头。

　　那天我心里想的是，如果不能弹钢琴，我就不活了。我一边弹李斯特的奏鸣曲，一边心里暗自发誓：我才不会退下来做钢琴老师，教四岁的小孩子弹《两只老虎》呢。我也不需要教钢琴挣钱，妈妈说我们家的钱够我们过上几辈子，我只要弹琴就行。

十六岁那年是一个坎，我跟死亡对赌。我没死，结果那年年末拿到萨尔茨堡音乐节的评委奖，不算是头奖，但证明我在进步。也是在那一年，我被诊断为"两极情感障碍症"——这是什么意思？我的理解是"不成功，便成仁"，这就是钢琴演奏圈的成功规则，要么一朝成名天下知，要么你只能一辈子做一个默默无闻的钢琴手。

高中毕业的暑假，我作为青年嘉宾参加阿斯宾音乐节。见到一个十一岁的天才，东欧来的，我连他的名字叫什么都记不住。在毫无准备的情况下，他被评委指定弹奏巴赫降C钢琴协奏曲。他毫无畏惧地拿着乐谱，在琴凳上坐下来，只花了几秒钟扫了一眼第一页，就开始弹奏，然后连续弹奏整整四十分钟！这四十分钟，需要我花至少一年时间来准备。弹完以后他胡乱抓起乐谱，像塞脏衣服那样狠狠塞进双肩包里，急急忙忙退回到自己的座位上，开始打游戏，完全没有注意到我的羡慕惊讶的注视。那个跟在后面亦步亦趋的中年女人，朝我抱歉地含笑点头。

妈妈安慰我，说苦练就能带来好运气。不是这样的！绝对不是！我的好运气够多的了，四岁开始练琴，六岁开始被俄国大师选中做学生，十二岁去波兰比赛拿青少年组金奖……但是我知道我的极限在哪里，极限就是现在，我超越不了现在的水平了。妈妈的坚持和安慰只能是拖延时间。

　　极限，是迎面飞驰而来的火车，一开始它在远方，还不觉得。等它近了，地面在震动，耳膜里充满它强大的声音，空气都被它飞速转动的轮子加热……

　　休学的念头就是在那次阿斯宾音乐节埋下的，一旦开始，就像土里淋了雨的种子，一发而不可收。

　　我想停了钢琴，看世界去。

　　圣诞节的前一天，结束了学校冬季演出，我从纽约42街大总站坐通勤火车回家。到达罗兰岗火车站的时候，外面已经开始下雪。站台上湿漉漉的，又湿又大的雪花落在脸上像冰冷的手摸过，没有风，路灯照着站台下接人的汽车，汽车的尾部排气管冒出白色的雾气，我兴奋地找爸爸或者妈妈的身影，却没有找到。手机响，妈妈来短信说是重感冒了出不了门，让我自己打车回家。反正家离火车站不远，罗兰岗的治安状况也好，行吧。

跳上一辆出租车，出租司机哼着《白色圣诞》，一面从后视镜里偷偷打量我，对我这个圣诞节前夜这么晚了往家奔的单身女孩很好奇，从火车站到家里不过十分钟的路。我不想跟陌生人多话。

家里那栋殖民时代风格的三层楼房，已经像往年那样在屋檐上缠绕了圣诞彩灯。两个妹妹都已经入睡。妈妈穿着棉睡衣，黑着灯坐在客厅里等我，一楼唯一的光源来自客厅钢琴上的一盏小台灯。我进门后嫌暗，顺手拧亮了客厅的大吊灯。四下里大亮，妈妈像怕见光的夜行动物一样，伸手把眼睛挡住。我狠狠拥抱着妈妈，她别过头去，说好啦好啦你回来就好，然后就挣脱开我的拥抱，一边去帮我提那只行李箱，一边说珍妮你赶快睡吧，我也累了，明天一早我们再说。

早上醒来，拉开窗帘，下了一夜的雪已经停了，卧室窗外挂着冰凌。楼下厨房飘上来松饼的香味，那种香气以及厨房里传出的粉碎咖啡豆、榨汁机马达的声音，让我心里安宁幸福。我披上衣服，下楼，想帮妹妹们和妈妈做早饭。妈妈见我举刀切橙子，立刻冲我摆手。我立刻听话地把刀放下，袖手旁观。为了保护自己的一双手，在家我从来没有摸过厨房里的任何刀具。从小到大，连一只苹果都没有自己削过——这是我的特权，我从来不需要插手任何家务——热茶会有人端上，饭后的水果切好后会被摆到我的面前，脏了的衣服会被洗干净，叠好放进我的房间衣橱里，分门别类，袜子，内衣，内裤，衬衫……

　　早饭以后雪停了，小区的铲雪车来了，推走路上的雪。妈妈和妹妹们戴上手套帽子，出门扫雪，我照例站在窗前看着。看了一会儿，回到钢琴前，开始一天的功课。

　　那天若是往常，一切照旧——几个小时的钢琴练习以后，就是午饭时间。午饭以后小睡，起来之后是更多的钢琴练习，晚上是乐理书，艺术史，或者看大师的音乐会录像……这一天像之前的每一天那样重复着。我用从小时候起就用的瓷杯，喝着妈妈泡好的红茶，从厨房走到客厅，再从客厅回到起居室和书房，在心里默默酝酿着练习曲的情绪。进门处的玄关，竖起一棵七尺高的圣诞树，树下摆着给每个人的礼物，给我们三姐妹的不止一件，用彩色的花纸包着。树上琳琅满目挂满多年来我们攒下的亮闪闪的灯饰，镀铬的彩色纪念品，被法师开过光的佛教吉祥物，做成饰品的婴儿照片……客厅的咖啡桌上四散着我的口红、脸霜和从音乐学院带回来的杂志和音乐会海报。一切照旧，这样一个世界在我周围运转已经十几年了。

不用问，过一两天或者下一个星期，爸爸就会回来，手提箱里带着从中国香港、东京、中国台北带来的各种礼物，特产零食，西装革履地从前门进来，风尘仆仆，但见到我们还是喜笑颜开。从小到大，多年来我习惯了这样——我们母女四人在美国生活，爸爸时不时从天而降，像希腊神话里的神仙珀耳塞福涅，每到时节准时降临，怀抱礼物，春回大地，照亮我们的世界。

全家在世界各地旅行时的合影，被妈妈放大了放在银色或者水晶玻璃相框里，挂在墙上，摆在书架上，壁炉架上，床头柜上，一尘不染。照片上我们全家五人都在，从我们是小女孩儿，茱莉和安妮还被爸妈分别抱在怀里开始，站在奥兰多迪士尼的城堡前，或者伦敦圣保罗大教堂为背景……我最喜欢的一张是我高中毕业典礼时拍摄的，那张照片里我们母女四人，妈妈站中间，我们三个姐妹亭亭玉立，都比妈妈高了。仔细看会发现在照片的一角有一个拍照人的影子，那是爸爸，他正举起双手端着相机，在6月初罗兰岗最好的阳光下给我们拍照。那个像夏日树荫一样淡淡的影子笼罩着我和安妮的大半身。

　　这些历经十几年的照片按时间排序，从过去到现在。妈妈略微比年轻时胖一点。唯一不变的是爸爸，除了鬓角的头发从乌黑到略略灰白，他连额头上的抬头纹都没有变过，永远是那种自信的微笑，两眼炯炯发光，下巴轮廓分明，胡须刮得干干净净，跟他接受财经媒体采访时的状态一模一样。这就是我们的爸爸，平时基本不露面，但重要的场合绝对少不了他。他是全家的高光点，顶梁柱，同时也是我们生活的背景音乐，大部分时间不在罗兰岗，只存在于照片里，自从我记事起就是这样。

　　若是错过了圣诞节还有新年，过了新年还有春节……爸爸总会出现在某一个节日里。之前他到底什么时候回过罗兰岗，我不记得了。6月初为了庆祝我高中毕业，在第五大道的珠宝店里，爸爸特意给我买了银首饰。第二天他就飞回亚洲了，像过去一样匆匆忙忙。他送过我们母女四个人太多的首饰、礼物。那套纯银手链和项链，戴过一天以后，就被我收进盒子里，托妈妈带回家。不是我不稀罕这些东西，而是只要我想要，只要我开口，爸爸就会给我买，甚至不用我开口，贵重的礼物都会自己送上门。比如我的徕卡相机，比如我拿到行车驾照以后，门前忽然多了一辆崭新的白色跑车。家里的三角钢琴，从初级的雅马哈到顶级的施坦威，都是妈妈张罗着帮我换，不用我开口。

我弹了一小时李斯特的单手练习曲，安妮和茱莉在外面打雪球的声音声声入耳。铲雪车已经来过，门前的小路在扫雪后露出地上的红砖。我捧杯红茶站在客厅的窗口看着她们。这时钢琴上的小台灯光线跳了一下，然后暗了，停电了！多半是铲雪车碰倒了一棵被雪压弯的大树，大树倒下时砸断了路上的电线，雪后停电的事常常发生，一会儿就恢复了。

我穿上厚冬衣，戴上帽子手套，带上新相机，跟着两个妹妹走出了前门。我们往离家不远的树林里走去。雪霁初晴，路边树枝上压着白雪，像圣诞卡片上的画，我们在积雪的小路上走着，周围是一个几乎透明的冰雪世界，落尽叶子的白桦树露出白色的树干，凸显在绿色的针叶林中。寒冷的空气里飘着松针的香味，那么纯粹，那么静谧。

这个地方，我们姐妹三人来了多次，小路通向一片自然保护林，森林的尽头有一个殖民时代的墓地，是罗兰岗唯一著名的文物，上了美国国家文物保护名册的。

墓园的大门是一排铸铁的栅栏，后一半是石墙，石墙上爬满常青藤，在雪里露出阴郁的墨绿色。栅栏顶是菱形的尖刺，久已不再锋利。在栅栏正中间是一道加了锁的铁门。冬天下午四点准时上锁，夏天晚间八点上锁。

雪地上飘着一层薄雾，像一只温柔的手，邀请我们走进那片园子。残存的一共十二座墓碑。风吹雨打，墓碑年久，已风蚀成薄片，上面字迹模糊漫漶，其中一个墓碑上只剩下"大笑"（Laugh）一词。近旁的墓碑风蚀程度稍好，碑上刻的"基督坚兵勇往直前"几个英文词还可以辨认。最年轻的两座，约翰·安博·柏金斯，1907年入葬，"美好的仗已经打过，当行的路已经走过"。再往前，是一个叫珍妮·莫比乌斯的人的墓，1912年，"曾经的陌生人，你收留我归家"。墓碑上的人与自己同名，让我心里很不舒服，一般总是绕道过去。

珍妮的墓后面，有一排石头矮墙，把墓地隔成两个部分。墙已经颓败得不成样子，大小不一的石头散落在地上，石缝间长出野生橡树，已经高过人顶，树上爬满了野葡萄藤，粗壮的藤蔓如筋脉虬结的手臂，秋天的葡萄被风吹干，还有不少留在枝上。我每次到这里，总喜欢摘两颗野葡萄吃。那滋味酸中微甜。可是有一天茱莉告诉我，墓地里的葡萄叫马斯坦葡萄，它是不能吃的，尤其石墙那里的葡萄不能吃。

"美国的野葡萄不都叫这个名字吗？这有什么可大惊小怪的？"我反问，"我们家后院的野葡萄都可以吃，这里的怎么就不能吃了？"

"别的野葡萄能吃，但墓地那里的不能，石墙后面是葬女巫、强盗、罪犯的地方，那个地方不洁。"

"都过去两百年啦，哪里有什么洁不洁的！"

"墓地的东西都不洁！"

"那我们干吗到这里来？"

"安静啊！我们说什么都没有人听到。"

安静不假，比如现在，走到这里就看不到我们家房子深灰色屋顶上的白色塔楼。大路上铲雪车缠了防滑链的轮胎在雪地上轰鸣，传到这里已经和风声、鸿蒙的回响交织在一起。距离只有几百米远，但这里感觉与世隔绝——夏天长草如茵，草间的麻雀、喜鹊和知更鸟啁啾，大黄蜂以及不知名的虫子嘤嘤嗡嗡，现在一切都在雪中安静如睡。最小的妹妹安妮用戴着粉红色滑雪手套的手指划过灌木，把上面粉末一样的积雪连着下面的落叶，扫落下来，她回头朝我望一眼，又望我一眼，妹妹心里有事的时候就会这样。

"安妮，你要说什么？"我问。

"姐，你知道吗？你知道为什么爸爸不回来吗？他再也不会回来了！"安妮说完，紧张地看着我。

"你胡说八道什么！不许乱说！他不是每隔几个月就回来一次？你是不是又偷听爸妈吵架的电话了？然后自己添油加醋？像上次……"我不太相信。以前爸爸妈妈在电话里吵架，被茱莉或者安妮听到，夸张地跟我转述，过一段时间一切又恢复平静，然后，然后爸爸就回来了。

我走过去，用手推了安妮一下，哪想到她突然委屈得大哭，整个脸都皱了起来。

"这回不是我乱说！"安妮道，怒气冲冲地狠跺了一下脚，跑开了。我转向茱莉，她木着脸，垂着眼，把玩着一只留在松柏树上的空鸟巢。鸟巢形如一只完美的碗，草木编就，上面的黏土，被那只细心的鸟抹得光滑如瓷。"茱莉，你说啊!"茱莉不吭声,我忍着,等她开口,一只乌鸦突然从不远处的白桦树上飞起,从我们头顶飞过,像一只黑色的影子。乌鸦在天上一边飞一边哇哇地叫,像是笑声。

"爸爸跟别的女人生了孩子,男孩,在上海。已经一岁大了。他不会回来了,他正式跟妈妈提出离婚。妈妈前几天跟我们说的,那时你还没回家。"茱莉说的时候还是低垂着眼帘,说完才抬起眼睛看着我,脸上流下两行泪,她用手抹了一把,依然愣愣地看着我。那只空鸟巢,从她手里落下,落在雪地上,裂成两半,飘出一枚带着黑条纹的蓝羽毛,那是一只蓝喜鹊的窝。

"妈妈为什么一直不对我说?"我尖声质问她。茱莉说:"姐,你昨天晚上才到家啊,她今晚就会跟你说。"我想起昨天晚上进门时妈妈躲闪的眼神,还有三更半夜不来车站接我。

"要是今天不停电,我们不走出来,你也不会说,也就等到晚上?"我大怒,恨不得冲上前推她一把。寒冷的风吹来,眼泪随着鼻涕一起流,我用羊皮手套抹着脸,冲到那只破碎的鸟巢前,穿着皮靴的脚狠狠踩下去,用力太猛,脚下踩到暗冰,我整个人差点跌倒。

安妮跑过来，抱着我，头埋在我的肩膀里，放声大哭。茱莉在一边呆呆地看着我，双目红肿，用戴着手套的双手托着自己的脸，好像这样就可以止住那些流出来的眼泪。头顶上飞过更多的乌鸦，在雪后透明的天空里快活地叫着。过了一会儿，她想起什么，说："爸爸说美国的房子、存款都归我们，他不会亏待我们。"这些话是用中文说的。我们姐妹三个之间的对话，平时都用英文，张口就来。但每次说到父母，就会自动转成中文。

"这算是什么破安慰！但有钱总比没钱强。"我也用中文回答，这个成熟理性的声音把自己都吓了一跳。我说中文和说英文时声音不一样，完全是两个人的声音。

等我们平静下来往家的方向走。茱莉和安妮走在前面，我跟在后面，地上我们来的时候那些脚印还清晰可见。风和雪都停了，路的尽头可以看到我们家房子顶上缠的圣诞灯亮起来，来电了，一切都恢复正常。恢复到两个小时前我们随意走出来的那个正常的世界。若推开家的前门，妈妈肯定在厨房里忙着做饭，她不愿跟我多谈，一切都跟以前一样……

能跟以前一样吗？过去爸爸偶尔回来一次，现在爸爸干脆不回来了。想到这里我觉得胸口很紧，眼前像有一团黑雾，隔开我和妹妹。我走得慢下来，两个妹妹走在前面七八米远，她们穿着笨重的防水靴子，厚厚的滑雪裤和羽绒服，背影看上去又短又肥，像七八岁的儿童，蹒跚地踩在积雪上，一步一步，小心翼翼地往前走。我们，像不像三个森林里迷路的弃儿？其实我已经成年，茱莉和安妮再过半年就满十八岁，也即将成年。我端起手里的相机，调好焦距，拍下她们的背影。然后折转身，往森林里走去。我不要回家！这个念头在我脑海里像火苗一样闪动着……

最后挡在我面前的，是那个叫珍妮的墓碑。我脱下手套，用手指划过冰凉的墓石，发现在墓碑裂开的缝隙里，还长着一棵几寸长的树苗。叶子已经落尽，光秃秃的褐色枝干冲天而立，上面结着一粒粒紫色的芽苞。一只极小的灰色田鼠，从墓草下的缝隙里钻出来，尖嘴边的胡须软软地抖动了几下。四目相对，我心里闪过一念——如果可能，我要变成一个非我，变成任何另一种生命的存在——比如眼前这只田鼠，回到以前的世界——那个世界一切完好，没有突然的离别，没有消失，没有半夜时分空荡荡的站台，没有陌生人站在路灯下盯着我看。

仿佛听到我心里的愿望，田鼠吱吱地叫了两声，跳起来，钻进墓旁金缕梅落光叶子的灌木丛下，在层层堆积的落叶里，消失了。那几秒钟，像有一只无形的手轻轻地把我心里的混乱惊恐的念头都打包藏好。

*

当天晚上，爸爸如期回来。跟以前一样，他给我们每一个人都带了礼物。晚饭后，我们坐在客厅里拆开那些礼物。灯光下我们穿着新毛衣，妈妈做完菜以后，上楼换了衣服化了妆，戴上闪亮的珠宝，笑盈盈地跟爸爸坐在一起。客厅里亮起水晶吊灯，我拿出新手机给他们拍照，又给全家拍照。客厅的地上堆着撕开的包礼物的彩纸和包装盒。我弹琴，两个妹妹唱圣诞歌，然后换成妈妈弹琴，爸爸唱歌。他们唱的，都是几十年前的老歌，《十五的月亮》《纤夫的爱》《新鸳鸯蝴蝶梦》《心太软》……这些歌是爸爸年轻的时候唱卡拉OK时流行的，现在网上有免费的曲谱，每次家里聚会或者请朋友来派对，这些老歌必唱。我记不清看到爸爸唱了，甚至记不清爸爸下楼来。

但爸爸只住了一个晚上，就要飞回上海去。妈妈让我把他送到火车站。

　　我去开自己那辆跑车。自从我秋天去读音乐学院，那辆车还没有怎么动过。早上原以为会下雪，但雪没有下，起了浓雾。我把爸爸送到火车站，从那里他坐火车去纽约，到了纽约以后打车去机场。"我不如把你送到机场吧？反正我也没有什么事。"我开车出来，爸爸坐在旁边。爸爸说不用了，他怕起雾以后路不好走，高速公路会拥堵。

　　车穿行在浓雾里，开得很慢，路上几乎没别的车。走了很久才到罗兰岗的火车站。爸爸下车，从后备厢里取了他的行李箱，站在车边跟我告别。他紧紧地拥抱了我一下，白色的雾像云彩一样飘在我们身边，车站里看不到一个人。我也看不清他的脸。他走进雾里，登上站台，我听到通勤火车到站前当当的铃声，地面轻微地震动着，然后是车厢关门启动前的三次嘀嘀声响起，火车引擎启动。我被浓雾团团包围住，什么也看不清，只听到火车启动加速，车轮撞击在钢筋铁轨上，那声音铿锵有力，又渐行渐远。一个巨兽走了，车站又恢复安静。我坐回车里，副座上落了一条大红色男式羊绒围巾，那是爸爸留下来的。这条围巾似乎是爸爸特意给我留的，我不记得刚才他戴这条围巾了，他平时戴一条昂贵的驼色羊绒围巾。我伸手把红围巾取过来，围在自己的脖子上。

我回到家里，妈妈在厨房里忙着包饺子，为了赶去下午的社区华人教会聚会。妈妈把包好的饺子煮熟，起了油锅稍微煎成金黄色，这样饺子放进大食盒以后不会粘在一起。然后她上楼洗澡洗头，换上出门穿的胸口带水钻亮片的羊绒衫，深藏青的毛呢西裤，同色的皮鞋，戴上两个钻戒，把装满饺子的大食盒放进一个干净的牛皮纸购物袋里，开了家里那辆500系的轿车，出门社交。两个妹妹都按计划去她们同年级的同学家参加派对。

她们离开，整个房子就剩下我一个人。房间里的暖气启动，热风从地板下冲出来，四处都响着窸窸窣窣的声音，那些声音里有海鸟的叫声，有乌鸦的叫声，也有昨天晚上我们的歌声。其中有一个声音叫我离家，叫我赶快离开这里。

我走进自己的房间，从壁橱里拿出一个旅行袋开始往里装自己的换洗衣服，成盒的隐形眼镜，手机充电器，钱包……最重要的是带上药，维柯丁有整整一瓶，百忧解也还算足够。我现在还没有到最坏的时候，尽量不吃这些药。

离家的冲动，像紧急驾驶时的黄色信号灯，在我脑海里不停地闪烁着，节奏越来越急促。在卫生间收拾洗漱用品时，我本来没有拧亮灯。我怕光，而且也不需要取太多的东西，但梳子落在水池镜子之间的窄缝里。我用手去够，手臂蹭到墙上的电灯开关，忽然浴室里灯光大亮，我在镜子前，不得不对着镜子看了一下。

镜子里倒没有什么异状，镜子里空空的，连我自己的影子都没有。

我知道自己的疯病又发作了！

若待在屋里，即便不做自害的事，屋顶也要塌下来压死我，不如出去走走。我伸手拧开药瓶，把维柯丁服下去，要出门的话，为安全计，还是先把药吃掉。药在嘴里，舌头和牙齿又忍不住拨弄了那两片药，然后开始咀嚼。这是我的坏习惯，每次吃药无论多苦，都要嚼碎了才吞得下去。我就着浴室里的自来水灌了两口，药粉给冲下肚去，嘴里的余味比刚才还苦。

药性很快上来，我昏昏欲睡，没有力气爬到床上，和衣倒在床前的地毯上……我的眼前，跳着一只田鼠，珠子一样的小黑眼睛打量着我，吱吱叫两声，然后消失在树林下成堆的枯树叶里……林间的路上远远走来一个人，肩上还骑着一个小姑娘，为了维持身体平衡，小姑娘的一双小手像攥马缰那样抓住底下那个人的头发。那一高一低叠在眼前的一对人，从我眼前沉默地走过去……"妈妈会在大门外等你，她出去买花，找不到停车位，我先下车来跟你说。"说话的人是茱莉，只有五六岁大，穿得非常整齐，毛衣，白衬衫，花呢格子裙，白袜黑皮鞋，我在卡内基音乐厅的第一次演出……大师课，厚厚的乐谱打开了，列文教授苍老的手，从钢琴键上，抚摸到我的手上，手腕上，手臂上，头发上，他的呼吸声越来越近，凑近我的脸……

有如撒进风里的碎片，这些记忆瞬间散开。我呼吸得平稳些了，舒服地翻了一个身，眼前闪动的光和色彩都慢慢淡去，房间终于安静了，那些吱吱喳喳的声音变成暖气口推出热风单调的呼呼声……

我把车开到罗兰岗上95号公路的入口，犹豫了几秒钟，不知道往哪里去，最后决定朝北走，上了95号的辅道。

95号公路，过了纽黑文城外的大桥以后，路上的车明显少多了。三车道变成了两车道，有时公路经过海边，我一马平川地开着，在接近马萨诸塞州时下车加了油，在加油站便利店买了一个三明治，一杯茶，胡乱地站在柜台边吃下去，吃完给妈妈和妹妹都发了短信，跟她们说我到北面的州去看朋友，过几天再回来。

从康涅狄格州南部一路到马萨诸塞，路上的风景几乎完全一样，乡下，收获以后空荡荡的玉米地，成排的落了叶的苹果树后面，偶尔是亮着圣诞灯的农舍，白色的带尖顶钟楼的新教教堂。更多的时候，路边是水泥和木板搭建的两层高的汽车旅馆。高级一点的丽都假日，四方形的楼，旁边是加油站，或者沃尔玛超市。

过了马萨诸塞，过了一条狭长的跨海大桥，就是新罕布什尔州。天气明显地冷了下来，风吹到汽车玻璃上，发出类似壁炉里火焰那种呼呼的声音，又像是大风天里树枝在窗外摇动。风声从紧闭的窗户里透进来。看不到海，但是在路的一侧是一望无际的黑暗，看GPS上的地图，路的右边是一望无际的蓝色，那就是大西洋。

我本来准备一口气开到缅因州的波特兰，但实在太累了，而且天黑得早，到晚上七点已经漆黑一片。晚上八点开过缅因州的南边地界，大风后天空出奇的晴朗，月亮升起来。一个是淡白色的月亮，下弦月；一个是微微泛绿的圆月——两个月亮！不知道哪一个是真的，哪一个是假的！维柯丁的药性又上来了。我应该自觉地下高速公路，找一家旅店休息。

冬季是缅因州的淡季，大部分汽车旅店和饭馆都关门打烊，有的窗户和前门为了防止风暴，钉了保护用的木板。我在路上开了很久都没有看到一辆汽车或者开门的店铺，正准备掉头回95号公路，忽然看到右手边一个二十四小时营业的汽车旅馆的招牌，招牌是长方形，四周镶着荧光灯。

第二天早上，被海鸟的叫声吵醒。睁开眼，看到前面墙上一尺见方奇小无比的窗户，晨光从那里透进来。这房间就像船舱一样，小窗是唯一的窗户。房间另有一扇门，门外是一个木板搭建的露台，露台放着一对叠在一起的白色塑料沙滩椅。从露台下来可以直接走到不远处的海滩。我在这里的头一夜，海涛声一直没有停过，原来都是出自那不远的海滩。这家汽车旅馆是小镇上唯一营业的，其他的店都关门打烊，得等到第二年夏天才开业。我在汽车旅馆一楼的小客厅吃早饭，旅馆的员工从暖壶里给我斟上咖啡，然后跟我解释——除了早饭，旅馆不供应餐饮，要吃饭得继续沿着缅街往前开，再走十英里，那里有家饭馆。

除了去那家指定的店吃饭，大部分时间我都在汽车旅馆里度过，坐在露台的塑料椅子上，对着不远处灰色的海发呆。小饭馆的饭食油腻粗糙——周打起司蛤蜊汤，甜得发齁的松饼和炸面圈，软绵绵的生菜色拉，焦黑的咖啡一股酸味儿。酒吧里可以看到长住在村里的渔民，坐在吧台前，一杯百威啤酒就可以消磨半天。他们面无表情地看着酒吧电视里的足球赛。我坐下，跟服务员点菜，他们都侧耳倾听，但并不过来搭讪。他们蓄着大胡子的脸上，像沉默的石兽一样没有表情。过了一会儿，他们就不再注意我的存在。这些渔民之间没有罗兰岗或者纽约酒吧里的交头接耳，他们把我当空气。

药物的作用，周围木然陌生的沉默，让我脑子清醒了。我坐在饭馆油腻的火车座上，回忆起过去两天发生的事——什么是真的，什么是假的？爸爸到底回来了没有？我拨响茱莉的电话，跟她说我的位置，我出门散散心，让她转告妈妈。

"你不回来吗？我们后天想出门，往南方走走，你要不

126

要开车回来跟我们一起去?"茉莉说,听到我的声音,很明显松了一口气。

"我现在不想。"

"你愿意跟妈妈说话吗?她就站在我旁边。"

"可以。"

电话那头是一阵沉默,茉莉按了电话的消音键,这样我听不到她和妈妈的对话。过了几分钟,传来妈妈的声音,她一开口就哭,瞬间让我非常厌烦又可怜。说了几句叮嘱平安的话以后,忽然冒出一句:"钱其实是够的,够你们上大学,不行就把罗兰岗的房子卖掉,我们搬出去租公寓!"这几句,是无比清晰地讲出来的。

放下电话,我松了一口气,心又沉了一沉,一切都是真的。

一切都是真的。

第二天早上服药,吃早饭,然后从汽车旅馆出发,继续往北开。加油站便利店员工跟我说,从这里一直往北开,就是加拿大。就这样我一个人开着车,累了就吃高速公路边的快餐店,晚上七点以后从高速公路下来,按照路上的指示牌,找一家汽车旅馆睡上一觉,第二天一早再出发。

风景变得越来越荒凉，海水近于黑色，映现出灰色的天空。路边的海滩上，礁石如巨人一样，每一块都是两米见方。唯一的颜色是礁石之间竖着的灯塔，灯塔上漆成红白色的条纹，顶上的明灯，在短暂的白昼中也亮着。老远就能听见灯塔马达那嗡嗡的机械声。海浪拍打岸上的石头，发出震耳欲聋的轰鸣，随即在黑色的礁石上砸成粉碎的白沫。

北方化为乌有——多年来的瞒与骗，在这段驾驶的长路上，渐渐远离我。北方像一个沉默严厉的神兽，让我走进它的腹地，松针上的积雪，穿过万顷针叶林的风，最后把我带到无名的小岛上。路上一个人都没有，海滩上积着冰雪，我直接把车停在路边。寒冷不允许我从车中出来，只能坐在里面，眺望不远处的海，眼泪淌下来，哭得痛痛快快。

我痴迷地看着这一切，这里不是罗兰岗的游艇俱乐部，不再是佛罗里达度假村游泳池里加热过的温水，这里地老天荒。在我之前，在我之后，这些无情的风景都存在着。我不再想到罗兰岗。我再也不想回去！既然爸爸可以抛弃我们，去过他想过的生活，我也可以过自己想要的生活。

一个星期以后，我来到缅因州的最东面。路上的一个地理标志说这里是美国国土的最东端，前面就是与加拿大相邻的芬迪湾。路牌上指出附近有一个峭壁，一个州立公园。那一天又在下雪，我把车停在州立公园空无一人的停车场上。州立公园基本是半关闭状态，上山的小径只有一条是开放的，其余几条都打上醒目的"道路关闭"的标志。

满山的松林里吹过的风声，像低沉的猫科动物的吼叫。风里的雪花打着旋，我把遮脸的围巾摘下来，扑面而来的是山上松针的香气，那么凛冽，那么沁人肺腑。我决定等第二天再来这里。

第二天雪果然停了，阳光照在雪上，折射出刀刃一样的亮光。我等到十点以后，气温稍微上升了一些，才开车出门前往那个峭壁。白茫茫的一片中，我深一脚浅一脚地走上通向山顶的路。到达山顶时，天已经阴沉下来。那里是一处峭壁，自由落体几十米，下面是怒涛翻腾的海面。那就是芬迪湾，海湾对面是加拿大，郁郁葱葱的森林，看不出人烟的迹象。天幕低垂，厚重的云里仿佛满载着雪，压在海面上。海湾和陆地接壤的地方是一圈白色的冰，黑绿色的海水一次次冲刷着冰层，发出单调的声音。那种无知无觉的永恒的动感安慰着我，我挑了一块干燥一点的岩石坐下来。最后我摘下了那条红围巾，激烈的风立刻要把它吹走，只要我稍稍松一下手指，围巾就会凌空飞起来，飞落到下面的海上。我心里不忍，又把围巾系到脖子上。

我穿了厚羽绒服，加了棉的滑雪裤，过了一会儿，还是冷得瑟瑟发抖。我掏出手机，给妈妈打电话，想跟她说我不愿读音乐学院了，我要停一年学，出门打工。妈妈的电话没有人接，我留了言，然后把手机放回衣服里。好像听到了我的决定，天幕上的云裂出一道缝隙，露出后面蔚蓝的天，云后的阳光照下来，一道一道静止的光柱，在昏沉暗淡的海与天之间。

寒冷中不得不离开，我起身，把围巾取下来，手一松，围巾就像一个微小的蝴蝶，在剧烈的风中呼啦啦飞了出去。它没有往海那边飞，好像留恋我，飞到近旁的针叶林里，落在离我十几米远的山顶的树上，树顶的白雪中。

远远看过去，那条围巾只是一个红点。我把领口的纽扣系紧，把雪靴上的带子在小腿上扎牢，开始往山下走。等我到达山脚下的停车场，已经日落，天空以西接近森林的地方是一片灿烂的金色，逆光看去，森林一片漆黑，一个淡白色的月亮从东边升起。这次只有一个月亮。

手机响了，我脱下手套掏出手机，是妈妈打来的电话："珍妮，你现在在哪里？你能尽快回家吗？"

━━━━━━━━━━━

罗兰岗高中02级毕业十五周年聚会，定在独立节那个长周末。那段时间是一年中最热的时候，整个美东，沿着大西洋的海岸线，从佛罗里达开始往北，南卡、北卡、弗吉尼亚、D.C.、马里兰、费城、纽约，往北到马萨诸塞以及最北边的缅因州，遍地火炉，日日都是超过95华氏度的高温。我们驱车从罗兰岗往西，到达属于阿巴拉契亚山系北部的水晶湖，一路上，山里的空气比以往我们来的时候都热。针叶林散发出强烈的香味，野地里成片的鼠尾草被骄阳晒了多日，露出下面赭红色的岩土。

水晶湖是我们来过多次的地方。小学时童子军露营拉练，上中学以后学校搞野外生物课，毕业日的长派对，都是在这个地方。这里一年四季，每一个季节的风景，之于我都像是高中时代的狐朋狗友那样熟悉。下了高速公路以后怎么走，根本不需要GPS指路。

高中返校聚会以前是在10月的第三个星期日，总是在固定的日子回母校，这次例外。借长周末我们分别租了水晶湖附近的木屋，大家可以拖儿带女，带上一家人前来聚会。莱恩已经从医学院毕业，开始第一年的住院医师生涯，他已经结婚了，妻子就是同医院的麻醉医师。艾莱克斯从他工作的上海特意赶回来。凯文在纽约做发型设计师，一直暧昧地单身。我已经有一个四岁的女儿，那时妻子出差，我正好找借口把孩子托付到长岛的岳父母家里，趁这个时间出来逍遥一下。我们从黄昏时开始架起篝火，开始喝酒。高纬度地区天黑得很晚，夜幕四合时已经是晚上十点。四下响起的虫鸣和天上的繁星一样密集。

这次聚会几乎所有同学都来了，缺席的一个是珍妮，一个是马可。马可是聚会的组织者，但这次他官司缠身不能来。珍妮从来没有参加过任何一次高中同学聚会。她是我们年级的天才钢琴家，也是11年级那年唯一试图自杀的学生。关于她的记忆，经过这么多年讲述，每一个细节都历历在目……

莱恩找过她吗？当然找过，不止一次。

莱恩没有被哥伦比亚大学录取，考到缅因州著名的文理学院，但这并不影响他学医。进大学后的第一个寒假，他本来计划去纽约找珍妮。但那个学期最后一门普通化学的期末考试被安排在圣诞节前一天。等他回到罗兰岗，去赵宅的时候，已经接近新年。珍妮家大门紧闭，电话、手机都打不通。莱恩开始还不相信珍妮家里没人，绕到房子的后院，从厨房通向后院的门往里看。那扇门是嵌长玻璃的法式双推门，平时赵太太出门都不会忘记拉上窗帘，这一天却恰好忘记拉上。莱恩把脸贴在门玻璃上，厨房和客厅里的一切一览无余。

你看到什么了吗？

莱恩摇摇头，说好像屋子里什么都没有！

连家具都没有？

莱恩还是摇头，餐桌、沙发都在，但给他的感觉就是一弃屋，很久都没有人住了。

怎么会呢？你不会是记错了吧？珍妮读大学的第一年，还有两个妹妹，在罗兰岗高中读11年级呢。圣诞节加上新年，一共才十天啊！即使是她们一家出门，也不至于几天之间院子里长满荒草啊。

莱恩摇头，想想又摇头，说，他把车开上赵家的车道，车道上全是秋天结的青苔，车道上铺的地砖长满了荒草，草长过膝。

之后呢？

"之后我去英国做交换生，读了一年，回来以后她们家已经搬走了！"莱恩说着眼睛里闪着泪光。他说我真的再也没有见过珍妮了，但是……说着他掏出手机，打开视频，递给我们。那是CNN关于叙利亚内战的系列新闻报道，视频只有四十多秒。在CNN战地记者介绍了几句摩苏尔情况后，镜头转向一个美国人，是住在当地的自由撰稿人。

那是在希腊位于东地中海的某一处小岛的沙滩上，脸朝下倒卧着两具少年的尸体。其中一个是女孩儿，花布头巾已经从头发上脱落到脖子上。海浪轻轻拍动着他们的遗体，好像也在默哀。画面转向那个海边拍摄的人，是一个年轻的亚裔女子，海边的风吹动她的衣服，飘飘的，她逆光站在那里，对着镜头说："这就是今天我们在希腊拉马拉海滩发现的难民遗体，其中一个是女孩，年龄估计十一二岁。这是叙利亚内战给普通人带来的悲剧……"

逆光里，演播人的面目有些模糊，唯一清晰的是她的声音，甜蜜的，微微娇憨的清脆的女声，这绝对是珍妮的声音！听到这个声音，在篝火前的每一个男生几乎都震动了一下！这声音太熟悉！

好不容易镜头转向那个战地记者，只见那个用珍妮的娇音说话的人，花布头巾包住了全部头发，沿着脸蛋的边缘围出一个轮廓，轮廓中是一张素颜，好像成心让我们猜谜。我们把画面定格，看了半天，三分之二围观者说是珍妮，三分之一说看不清，或者说像某位中年的中国台湾电影明星。

油管上的视频给我的印象太深，以至于那次聚会后我梦见自己跑到希腊的海边。在梦里，海边的沙滩空空荡荡，既没有戴头巾的中年珍妮，也没有沙滩上溺水的难民遗体，唯一可以看出希腊特色的，是那比罗兰岗的北大西洋湛蓝得多的海水，以及远景的山上明信片一样的白房子。珍妮缺席高中聚会，但并不影响她的存在。即使是在梦里，跟她有关的记忆之波（如果你懂这种东西的话），像隐形的火焰，让梦里的画面变形。这也是我们回到罗兰岗的感觉。每一次经过她家所在的那条街，我都被那记忆波击中，那隐形的火焰从易主的房子里蔓延出来。

我们围着篝火坐着，传看着莱恩的手机，高中时代的记忆最后缩影成这个逆光站着的戴头巾的女人。篝火慢慢熄灭，夏天的夜风从水晶湖上吹过来，带着湿漉漉的夜气，吹到身上有点冷了，我们盯着越来越小的火苗发呆，热力从暗红色余烬源源不断地散出来，暖着我们赤裸的小腿。凯文往火里加了一块木头，木头上干燥的树皮立刻在火里噼里啪啦点着了，已经是余烬的篝火突然蹿起一尺高，每一个人本能地往后缩了一下。莱恩站起来，面对大家，眼睛里闪着光彩，脸上映照着跳动的火苗，那样子又像回到高中舞会。他一字一顿地说："我昨天写信给CNN中东总部，请他们给我珍妮的邮箱，我在等待他们回复……"

烟
花
冷

题记：爱之所以宝贵，因为它会失去。

——C. K. 切尔斯顿

老路易去世以后，百合的作息时间跟别人不一样，比起白天，她更喜欢夜晚。入夜后，她不看电视，独自走在小区的路上，欣赏小路两边的独栋或者联排康斗公寓各家人的院子——绣球、万寿菊、台阶下挖的锦鲤池子、红枫树下供的圣母雕像或者日本石塔。若是院子里杂乱不堪，栅栏上的木头烂了也没有换上，前面沿着草坪的石板路上长满了荒草，多半这家的主人出了问题——离婚，失业，或者生病。春夏和秋冬之交，深夜里，路上可以听到蟋蟀和其他甲虫的叫声，虫飞时带动的气流，偶尔有一两家的人开车回来，到达家门前打开车库，自动车库门隆隆地升起，过了一会儿，等车进了车库，又隆隆地关闭。夜幕中，总会有一两家忘记拉上客厅的窗帘，从路上可以看到客厅里正在播放的彩屏大电视，滚动的画面绚丽夺目。

白天，除非偶尔起来打理事情，或者出门买菜，她尽量睡到中午以后。这样吃完早饭，清理厨房打扫房间，再打开电视看看财经台的股票，然后看几集剧或者电影，一下就晃到四点以后了。

这天过了正午，百合才起来，坐在厨房里吃冷牛奶泡的蜜糖燕麦圈，这是她的早饭。房子临街的那一面朝西，百叶窗都关着，但挡不住夏天的阳光随着街上的喧哗照进屋子里，照到百合沁凉赤裸的手臂上，热辣辣的很舒服。

爆竹第一次炸响的时候，上面大约盖着一个易拉罐或者瓶子，爆炸得格外有力，把墙上老路易的照片震得抖了几下，老路易晒成太阳棕的脸上笑得风流倜傥，照片震得那笑颤巍巍的。百合走过去把照片扶正。街上传来一阵欢呼，百合心想不好！果然这成功一炸之后，又有连续几炸，都是带瓶带罐的，一小块破碎的易拉罐铝片碴子飞到窗玻璃上，叮地一响，玻璃没碎。

这条街上的房子虽是独门独户，但是面积小，房子挨

140

得近，墙壁薄。百合坐在小餐桌边，街上一切听得分明——点燃爆竹以后导火索刺啦啦地烧，几秒钟之后，砰的一声，百合惊得哆嗦一下。她打开窗对着外面骂了两句，外面一片哄笑。百合听到哄笑声中夹杂着"女巫婆""老母狗"。百合狠狠关上窗户，拨打电话报警。几分钟以后就听到警车响着警铃自远而近朝这边开，街上的顽童知道事情不妙，连骂几声"母狗"，作鸟兽散。现在正是学校放暑假，街上的孩子没有人管。

百合知道警察很快就会到，索性坐下，等着那第二只鞋子落下来。屋里的静，带着清洁剂的静止的空气，被屋外的闹和硝烟包围着，好像屋外是真正的带生命力的身体，屋内是空虚的内心。百合无聊地坐在那里等着，心里又暗自盼望再来一次。

街上安静下来，估计众顽童已经跑空了，她拉开前门，迎面一声巨响：

砰！

比之前响一倍，耳膜震得嗡嗡的，百合吓得倒退一步，差点跌倒。

街上唯一没有及时撤退的，是一个矮墩墩的男孩，他手里捏着一把烟花棒，脚下一片狼藉，都是刚才炸过的花炮的碎纸片，人赃俱获。胖男孩窄塌的额头、圆脸，傻呵呵的，但也知道事情不对了，不知所措地望一眼门里站的百合，看着从远处疾驰而来的闪着警灯的警车，嘴里喃喃用西班牙语打招呼："乌拉，阿米哥。"

远远传来一个嘶哑女声——"杰生，杰生！"这是胖男孩的妈咪卡门·桑切斯。卡门穿着人字拖一路噼里啪啦跑过来，她顶着一头染过的金发，发根已经褪色，少女打扮——破T恤，破洞的超短热裤。车里下来一个警察，招呼道："乌拉！"说完朝胖男孩挥挥手，胖男孩知道这是让他走，腆着小肚子快步朝那个女人跑过去。警察转向百合，一摊手，耸耸肩，钻进车里，开走了。

这对母子住在街的另一头，单亲，拉丁裔。胖男孩叫杰生，出生时就被诊断为唐氏综合征。杰生往家走了一段又折回，到了百合家门口，举起手里的烟花棒，得意地朝百合挥了挥，"El Gorrin！"说完咧开嘴笑，露出粉红色的牙龈。他这么一笑，百合心情也好起来，向他挥了挥手。

El Gorrin——小麻雀，纽约这一带的拉丁裔把自制的烟花棒叫小麻雀。卡门跟在儿子后面，木着脸，她大概猜到是百合打电话报的警，这时坚决不理百合。直至回到自家门口，卡门才贼溜溜地朝百合的方向回望一眼，反身进屋，把门关上。

　　杰生长着典型的唐氏综合征儿童的面相——胖脸盘，额头很低，塌鼻子，口齿不清。但他喜欢笑，憨憨一笑是他的招牌表情，每次百合看到，心里都暖暖作痛。刚才他反身回来打招呼，让百合好过不少。自从搬到这里，杰生是百合在邻里中交的唯一朋友。除了杰生家，百合跟这条街上的邻居都只是点头之交，算不上朋友。那位晚上常常来杰生家的男人不是他爸爸，是卡门的男友。偶尔周末来，这个男人喜欢把车库门大开着修汽车，手机调到拉丁萨尔萨音乐台，音量开到最响。因此在这条路上得了一个绰号"音响先生"，Mr. Boom，简称"轰轰"，Boom，连杰生都叫他"轰轰"。顽童喜欢逗杰生，套他的话，让他老实说出单亲妈妈的闺房秘密——

　　杰生，杰生，轰轰是不是很爱你妈妈？

　　是的，轰轰很爱我妈妈。

　　杰生，轰轰亲你妈妈了吗？摸奶了吗？

　　亲了，也摸了。

然后呢？

然后轰轰给我二十块钱，让我到街上来玩。

轰轰在你家过夜吗？

他不过夜，他说晚上十点一定要回到家。

你妈妈生气吗？

妈妈生气，妈妈说你下地狱去。

⋯⋯⋯⋯⋯⋯

街上人散了，只听到草地上自动洒水机的转头机械地吱吱响，清静了又很无聊。这个不足百户人家的小区，地方小，每栋房子面积两千平尺出头，不够大不够豪华，不是百合的首选，她喜欢深宅大院。她曾拥有过三栋深宅大院，现在都清零归了银行。只有这栋，是申请了个人破产保护法，允许她自住的，没得选。另一栋更小的康斗转给老路易弟弟的孩子，那孩子很良善，每年把租金的三分之一到四分之一不等送来给百合。

今天这烟花爆竹一炸，提醒了百合要过独立节了。自从她搬来这里住，每年都有跟杰生母子过一两次节的习惯。今天这场烟花爆破真让她生气，她取了钥匙开车出门。本来计划傍晚买点烟花回来，送给杰生，再买点烧烤的肉，晚上请卡门母子来烧烤……现在她不想了，自己安安静静过节吧。何况报警后警察出动，卡门心里也不会乐意，还是先冷一冷……她把车开上495号高速，从16号出口的街区"森林小丘"下来，转上了罗斯福大道。那里有她喜欢的店，也有她过去和老路易的办公室。

百合来美国以前读的是英国文学，到美国以后转成会计学。本来在公司做会计师做得好好的，忽然公司业务紧缩，让她下岗。这么着，她排队等待中的绿卡也泡了汤。她那时急于搞一个合法身份，经人介绍跟老路易拍拖，他是房地产中介，婚史复杂，欠了前妻赡养费，愿意帮百合这个忙，反正百合付钱他收下，再结一次婚。随着嫁给老路易，百合也开始做地产投资——先做中介，后来投资租赁商铺、店面和办公楼。"人都要挣钱上班，上班就得有办公室，办公室永远不会过时！"这是老路易的地产信条，他在皇后区混了大半生，百合对他的话从来都是坚信不疑。她喜欢上班，喜欢办公楼里那种井井有条的秩序感，埋头苦干、深夜加班，让人生更有目的性——钱就是这么赚出来的啊！办公楼就是赚钱的地方。

老路易去世已经整整三年。

罗斯福大道街上熙熙攘攘的人群，天热，路上的行人都穿得少，一眼望过去都是各种肤色赤裸的腿和手臂。这些生龙活虎的人，百合每回看到，心里都要问一次，干吗老路易要死呢？干吗轮到他？那个也是生龙活虎的，从认识她那天起就陪在她身边，不离不弃的老路易，真的消失了，还是到哪里去了？有时百合听到长空下那一声凄厉的尖叫，像受伤的动物，又像飞速升空的烟花，那是什么？是老路易死后飘散的灵魂？

老路易跟她说过一个笑话：灵魂的样子，先是像婴儿，后来像血气方刚的少年，到后来毛孔粗糙，白发苍苍，它变成一个老人的模样。你伸手去摸，啊！还摸到一个毛发耸立的硬邦邦的生殖器！

进出"新世界"的人群中，还真看到几个像老路易那种模样的东南亚老人。银行将这栋楼破产拍卖后，新主人将原来的办公楼改成饼屋、瑜伽房、卓安手工艺店、蓝点现做厨艺厨房、有机食材、西佛曼数学补习中心……现在这个时刻进出"新世界"的，都是退休老人和带着孩子的家庭妇女。

新世界是滑铁卢，百合不愿意想。她更愿意回忆的，是他们一起做的最大的商用楼的单子，是休斯敦能源公司破产后的办公楼，拍下后转卖给德银。德银要在休斯敦建原油二级市场交易的团队。签成了，第一栋楼就赚了整整一百五十万美元的佣金，对半分。老路易站在美洲银行的大厅里，手里举着电汇凭单，满意地对她送了一个飞吻，"钱啊！多好！这笔钱你会用来干吗？"

"把我现在住的房子按揭贷款还掉！"百合毫不犹豫地说。

"嘿嘿，你真是老实人！我以为你会去买另一栋房子，梦之屋！"

"要那么多房子干吗？"百合反问。

"嗯嗯，你真是纯洁，像刚从教堂做完礼拜出来的。不要那么多房子，你挣钱干吗？"老路易道。

"你呢？钱怎么花？"

"喝酒，跑车，大吃大喝……其余的我不说了，嘿嘿！不过没有你想的那么多，山姆大叔要拿走一半！两个前妻，三个孩子……再拿走一半的一半！我一年挣的钱，分到自己手里还真没有多少！"

老路易一脸苦笑。他是苦孩子，家里兄弟姐妹五个，马来西亚华侨，从沙捞越移民过来的华人。沙捞越，你懂吗？就是中国旧时说的南洋。百合摇摇头，她家祖祖辈辈在宿迁农村，不要说南洋，连两百公里外的上海都没有去过。老路易呢，初中开始就在家里开的餐馆打工。平时他一杯啤酒下肚，只要不是急着出门，就会打开话匣子。"我还有一个中国姓呢，姓黄。科恩是后来我的继父的姓，我妈妈嫁的第二个丈夫，犹太人。

"黄？王？差不多就是这两个字吧。我妈妈中文名字叫黄连。"

"啊，最苦的中药！怎么会起这么一个名字？"

"最苦？她还觉得自己最好运呢。我爸走了一年，她嫁了那个帮餐馆算账报税的犹太人，科恩。他帮她起了一个英文名字，叫洛塔，就是'洛塔斯'，莲花。从黄连到洛塔斯，我妈开始真正做成美国人了。"

"……那是什么时候的事啦？1973年？还是1969年？"

"小时候，我最多只有六岁，有一年夏天我们家餐馆接了一个大单子，去纽约上州帮人家办婚宴酒席。纽约上州，乡下。

"那是我第一次出远门，我爸我叔开皮卡拉了好多菜，皮卡太小，我妈带着我们坐火车去，反正那家出火车票钱。住假日酒店，那是我小时候最开心的一星期。每天早上在假日酒店的房间里我第一个醒过来。我会悄悄地起身，不敢发出声音，钻到落地窗帘的后面，看着外面的山、树、大草地，天空初亮起来时是金色、粉色、蓝色，窗户对着停车场和酒店的垃圾桶，连那里停的车和垃圾桶都是金光闪闪！每一分钟颜色都不一样……"

老路易不比她大多少，不超过十岁。但他们走出去，别人还总是说他们是老夫少妻。老路易的样子，符合百合想象中的马来西亚华侨——精瘦、黑，五官既像印第安人又像南美土著，中国话说得不文不白，词汇很少，英文又很烂，带着浓重的皇后区口音。

钱生钱，钱生出更多的钱……这是老路易一生的梦想，但这个梦想似乎总也达不到。"赢家一无所得啊！"老路易语重心长，百合这时候就像纯洁的白百合那样频频点头，心里却说拿马华的苦跟宿迁乡下的比算得了什么！拿了三个死耗子别在腰上就算老猎人啦！她的一点心机拿来对付老路易绰绰有余。

她和老路易去市政府结婚是在5月，两个月以后就是独立节。7月4日晚上拿骚海边有免费的烟花表演。百合准备了啤酒、烧烤，铺在沙滩上的草席、折叠椅……搬家一样把这些东西带上海滩，挤在人群里看一年一度的烟花表演。海滩上坐满了各种肤色的家庭，说着各种各样的语言，热狗、芥末和洋葱的气味随着人群里的狐臭，随着海风热烘烘地包围着他们，百合心里觉得好笑，想这是哪门子的国庆啊！

老路易在折叠椅上坐定，两瓶"蓝月亮"啤酒下肚，话就慢慢多了起来："……我小时候连独立节的烟花棒，我们家都是自己做的，一米长的铝线，一段一段盘在烤盘里，把鲍里斯酸、钢粉，拌上糊精、硒化钠粉，刷在上面，在电灯下烤干，然后用剪刀铰成一段一段的，这就是烟花棒啊！两分钱一根，三分钱可以搭一根烤玉米卖。你还觉得钱少？我小时候在布鲁克林四分钱就可以买一条内森热狗，饮料随便喝，番茄酱芥末酱随便抹……"老路易原本厚重的男中音，在酒精作用下浑浊迟钝，像一个老爷爷。

长岛属于北方，海滩上礁石遍地，几乎没有成片的沙地。拿骚沙滩是一个例外，窄窄的新月形的一条，是镇上花了大钱运来黄沙，填海造出的人工沙滩。通往海滩得先爬一个很高的坡地，坡上长着几棵橡树和加拿大枫树。树下是杂乱的海滩月季花丛，月季花枝子上长满坚硬的长刺，这里很少有人来。那几棵大树，高达二十多尺，树冠直冲天空。

海滩边的树很少有长过十尺的，因为没有遮挡，树长高了以后不是冬天被暴风雪折断，就是夏天被龙卷风连根拔起，大多不能存活。那几棵大树亭亭如盖，是海边的野树里少有的幸存者，百合不知道这些树是怎么活下来的。它们浑然地在空旷的坡顶站着，迎风面海，充满了神秘和力量，夏天满树的绿叶窃窃私语，秋末树叶落尽，橡树的坚果和枫树的树籽飘得到处都是。她每次来这里，都觉得那些树有故事。若能开口，它们会对她说些什么呢？

百合跟老路易吃完烧烤，坐在人群里实在无聊，就站起来往坡上走，那里人少清静。夜里的海风把树吹得往一个方向倾，整个树冠波动着，树叶之间闪耀着夏天夜晚海波间的亮点。这时天空中升起烟花，散开来后消失了，新的烟花复又升起，此起彼落，几秒钟之内照亮了树下的她和老路易，然后一切归于黑暗，海浪在不远处拍击海滩，那一声一声浪涛不停止，不中断……百合忽然就起了身世之慨。她从来没有跟老路易这么亲近过，她就是为了拿绿卡跟他结婚的，虽然老路易还不算糟老头子，有正当工作，教育和职业背景也跟她匹配，但百合心里没有跟他亲近过。结婚时说好的那两万五千美元的绿卡费，让她对老路易怎么都爱不起来，假结婚嘛！她相信过了移民局查户口的两年自己就会申请离婚，人钱两讫了。邓文迪当年不也是这样吗？拿到绿卡以后两年立刻离婚，不多一天。

但这一刻不同，夜空下的海浪，风中欲言又止的大树，有点地老天荒的意思。百合开始说自己的过去……宿迁、张公村、公交车站……土得掉渣的地名，在英文里变得多么异类、多么奇特啊！老路易似懂非懂地听着，也不细问。他是皇后区土著，老华侨了，四十岁之前从来没有出过美国国境，要去坐加勒比海的邮轮才想到办一本护照。在认识百合之前，他只知道中国几个城市，北京、上海、南京、广州。老路易叫她在餐巾纸上写出宿迁的拼音，写完之后他盯着纸上那几个字母发呆，他要努力记住这个遥远得像另一个星球一样的地名。

张百合，1967年宿迁县张公村出生，张家的大女儿，随后还有两个妹妹一个弟弟。其中一个妹妹送给邻村的亲戚，六岁时腿被田里的铁犁划破，得了败血症，没能活下来。1986年，百合是村里第一个考上大学的高中生。报学校时她心里想的是南京这个大省城，南京大学一本太难了，那就报中山大学吧。中山大学，难道不是在南京中山陵旁边吗？录取后爹妈喜笑颜开，"小百要做'蓝鲸'（南京）人哎！"全家以及全村没有一个人知道中山大学是在广州，直到出发前的两个星期去买火车票，票务站的人才跟张家人解释中山大学在哪里。宿迁没有直通广州的火车，正确路线是坐长途汽车到南京，从南京火车站买京广铁路到广州的票。这么一路下来，花了一个星期才到广州。百合的脑海里反复转动着三个字"怎么办?!"——粤语一句听不懂，广州一个人不认识，以后怎么办？南京她也一个人不认识，但是广州，听上去多么遥远啊。

百合前脚到中山大学，她的妹妹后脚跟着来了。村里人都听说张百合来广州上大学，台湾人在广州开制衣厂正在招工，百合是他们村在广州唯一的熟人，这下好了，老乡来打工可以找她！小学毕业的妹妹百芹，从小到大没有见过缝纫机。打了一个星期的工，手指被机器轧断，送医院接好，制衣厂付了医疗费，就把百芹开除了，一分钱薪水都没给。盘缠钱都是跟村里人借的，妹妹从医院出来神情恍惚，在广州火车站又被小偷顺走唯一的包，所有的钱都没了，百芹哭得想跳珠江。

那天百合旷了课送妹妹到火车站，在一个人少安静的角落安置了妹妹，自己从包里取了钱去买火车票。没过多久百芹已经哭成个泪人奔到售票处寻她——人在，包没了，钱也没了。百合气得一个耳光打过去，你怎么这么不长心不长眼啊！妹妹不反抗，低下头继续哭，用裹着纱布的残手擦脸上的泪水。百合心软了，把妹妹抱住。

妹妹走不了，偷偷住进百合的中山大学宿舍。六人宿舍里，她们姐妹俩脸贴脸睡在百合的单人床上。妹妹像做贼一样，晚上站在宿舍外的树后面，等着。等到十点熄灯前几分钟，就在宿舍楼锁门前管楼人妈去楼上巡视的几十秒之内，偷偷溜进来。第二天早上，等全宿舍都去上课了，再偷偷下床溜出去。有一次，路上遇到管楼大妈在楼道里巡视，百芹吓得差点跳窗户，忽然看到近旁放扫帚拖把的储藏室门没有锁，立刻扭身躲了进去。哪想到管楼大妈走来，咔嗒一声将储藏室锁上，把百芹锁在里头。储藏室只有两平方米大，无窗无通风口，百芹站在扫帚拖把之间苦挨着，又饥又渴，憋尿憋得眼冒金星……

为了回报宿舍同学让百芹留宿的恩情，百合给宿舍同学洗了两年的衣服，大学四年包下了扫地打水所有的杂事，"叫百合做"变成同屋里那些大小姐的口头禅。

没有吃不了的苦，只有享不了的福。尊严算什么？活下来才是目的，你是家里唯一一个大学生，你是第一个坐上飞机漂洋过海的，你的责任比天大啊！弟弟妹妹读书，弟弟结婚时的彩礼，爸爸妈妈盖房子，都指望你呢！你哪里会对家里说一个不字……

老路易摇摇头，说你是你，他们是他们，他们在海的那一边呢，你被公司撤下岗，没有人来救你。你不救自己谁来管你啊！百合不作声，那时被公司撤，丢了工作不敢跟国内家里说，但实在寄不出一万美元给最小的弟弟做生意。弟弟读书的钱全部是她负担的，结婚时的彩礼钱也是她出的。但现在她实在是不想再写支票了。百合那时的银行账户里只有不到两万美元的存款。

老路易说不要再去做你的会计师了！薪水太少，搭上全部的时间，不合算！交那么多税等于给山姆大叔打工！你跟我一起翻房吧。怎么翻？百合朝他翻白眼。"到拍卖会上去拍业主破产供不上银行贷款的房子，借钱现金购入。购入后到银行做抵押借出贷款，拿出钱来装修。等房市升温了出手卖掉。赚了之后，你就可以买进第二栋房，装修，再卖出去，然后买第三个房，再装修……"

百合若有所思，想这计划听上去万无一失啊！但万一房子卖不出去怎么办？

"不会卖不出去的，现在利率低，房价在涨。万一卖不出去，我们就自己住吧。"老路易回答。一个巨大的金红的烟花，在空中炸开，电紫色和粉红色的彩光，瞬间照亮他们俩。百合点点头。嫁鸡随鸡，卖不出去也认了，大不了她回公司做资深会计师。

老路易的翻房计划远比他说的复杂。在成功得手几次以后，他变得野心勃勃，开始打商业地产的主意。他劝说自己的兄弟姐妹拿出钱来，跟自己一起去得克萨斯州的休斯敦投资办公楼。得克萨斯不比纽约的苛捐杂税，得州既没有州税，每个城市也没有那么重的地皮税。这等于给地产业开了空白支票——只要有地，地产开发商就拼命盖房子，经济下滑就申请破产，经济上行就接着盖房子……所以，得州的地产业破产后拍卖的房子就是可以捡的漏，是翻房者的金矿。老路易这样跟她解释。百合其他的事不懂，但凭着会计师经验，她会看账，每次翻房的账目明细，银行账户里的流水进出，她都盯得牢牢的，知道老路易没有骗自己。

所以，即便她不懂翻房之道，也随了他去赌吧。

第一个下注的是电力公司破产以后的办公楼。老路易把自己所有的房产抵押给银行，从银行里贷出了两百万美元。拿这笔钱去了休斯敦一个县法院的地产拍卖场。百合的心都在发抖，她知道要是这笔押错，他们就倾家荡产，彻底完了。那些天她每天买能买到的所有报纸，天天盯牢财经版上的各种风吹草动。任何通货膨胀、联储涨利率的苗头，她都听风便是雨。百合总相信，从字里行间的经济新闻里，她能读到未来大潮的龙头走向，能救自己的命。老路易笑话她，说瞧你这神经兮兮的样子，一看就是小会计挣死薪水的命，搏一把，大不了申请破产呗。这话她不爱听。

那楼从他们拿到拍卖后的地契证明，到再卖给下一家，不到四十八个小时。

拿到钱的晚上，老路易租了敞篷车带她去城西的展览会酒吧一条街庆祝。

从最后一个酒吧出来，已是凌晨三点。停车场上是南方夏天特有的暑热，空气中带着污水和烤肉的气味。三只长酒杯的"大都会"下肚，百合已经被酒里的伏特加彻底打倒。她脱了高跟鞋，踩着细碎的玉步，被老路易半抱半推地塞进汽车后座。平躺倒下，像一具艳尸，他也压了上来。搂着她，从头开始往下亲。他右手的五个指头戴了四个戒指，有钻，有蛋白石，有红宝石，每一个都是分量很足线条粗犷的男戒，压在她身上像熊掌。这只穿金戴银的熊掌顺着超短裙腰口往上，于她薄薄裹在身上的吊带衫里游走，已经熟门熟路；熊掌汗毛重，加上那些戒指，像SM游戏里带羽毛的皮鞭一样刮在她的胸上，撩得百合全身的血液像着了火的汽油，往脸上轰。

老路易看到她眼睛里的欲望，知道她喜欢。把她搂得更紧，带着酒气的舌头舔着她的耳垂、嘴唇。一边用腿分开她的腿，将她像一只标本蝴蝶那样平平地摊开，把自己肥大的身体嵌进去。百合还没有爽得嗨起来，老路易已经趴在她身上，累得气喘吁吁："没想到你的身体还是这么紧，我喜欢……"

　　好像有看不见的烟花，四处升起。空气里飘着从墨西哥湾里来的水汽，臭臭的有腐烂的芦苇和水植的气味，那是龙卷风即将到来的前兆。远在墨西哥湾一望无际的海上，龙卷风邪恶的风眼，在急速转动着，滚动着，召集海上的风浪，蒸汽，雷电……那也是她和老路易最快乐的日子，得州的日与夜！永不止息的地产金钱的轮子，带着他们所向披靡。

　　在休斯敦的每一天，再累，百合都要去下城逛豪华百货公司，过血拼的瘾：她从来没有那么豪气地花过钱，加上老路易在一边捧场，指导。她迅速变成一个购物狂——每一天过得都像在电影里，光鲜靓丽，美得炫目，不像是真的——新鞋、新提包、手表、狐皮绲边的绣花丝绒披肩、长的短的晚礼服、首饰——真的钻、假的钻、碎钻拼出的名字、整钻戒指、三钻戒指，全套的宝石耳环、项链和手镯……感觉像是钱永远用不完，时间也永远用不完，她恨不得自己多长一双脚，多长两只手，可以同时戴上那些闪光的货色。

　　她给国内的父母、妹妹、弟弟，每个人写了一万美元的支票，连两个小外甥都有，一并放进联邦快递里寄到老家。自从她出国，宿迁的父母亲戚一直嫌她抠门，出手不够大方。现在这些支票寄回家，好像小时候从学校拿回三好学生奖状，支票是她在美国生活的荣誉证书。

钱，她和老路易梦寐以求的钱，忽然之间唾手可得。百合心里不踏实，老是觉得如在梦里，这一切来得太突然太容易了，不像是真的。

离开休斯敦之前的最后一天，百合想到这个宇航城市的名胜去逛逛。老路易提议去郊外看著名的六十四尺高的水墙。那是过去印第安人原住民圣地，20世纪大萧条时部落经济破产，地被卖给一家牛肉公司做屠宰场。原住民雇律师打了多年官司，最后终于把圣地要了回来。打赢了官司以后屠宰场迁离，场房推倒，按印第安人的设计修了一个纪念碑。"是真的吗？不是保护地吗？"

"当然是真的啦，地是他们自己买的，不是白送的。之所以可以推翻原来的卖地契约，是因为联邦政府通过原住民遗址保护法案，废除了当年的不平等条约，如果没有这个法案，这块地绝对要不回来。不过你不要去吧。听说那里时常发生一些灵异事件，要不怎么说是圣地呢！"

百合更加好奇，连忙追问什么灵异，难道是鬼魂出没？

"不一定是鬼啊，反正是不寻常的东西啦。你知道所谓印第安人圣地是什么吗？就是他们祖先的墓地。"

那会看到什么呢？百合纳闷。大白天去参观，得克萨斯州赤日炎炎，怎么可能闹鬼？去吧。

水墙呈马鞍形，建在一个陡坡的顶上，六面巨大的墙壁高达二十米，高耸入云，围出一个半闭合的空间。墙壁上密集的水流以每分钟四十立方米的体量，从墙顶奔流下来，又被水泵送到墙顶，如此循环往复。水声轰鸣，一直砸向坡的底部。在这六面墙围成的中庭，空无一物，地上寸草不生，一条狭长的石头，埋于地下，横贯整个马鞍形空间。

老路易搂着她，坐在那块石头上。周围水光四射，像在一颗巨型的钻石中心。白亮的水光折射出阳光，水花飞溅，处处是小彩虹。老路易起身帮她拍照，让百合摆出各种姿势。百合看着眼前这个可靠的男人，觉得幸福极了。过一会儿老路易转到水墙后面去拍照。百合等他回来，等得无聊，于是学着晒太阳的美国人，在石头上躺了下来，闭上眼睛。等她再睁眼，发现天地似乎是反着的，水墙上本来蓬勃而下的白色的水柱，现在像洪水一样从地面往天空上冲，地上一片深不见底的白花花的汪洋，老路易闭着眼睛的头颅，就漂在这一片汪洋之上。

百合吓得一个激灵，猛地坐直身体。动作太突然，头撞在老路易的下巴上，他痛得脸都皱成一团。"你到哪里去了？这么久都不回来！"百合质问他。老路易捂着自己的下巴，嘴里直吸气，支吾地说他拍了照就转回来，坐在她身边，她平躺着，很享受的样子，不敢打搅，就没有叫她。百合站起来，拉起他立刻就走。老路易以为她生气了，不明就里，也不敢多问。一只手被她紧紧拉着，急匆匆往外走。百合的手冰冰凉。

过了一年，联储宣布利息上涨，好日子就到了头。突然之间所有人都不想买房子了，所有的公司都只租不买，绝对不在地产上投资一分钱。百合把秘书和助理都辞退，自己既当老板又打杂做文员。再不行，不干房地产，拿我的会计学位去公司里找一个会计师的位子，生活总没有问题吧……百合不觉得怕。

但找工作却没有她想象的那么容易，买房的客户消失了，市面上所有的工作也消失了。最坏的还不是她找不到工作，压弯骆驼腰的是她和老路易手上还囤着十二个房子的存货，每个月要给银行按揭贷款付月供的！这笔现金哪里来？"靠你一个小会计的薪水?!"老路易冷笑，然后一仰脖子猛灌下一口酒，"赢家一无所有！"

百合心里也冷笑——嫌我是小会计，你家开那么多年餐馆，也没有开出一个胖达全国连锁店啊！但这些气话她说不出口，那些房子，到佛罗里达州去盘康斗公寓，都是她的主意。老路易若是反嘴怪她，她是绝对没办法甩锅的。利息低时，房子怎么买都是赚钱的财路，现在这些财路都变成拖累，负资产。她每天读报纸的财经版，但真正体会到经济规律的作用，却是在公司资金链断了的时候。

"大不了这些房子里的首付不要了，让银行收走！公司宣布破产，我们也衣食无忧！"这是百合计划之内的破产底线。反正还有两座房子，已经全款付清，银行是收不走的。出租一栋，住一栋……这是百合的如意算盘，叫老路易说了出来就变成"谢天谢地还有破产保护法，我们住的房子都还保得住，不至于晚年流落街头"。听着那么丧气！百合更是看不上老路易的尿样。她和老路易之间的龃龉，随着经济压力接踵而至，那些日子她从来没有过好脸色。

发现自己怀孕，就是在那个"底线时间"——投资都被银行收走了，公司宣布破产，老路易缩在家里整天喝酒叹气。医生对百合说你已经超过四十五岁，是高龄产妇，这个年龄能够怀孕简直是奇迹啊！最大的问题，是在怀孕四个月时体检，羊水样片查出胎儿有患唐氏综合征高概率。唐氏征儿童是什么？就是傻孩子，额头低凹，塌鼻，眼距超宽，智力发育滞后，甚至一辈子都停留在儿童阶段。

……衣服破烂，终年拖着鼻涕，见人痴痴傻笑，被邻里的孩子追着戏弄，见面就叫他傻子呆子，长大了受人施舍和怜悯……这样的孩子她见得多了，算了，她坚决不想养……

百合把车停在罗斯福大道跟皇后大道交叉的"惠康药店"。她将车的引擎熄了火，把头靠在方向盘上，闭上眼睛也看得见街对面那栋叫"新世界"的楼。那是她和老路易的滑铁卢，他们轻松赚来的钱，辛苦赚来的钱，最后一并都赔了进去。赔钱还不够，命运来扫荡，收梢还搭上了老路易。

百合在皇后大道上漫无目的地走着。走不了多远，就能见到卖烟花的临时搭建起来的摊子。果然，在公共图书馆门口，几家印第安人在卖烟花，还打着长岛原住民慈善协会的条幅。几个半大的小子陪父母出来卖烟花，实在无聊，在一边吹肥皂泡泡，手里点燃最廉价的"小麻雀"玩。印第安人在族裔形貌上属于蒙古人种，黑头发，扁扁的阔脸，黑色的眼睛……百合的眼睛依依不舍地端详每一个小孩子，我跟老路易的孩子，长得肯定比这些娃娃帅气……她心酸地不忍想下去。

做流产的时间在年末圣诞季。堕胎诊所的无线电调到圣诞歌曲台，安迪·威廉姆斯唱的圣诞老歌在循环播放。前台的桌子上放着一尊一尺多高的圣诞老人，声控电动，每当有人靠近，它就将腰部一扭一扭，发出ho ho ho的录制好的声音。老路易家信天主教，他虽然几十年不去教堂望弥撒，但一听到堕胎就连连摇头。可是他稀薄的宗教信仰拗不过固执的百合，最后还是同意陪她去诊所。"我的前半生毒也贩过，牢也坐过，死后反正是下地狱，现在再多一桩堕胎罪也没有什么！百合，记住，我对你的爱超过爱自己。"到了约定的那天，他紧张得一夜睡不着，一大早就喝得醉醺醺，沉默地坐在客厅里的沙发上等着，好像等待法官判刑的嫌疑犯。

百合选择了下半身麻醉。她可以听到手术室里医生护士的动静。手术机器启动时，她还是吓了一跳，那声音既像吸尘器，又像搅拌机，慢慢地伸进她的子宫里……百合不觉得疼，更多的是恶心、害怕和负疚。她一再安慰自己，两分钟就结束了，高龄产妇，唐氏综合征，傻孩子……结束了！再也不会有了！在这一刻，她分明感觉到她和老路易之间的爱，这种爱，像世间所有珍贵的东西，转瞬即逝，一下子就失去了。

百合从手术台下来后，医生跟她说一切顺利。护士把百合领到隔壁的休息室，让她躺在沙发床上休息。"天气比你来的时候好，出太阳了，要我把窗帘拉开吗？"护士像煞有介事地问。昏沉中，老路易进来，看她在昏睡，又悄悄地出去。百合没有力气说话，只是对他微微点了一下头。等到她彻底醒来，太阳已经要落山了，抬头看到窗外空阔的晴空，荒凉的北方冬季的蓝天，一无所有。一只小型私人飞机在那么浩大无尽的蓝天里，像儿童玩的折纸飞机，缓缓地认真地朝肯尼迪机场方向下降，红色的尾灯有节奏地闪着，仿佛刚才手术前宫内超声波仪上胎儿的心跳。百合木然地看着。

　　窗前落下一只野鸽子，紫灰色漂亮的羽毛和眼睛，它朝窗里看看，跟百合对视了片刻，用红色的小嘴啄了几下玻璃，然后一抖身子，飞到天空中去了。百合微微探起身，目光追踪这只鸽子。只见它飞进天空中一团大火中，烧成黑色，但还是按照鸽子的姿势，变成一只黑鸟，依旧奋力拍动翅膀，高飞着……大风刮起，灰烬慢慢散去，黑鸟还在飞，直到最后一粒微尘落下……

　　百合惊恐地睁开眼睛，在她眼前的还是老路易突发心脏病时的脸，呛水一样张大了的嘴，舌头吐出来，灯光下已经变成灰白色。他粗大的戴满戒指的十指猛烈地撕扯着前胸，在卧室暗淡的水晶灯下，那些钻石，红宝石，祖母绿，真金白银，密集地闪着光，像在拍豪华首饰广告。百合从来没有遇到过这种情况，开始时她居然以为他在搞笑。过了几分钟觉得事情不妙，老路易的脸色越来越难看，她才奔到楼下找电话，拨打911紧急救护。她在客厅里端着电话，不敢再回到卧室里。

　　二十分钟以后，紧急救护队来了，进楼上的主卧室，老路易双目紧闭，脸上的肌肉因为窒息而绷得紧紧的，双脚摊开躺着，头从床沿处倒垂下去——正是百合在休斯敦水墙那里看到的景象，他身体下压着雪白的床单，在那窒息挣扎的几分钟里，床单被褥给揉得乱作一团，布料重重叠叠，"像波浪！"百合惊恐地看着那张床，一声号啕，冲过去想抱住他的头，却被紧急救护人员拦住。他们把老路易平移到担架上，小心地用仪表测着他的体征。百合心里的恐惧多于悲恸，她要他活过来。

那些日子，百芹从广州来陪她，帮她举办葬礼。百芹到纽约的第一件事，是自己掏钱把卧室里的床给换了，卧室里的家具都送二手店卖掉，将房间清空，然后把那扇门从外面关上。她们姐妹俩一直睡在客房的大床上。百芹这时已经很富态，睡觉打呼噜，翻身时整张床都在动。每天晚上，百芹陪着她在小区的路上散步，尽量避免坐在房间里，可以一直走到很晚。有时半夜她睡不着，百芹也陪她出来走。她断断续续说出那个在休斯敦看到的景象，百芹听完，一点不畏惧，说："忘掉吧，现在多想无益，人也走了，你们在一起也就这几年的缘分，姐啊！你不要太伤心，你帮我一起看看长岛的房子吧。"百芹的头发烫成大波浪又剪短，额前飘着几缕刘海，一双眼睛闪着精明果断的光，若不是脸胖了，她的样子在夜里路灯下看去，好像让人又回到了中山大学的校园。百合盯着她看了半天，没想到妹妹这么时髦好看了。

百芹落地长岛后不久，就让百合开车带她去奥特莱斯，回来后耳朵上、手上、脖子上戴着晶光闪闪的珠饰。在"第五大道赛克斯"的专卖店里，百芹看中一对钻戒，分别戴在左手无名指和中指上，在灯下转来转去地看。百芹很满意，刷卡时瞥一眼在旁边发呆的百合，微微一笑，说："姐，你还记得我们初到广州时的惨吗？"百合这才意识到她左手的手指，就是当年在制衣厂被轧断后接好的，现在戴上钻石戒指，一只玉手一点都看不出伤疤的痕迹。

百芹取到戒指，打开丝绒小盒，拈出一只，塞到姐姐的手里，她眼圈红了，"这对戒指我们分别戴，你一只我一只。姐，贵重的东西给你冲冲灾！"

百芹要买房子，学区房，她想送儿子出来读书。听办移民的经纪律师说，长岛大颈镇的学区房好，就毫不犹豫让广州的贸易公司转了五十万美元出来，自己到唐人街的国宝银行开了账号，把钱放进去。这个操作，从她说出到完成汇款，只花了两天的工夫。没想到百芹已经这么能干，不是开服装店倒闭了吗？哪里来的那么多钱？

百芹说服装店是倒闭了，但她老公跟村里人一起搞服装厂，他们以极低的价格盘下番禺乡下的厂房，加上库房，那片地让他们发了。

但小明才小学三年级，你现在买学区房有什么用？

出租啊！姐，你不是做房产经纪的吗？怎么转不过弯呢？买房哪里就是自己住呢？

去看学区房的路上，百合带她去拿骚海滩逛逛。天冷，日落的时间早，下午五点天就黑了。两人到达海滩时，停车场上空无一人，只有她们这一辆车。要不是百芹执意要去看海，百合就想回家了。海风呼啸，她们沿着枕木台阶，爬上了去海滩的长坡，坡上那几棵大树，落尽叶子，光秃秃的树枝间，风呜呜地怪叫着。站在坡顶，那一片沙滩一览无余。百芹很兴奋："姐，这就是长岛内湾，外面就是大西洋啊！这比广州湾的海气派多啦！就是太冷了！"说着，她沿着台阶往坡下跑。

百合独自站在树下，风吹着树，树声涛声交织在一起，像有人在喊，又像山里的回声。树要跟她说什么呢？老路易走了……百合抬起泪眼，对着树说。她觉得树能听懂。

这些经历了多年的龙卷风、暴雪、干旱、虫咬，终于活下来的树，它们会跟她说些什么？它们还记得独立节来这里看烟花的那个亚洲小老头吗？

好像听到百合心里的疑问，在前面遥远空旷的海面上，升起一朵朵烟花，在那个巨大的天幕上，烟花小得像流星，闪一下，升起，开放一秒钟，就消失了……

百芹气喘吁吁地从坡底爬上来，挽起百合的胳膊，说走吧，天太黑了，海边什么都看不到了。

买完烟花和烧烤食材，百合开车又回到495公路上，她一心一意要往长岛空阔的地方开。495到法拉盛那段堵得厉害。出了拿骚郡以后，路上车少了，路边出现了大片的哈密瓜地和蔬菜地，地平线顺着一排排高大的加拿大枫树和红杉，一直延伸到岛的尽头。田里是墨西哥苦力，站成长长的人工流水线，埋头在抢收成熟的蔬菜瓜果——贫苦的季节工，一天干上十几个小时，每天挣的钱不到五十美元，晚上十几个人睡在通铺上，终年辛苦依旧是赤贫！田里的这些人！百合觉得人生无望，她没有心思继续开下去。长岛这条路，往岛的深处走，遍地是农场和果园，遍地是季节性工人。到了下一个高速出口，百合减速，掉转车头往回开。

495往西的一路要热闹得多，沿路不停地出现快餐店、加油站和车行的巨幅广告牌。这两天过节，又多了好些卖烟花的临时招贴。几乎每家店都装饰着红白蓝三色彩旗，在7月的热风中猎猎招展，百合心情渐渐好转。这一路的店面中，有几家她和老路易还盘过生意。当时只赚了很少的钱，这一带的地产廉价得很。没想到现在又盖了这么多房子。等到下一个出口，百合下了495，高速路边的辅道旁又看到印第安人开的临时烟花店。

不远就是长岛著名的奥特莱斯购物中心，那天晚上购物中心有歌舞表演。停车场上这时已经停满了车，有人带着迷你烧烤炉子，就地铺了野餐地毯，喝啤酒，点上炉子烤热狗香肠。不少孩子坐在车顶上，吃蛋筒冰淇淋。天色已经暗了下来，阵雨要来了，带着湿热水汽的风里，飘着烤肉的香味。百合不想跟这些人挤停车场，她把车停在路边，在购物中心里信步。不少商店在门口贴出告示招聘店员，豪华百货公司尼门马克斯在招聘资深会计，百合忽然来了兴趣，既然来了，就看看有什么工作机会吧，会计是她的老本行，也许过了节就可以上班了。

第二天独立节，晚上又是雷暴雨。镇里的烟花表演在他们小区后面的公园里，从百合家的后院，就可以看到。

百合最后还是决定请杰生母子来家里烧烤看烟花。

烧烤后，雨稍微小了一点，百合和卡门走到后院，拿出昨天买的小烟花点着玩，随着导火索带着火星哧哧作响，杰生兴奋得冲出屋子又唱又跳，手里抓着一只烤鸡翅，"小麻雀，小麻雀！"卡门一把将他抓回来，不许他靠近正在点燃的烟花。

空气里飘着火药和雨的混合味道。烟花腾空飞起，钢蓝、橘红、金色的闪亮的烟花在夜空中瀑布一样盛开，照亮了空中还在飘着的些微雨丝，照亮了抬头仰望夜空的百合以及卡门母子，照亮了院子里的合欢树，绣球花丛，以及院子尽头的白色栅栏，照亮了邻居家的烟囱和红色屋顶，照亮了天上飞速移动的云和云之间闪烁不定的星星。在那突然炫目的几秒钟，整个世界好像都停止了，聚焦在烟花彩色的光里。

百合看着近旁的杰生母子，自己未出生的孩子以及未做成的母亲时光，如果实现，也就是眼前这对人的模样吧，他们与自己，并无不同。这世界上的孩子，属于所有的人。

　　她按动电子打火枪，噗噗地响，走过去，俯身又点起一支烟花。

豹

I contain multitudes. 我包含万物。

——鲍勃·迪伦

　　罗丹和小柯之间的小怨念，早在一年前就开始了。最近的结婚纪念日尤其过得不愉快。

　　那一天是星期五，按照小柯一个月前的预定，他们在泽西城唯一一家高级餐馆——希腊餐厅庆祝纪念日。那天小柯特意提前下班，出门前还洗了澡，把平时穿的T恤卡其裤换成西装，打上一条印满小豹子图案的名牌领带，罗丹也是长裙款款，深紫色的乔其纱衬得她乌发如云，肤光似雪。夫妻二人施施然坐下，点了菜，点了酒。服务员送上面包篮子和黄油的当儿，小柯拿出一个粉蓝色系着白丝带的盒子，郑重放到妻子面前。罗丹梳了漂亮的发髻，薄施脂粉，低胸的裙子让她容光焕发。不用打开盒子她都知道丈夫给自己选的是什么礼物，那是一条纯银珠子项链，配同款的银耳钉。这个礼物是他们夫妻俩上"踢翻你"（Tiffany）网站上选的。选的时候小柯还嫌银首饰不够昂贵，特意选了带钻石的豪华提升版。现在实物拿在手里，跟网站上看到的质感完全不同，那白色丝带打出的蝴蝶结，简直像一朵刚刚盛开的丝质玫瑰花，盒子也是沉甸甸的，握在手里特别舒服称心。

罗丹伸手接了盒子，却发现盒子下面是一张名片，这倒是今晚的小惊奇。名片抬头用花体英文写着"纽约孕育中心"这几个字，名片正中写着名字，艾里克·张，张双辉，中英文。

罗丹不动声色地动了动玉指，把名片轻轻拨到桌子边上，也不多问，就当没看见。然后动手打开"踢翻你"的礼品盒子，取出里面的银链子，就着餐厅的灯光看着上面一粒钻石，小柯脸上赔出更多的笑，等着太太大人发话。

罗丹把项链戴上，把那颗钻石放在心口的位置。接着又慢条斯理取出耳钉，侧脸，戴在自己的耳朵上。戴好后，对着丈夫嫣然一笑，娇声问："好看吗?"小柯点头如捣蒜。

罗丹慢慢喝一口酒，脸上的笑收了，双目炯炯地对着丈夫，说："我不需要看医生，我自己能怀孕，两次流产根本不算什么！"

小柯结结巴巴地说："你……你怎么保证下次不……不再那个呢。"他实在不想说出"流产"这个词，中文和英文，都让他害怕。

罗丹白了他一眼，道："怎么那么肯定就是我的问题呢？说不定是你的种子不好。"

"男人的那什么有几百亿呢，大概率不会出问题，我也没有那么老，你别咒我。要是不行多半都是女人不行。"小柯急急地回应，说到最后顿一顿，脸上再次赔笑，说，"小丹你去张医生那里看看，查一下，好吗？下下周二，我已经约好了。"

罗丹没开口，鼻子里先出一股冷气，"哼"的一声，"你们男人，种子跟苍蝇和蟑螂一样海量，成亿计，有什么可骄傲的！"说完她自己都笑了起来。这时服务员送上一个狭长的盘子，里面排着十几只刚刚烤好的小鱿鱼。小柯巴结地先给罗丹盘子里夹了其中最大的鱿鱼，看到她举起刀叉动手了，自己才夹了一个小鱿鱼到盘子里。他喝一大口白葡萄酒，定定神。那张名片孤零零地摊在桌子的边缘，小柯手疾眼快，抢在服务员收拾桌子准备端下一道海鲜饭之前把名片取回来，小心地放回自己的裤兜里。

苍蝇和蟑螂的说法，来自去年朋友家派对，谈到时下很流行保存卵子的业务。当时国内一个女明星带头做了卵子保存，引起众女群起效仿。派对上一个生理学博士，给大家解释卵子冻存的高风险，而精子完全不同——可以在液氮中保存二十多年，随时解冻都还鲜活。卵子有效时间之低，简直是转瞬即逝。在座男人们听罢立刻起哄，难道我们的种子就这么不值钱，和苍蝇蟑螂的一样？

不知道谁接了一句，就是和苍蝇蟑螂一样，也不能对男人弃之不用啊！

就是啊，男人们都附和着，哄笑着。

那一段时间，罗丹刚刚经历第二次流产，心情低落，苍蝇和蟑螂这个比喻着实让她开心了一阵。但细想想，如果男人身体真是那么皮实，那么耐用的话，流产的原因不就主要归结到女人身上了吗？罗丹知道这个逻辑，但是她不信邪。她坚决不肯去看医生，不管小柯怎么哀求。她说我自己有办法。结果两个人就僵持着，一顿饭白吃了。

罗丹的办法，是研读畅销美国的科普书《怀孕百科》。这本书详细解释了女人受孕的生理机制，然后制定出一套简单易行的怀孕办法——坚持测量体温，观察体液，在体温刚刚下降，体液变成清澈的蛋清状时，说明一颗成熟的卵子正从卵巢里脱落下来，顺着输卵管缓缓而行走向子宫。这是造人的最佳时机。

她兴致勃勃地对丈夫解释自学所得，过了一会儿，小柯眼神的焦距已经不在太太的脸上，他的面孔浮现出似笑非笑，又是非常耐心的表情。他的内心独白，不说罗丹也能猜到——又是哪个闺蜜告诉你的偏方是吧？流产以后，小柯对罗丹的态度就是这种迁就，把她当作小孩子，她的话被视作无知的玩笑，想到这里，罗丹就很不开心。

小柯真的不想听老婆大讲什么生理学原理，女人怀孕生孩子，这是天经地义的事啊，哪里需要科普。但是不听罗丹的科学原理，好像就不行，罗丹明显不高兴，一晚上都不跟他说话。自从去年夏天罗丹第二次小产，家里气氛就变了，罗丹易怒，说着说着会委屈地哭起来，小柯说话都得小心翼翼，老母鸡都能抱窝这种玩笑，自然是不能再说的了。连他跟父母打电话，都得趁着罗丹不在家的时候。否则，老母亲那大嗓门，推荐儿媳妇补这个补那个的懿旨，若是从电话里传出来，罗丹要是在同一间屋里，总能听到个大概，当然又会不开心。

他老父母是无锡郊县的菜农，大哥接手后开了一家蔬菜供应公司。除了种菜，还承包了几十个池塘养淡水草鱼。每年春夏，一条鱼能出千万个鱼子，鱼子又能孵出上千个鱼苗，都是他从小亲眼见过的。老母鸡能做到，鱼能做到，为什么到了罗丹那里，就那么难呢？

流产够坏的了，最可怕的是流产以后家里难堪的气氛，以及需要他时时安慰、赔小心的老婆。一想起这些，小柯心里的恐慌感像夏天的乌云，先是一小块，很快起风了，天上的云越聚越多，转眼就是乌云密布。罗丹比他大一岁，过了十一月生日就三十一了。年龄像一颗定时炸弹，三十一这个数字是他们两个人都不想道破，又时时刻刻想到的。连每周给父母打电话，父母那边都吞吞吐吐，想问也不敢多问，说来说去都是鱼子、鱼苗，你们要是在无锡就好了，丹丹坐月子，鲜鱼有的是，鱼汤特别下奶，说到这里，老母亲突然打住话头，沉默片刻以后，老父亲接过电话，转到别的话题上。老父亲老实巴交，说来说去都是"那个那个"，半天说不清楚，小柯知道他想问什么，但小柯自己对"那个"也没有答案。

小柯想到这里就特别烦躁，虽然他的头脑知道罗丹是流产的那一个人，但他的身体不听使唤，他的身体对罗丹的哭哭啼啼充满了怨念——他要强迫罗丹，要狠狠地把她丢在床上，地板上，甚至压在厨房的餐桌上，厕所湿漉漉冰冷的瓷砖地上……他想要的就是暴力，要把在身体里横冲直撞的无名火发出来，击打在罗丹的身体上。那具苗条细弱、白皙柔软的胴体，还有那副多么无用、不成事的器官！他要狠狠地厮打、压榨、咬噬，把这美丽破坏掉，把她变成一个残破的普通的黄脸婆，油腻、肥胖，不读书也没时间读书，生好多个孩子。这个念头这大半年里经常浮现，把他自己都吓住了。他偶尔发现，自己不是人，而是一头野兽，比如豹子。小柯作为好丈夫的责任，就是把这头身体里的豹子管理好，不让它逃出来现形。要是真把罗丹吓跑，那么他自己也完了。

小柯在淋浴的腾腾热气中，抚摸着自己的身体，像安慰一只气喘吁吁的野兽，突然他想出一个办法，绝对可以增进夫妻感情，说服罗丹去看医生。

　　洗漱完，换上睡衣，坐在床头，拿耳温计给自己测了体温。罗丹把体温的数字填进挂历上那一天的空格里，空格上方已经有另外一个数字，那是早上测的体温数字。填完之后，她数数挂历上的那些数字，在脑海中复习一遍书上说的体温曲线波动的内容。然后把笔和挂历扔进床头柜下的抽屉里。夜灯旁边放着一本翻旧的《怀孕百科》，封面是一个肥胖粉嫩的金发碧眼娃娃的大头像。罗丹想了想，把书也扔进抽屉里。连这本书的封面都曾让小柯不爽，"要是我们的孩子也长这样……"他一边说一边扮了个鬼脸。罗丹说这是红遍美国的畅销书，书的封面就是这样，怎么啦？

　　卧室边的浴室里传来小柯淋浴的水声。罗丹把自己这边的台灯拧熄了，像一条鱼一样往下一滑就钻进了被子里。罗丹闭上眼睛，脑中飞快地计算着上个月体温曲线对应的时间，今晚不是好日子。她翻过身去，侧身背对着小柯那一侧的床。

隔壁传来嘭的一声，那是开香槟时打开瓶盖，酒里的气压将软木塞冲出酒瓶的声音，接着是一阵女人的笑声，伴着拉丁萨尔萨（Salsa）音乐。夜未阑，又开香槟，又跳舞，隔壁那对今晚肯定又要大干一场。想到这里，她心里更加埋怨小柯，是他坚持要住到这里来的。

　　这间两卧室的公寓，在毛特街上，街往东走到头就是通勤车站。毛特街是泽西城又脏又破的旧区，公寓的基础设施跟泽西城西边那些崭新高层公寓不能比，新建的楼不仅干净，炉子冰箱洗衣机都是新的，还附带健身房和托儿所，且每一套公寓都带落地窗，墙壁隔音也好。旧城的房子就没有这么豪华了，但因为靠近通勤汽车站，好多去纽约上班的人都喜欢住这里，可以步行到汽车站。租金并不便宜，搬进来之前，他们自己掏钱修好了厨房里的排风系统，更换了淋浴的莲蓬头，然后拿账单给房东看，房东指着租房广告下的一行字，"公寓装修费用需租户自己负责。"那意思就是，别想减免房租了。

　　罗丹不喜欢这里，"你又不去纽约上班，就在泽西做码农，住得离纽约近不近与你何干啊？"

　　小柯像赌气一样，说他就喜欢住得离纽约近，喜欢这里的人气和上班族的格调。"格调"这个词，小柯用了英文character，罗丹听完还要想一想，才能明白他在说什么。

过一会儿小柯说："我也想跳槽到纽约大银行中后台做，我干吗就得待在新泽西这些草台班子小公司呢？"小柯是公司学历最高的、正牌硕士毕业。那些印度同事，比他年轻了六七岁，都是本科甚至社区大学毕业，连他的小老板，都是本科毕业。小柯暗自觉得这些人挣的薪水不会比他低。

眼前的小柯，一副壮志未酬的样子，严肃的表情里带一点忧伤，一点纯洁的憧憬，罗丹不忍心再打击他了。小柯在国内念英文系的本科，大学毕业后跟朋友开广告公司，攒了钱移民到纽约。他找不到工作，于是申请城市大学商学院读信息系统管理，硕士学位，人生从头开始。城市大学，在美国号称是"穷人的哈佛"，这是唯一录取他的商学院。从微积分学起，小柯比同一年入学的中国同学多补了整整一年的课，找工作也多花了近一年的时间。那时候他在学校边的犹太人熟食店里打夜工，晚上回到家，头发里尽是番茄酱和丸子鸡汤的味道。小柯这些吃过的苦，让罗丹很是心疼丈夫，家里的事几乎都顺着他。但怀孕以后，尤其是流产后，家里他们俩的地位变了，小柯明显地事事迁就她。如今小柯的样子，总让人想到"忍辱负重"这个词。

窗外的高架桥上，通勤大巴隆隆地开过去。引擎在那狭窄的专用坡道上吃力地加速、减速、拐弯，发出巨大的响声，声波震动着公寓的窗户和地板。巴士前部大灯的光柱，像探照灯一样扫过窗帘。罗丹把头往枕头深处埋得更深，尽量用蓬松的枕头消解音波。那是最晚一班通勤大巴，十点一刻，过去之后，高架桥通向荷兰隧道进城的那一路就会安静下来。

他们搬进来的时候，以为噪声来自高架桥，特意配了厚布窗帘。等他们的耳朵习惯了，一个月以后，隔壁搬来新邻居，那个动静，比通勤车大多了。

不是每天有，但一周至少有一两次，多则三四次。

西班牙裔女人的老烟嗓子，"来啊来啊，干死我吧"。声音嘶哑，是夹杂着英文的西班牙语。那声音不像是做爱，更像是暴力抽打，痛苦和无奈中带着事先张扬的快感，动物一样炫耀着。

小柯皱起眉头，说："这声音！什么人哪？这么不文明。"

来啊来啊，干死我吧！你个狗娘养的……

罗丹不懂西班牙语，这出隔壁戏她只能听一个响儿，但并不难猜出这生命的呼喊到底喊了些什么。先是理直气壮的女声，接着男声加入，两个人争先恐后地呐喊着，像吵架一样。罗丹相信整个楼都听到了。但奇怪的是并没有人上去敲门抗议，楼道里静悄悄的。管理员老托马，他怎么也不出来管管呢！平时做一个蛋炒饭，烟雾警报声响过五秒，就可以听到走廊里老托马气急败坏的脚步声，整个毛特街公寓都好像被吓着了，躲在自家的门后面大气不敢出，静等着危险过去。第二天早上在电梯里见到邻居，大家都像做了亏心事那样，躲避着对方的目光，盯着自己的脚尖，摆出扑克牌脸。

不过，第一次听到隔壁响声时，小柯还是兴奋了一下的，他也要！他悄悄对着罗丹的耳朵说，咱们也热烈地来一下好吧？罗丹翻翻眼睛，说这算什么?! 大喊大叫搞得邻里皆知，这俩是粗坯吧，只有野兽才会像隔壁那样。于是小柯把自己想象成豹子、狼、老虎，甚至是海陆两栖的超大型鳄鱼，但主要是豹子。最后这只豹子咬罗丹的耳垂时咬得重了一点，罗丹疼得叫了一声，随即气恼地用力把他推开，小柯再也不能做什么了。他生气地光着脚跑到阳台上，想听听隔壁到底是怎么回事。但隔壁静悄悄的，好像什么事都没有发生过一样。小柯在阳台上站了一会儿，偷偷抽了一支烟，然后回到卧室，说睡觉吧，明天还得上班呢。

不知道别人如何，反正罗丹和小柯尤其尴尬。他们自己这边风平浪静，完全是按部就班的夫妻生活，无论是频繁度还是激烈程度，跟生命的呐喊比起来简直弱爆了。小柯也想搞得声音大一点，对抗一下。但他实在没有什么可以喊出来的，结婚六年了，床上生活平淡无奇，没有任何创造性。更何况现在两人都惦记着怀孕，严格按照《怀孕百科》规定的时间表来进行，每天早晚两次测体温，做记录，科学规划。他每次看到老婆测体温，就想嘲笑她几句，说她久病成医，你中文系毕业的才女，现在已经成生理卫生知识的专家啦！什么时候你去考个执照呢？

久病成医这句，只说了一次，罗丹哭了一整天，对他爱搭不理一个星期，小柯绝对不敢再说了。

隔壁莺歌燕舞的类似派对声，没过多久就会低下去。罗丹知道的，他们从来不在夜里开派对。喝香槟，放音乐跳舞，都是生命呐喊的先声。罗丹有时心里蛮羡慕隔壁的，住同样的公寓，人家过得多么有滋有味啊，为什么她和小柯却总是肩负人生重任的样子呢？要读书，要找工作，要生孩子……

小柯这时已经垂着脑袋，坐在床头，用一个瘦瘦的背影对着罗丹，他穿着旧T恤，背都有点驼了。

小柯沉默着，过了很久，他推推假装睡着的罗丹，说："哎！你想不想我们周末去城里，住两晚酒店，改善一下？我昨天收到一张酒店的推销'苦胖'（Coupon，优惠券），买一送一。你要愿意，我明天就去订酒店，下个周末，好不好啊？"

罗丹点头再点头，自从上次她流产，两个人都没有心思出门。小柯躺下来，熄了灯，紧紧抱住罗丹。他的热情中带着歉意和怜惜，也带着身体里那个野兽的力量。他的头发里是好闻的薰衣草洗头液的香气，罗丹把身体动了一下，跟丈夫贴紧一点，除了按照《怀孕百科》上开列的科学时间造人，他们已经好久都没有这样热情洋溢地抱在一起了。小柯的身体在洗完热水澡后，像一个温暖美好的热水袋，在充满冷气的卧室里抱着很舒服，这拥抱有点绝境中恋人的浪漫。

隔壁传来熟悉的声音："来吧来吧，干吧，来吧，不要等明天！"

听到"明天"两字，小柯忽然泄了气，放开罗丹的身体。罗丹说怎么了。小柯回答睡吧，明天早上公司有例会，我不能迟到。我一定得好好睡一觉，不然英文都说不过那帮印度孙子。罗丹失望又理解，小柯部门的印度同事很凶，让他压力蛮大的，小柯已经主动考过两个编程执照了，就为了摆平这些气势汹汹的竞争者。

罗丹刚刚被抱得热血沸腾，浮想联翩，忽然小柯就丢下自己睡觉了，不久还打起很响的呼噜，她给晾在一边睡不着。罗丹很沮丧，他们最近的关系总是这么疙里疙瘩。"年过三十"，罗丹想到这句就要眼泪汪汪，真是结婚太久，彼此缺乏兴趣啦？罗丹在黑暗中睁大了眼睛，隔壁已经安静下来了，罗丹想起身走到阳台上，不远处是哈得孙河，河对岸就是曼哈顿中城，要不是为了怀孕，她一定会偷偷抽一根烟，再抽一根，然后把烟蒂随意丢到楼下。虽然她知道乱丢垃圾是不好的，但她真想撒一点野……

小柯不是罗丹最想嫁的人，但却是她的追求者当中坚持得最久的一个。罗丹不喜欢小柯蔫蔫的性格，老实是老实，但是不够激动人心。她甚至幻想着自己有一天会跟以前的男友相遇，发生一夜情。但嫁了以后，尤其是移民来美国以后，她的人生似乎永远跟丈夫绑在了一起，从来没有发生任何浪漫的偶遇，更不要说一夜情了。小柯赚钱，她持家，申请信用卡都是小柯持主卡，她的是副卡。小柯说你可以出门读一个学位，然后工作，我们又不是交不起学费。但罗丹又下不了决心。不是她成绩不好，恰恰相反，她是学霸。她读报，小柯订了一份《华尔街日报》从来不读，下了班回到家不是吃饭，就是追剧。她读那张报纸，每天读。被知识和英文武装起来以后，罗丹对丈夫的工作有点看不上。但叫她去申请学校——去到国内的母校开成绩单，请人写推荐信，准备 GRE 考试，她又嫌麻烦。晚上睡不着的时候，罗丹心里就是这么千回百转，想自己的人生，想不出什么结果，最后也就慢慢睡着了。

生孩子是两人的共同目标，这是没有错的。

小柯订的买一送一的酒店附近就是"抹马"(MoMA)，也就是现代艺术博物馆，这个地方是罗丹非常喜欢的。他们把简单的行李放进房间，就进了博物馆。博物馆里的讲解员是一个高大的拉丁西班牙裔，穿着白色的夏装，脖子上缠一条彩色大丝巾，她一开口，罗丹和小柯睁大眼睛对视了一下，这不就是那个"干死我吧"烟嗓子吗？原来她在这里上班！讲解员现在说英文，小柯恨不得跟她说你换成西班牙语试试。

在小柯的印象中，烟嗓子应该是一个丰腴大骨架的拉丁女人，眼前这个女人身材苗条，脸已经不年轻了，窄窄的瘦脸上颧骨高凸，抹了厚厚的脂粉，但看得出皮肤不好，露在外面的两条胳膊晒成赤棕色，布满了太阳斑。她叫罗西雅，"干死我吧"正式有了名字，小柯对罗丹挤挤眼，罗丹抿着嘴偷笑。罗丹今天心情大好，第一次戴着那条结婚纪念日买的银链子，银耳环，穿着白底印着蓝绿色热带大叶子的亚麻布连衣裙，又潇洒又妩媚，小柯又心动了，不无得意地想，出门住酒店这招还是管用的。

罗西雅带他们一行人去看一个新展，"战争与人"，小柯还没有来得及阻止，罗丹已经拉上他跟着大队人马沿着"抹马"宽阔的旋转楼梯往二楼走。小柯只能亦步亦趋地跟在美丽的太太后面，他对现代艺术兴趣不大，主要是欣赏罗丹的身影。

二楼灯光昏暗，除了墙上的一幅幅大幅照片被顶灯照亮，其余的空间都在混沌的黑暗中，那些发亮的照片，好像是一扇一扇的窗口。展厅中挂的照片都是黑白照，都跟战争有关：列队而行，双目呆滞的战俘；躲在战壕里抽烟的卫生兵，旁边是被炸掉一半身体的步兵；闷罐火车里下来的密密麻麻的犹太人，扶老携幼……

罗丹紧紧拉着小柯的手，两人站在队伍的最后，她很关注罗西雅的讲解，脖子伸得很长地听着，表情像一个小学生。小柯对那些不是凄苦就是惨烈的照片无感，唯一引起他注意的是其中一张，照片拍摄于1943年东乌克兰的犹太小村子，严冬，一群男女老少，十四五个人，脱得精赤条条，正面对着镜头。其中一个黑发盘在头上的女子，瓜子脸，眉目乍一看跟罗丹有点像。她身材纤细，匀称，这点也像罗丹，赤裸的躯体呈现奶油一样的白色。她右手五指分开，盖住自己两腿之间的私处，另一只手和站在她旁边的男人的手紧紧拉着。要不是旁边有架着枪的纳粹以及四周严冬的旷野，她站在那里的姿势其实很像波提切利的《维纳斯的诞生》，旁边那个应该是她的丈夫，一个年龄相仿的年轻男子，他害羞一样地低着头，头顶心浓密的黑发上压着一片小小的黑色基帕帽。照片下有一行文字说明，这些人被德军用枪从家里驱赶出来，在零下十几摄氏度的严冬，在旷野里脱光衣服，然后德军架起机枪，把他们全部射杀。

如果半夜被纳粹军人砸开门，用枪指着头，他和罗丹从泽西城公寓舒适的大床上踉跄地起来，被驱赶着走到哈得孙河边的空地上，他们会有力气走完人生最后一程吗？被强迫脱了衣服，赤身裸体，面对冲锋队的机枪，他和罗丹是不是也能这么手拉着手、这么笔直地站着呢？小柯心里飘过一丝的怀疑，他甚至有点羡慕照片中那对夫妻。

太压抑了，小柯不想再看，他决定退出二楼这个厅，去看看别的艺术品。罗丹这时正听得津津有味，当然不肯退出，她松开小柯的手，在他耳边嘀咕："亲爱的，你下楼喝一杯，到花园等吧，我一会儿就来找你。"这时他们的队伍已经往下一个展厅走，罗丹加快脚步赶上去，丢下小柯留在原地。

小柯有点失望，但想想自己对现代艺术以及所有的艺术都没有那么大兴趣，来"抹马"，本来就是为了投老婆的所好，她一直喜欢博物馆啊画展啊这些文艺的东西。既然来了，就让她尽兴吧，没有什么不好。想到这里，他从原路出了展厅往一楼走。来过"抹马"多次，对这里的布局基本熟悉。小柯在正门旁边的小餐厅买了啤酒，举着塑料酒杯往露天花园走，那里一般会有座位，实在找不到座位，还可以坐在鱼池边的草地上。

花园里人很多，尤其是鱼池边，围满了人。小柯好不容易挤过去，才发现鱼池是空的，不仅里面养的锦鲤一条都没有了，连池里的水都被抽空，鱼池变成一个地上的窟窿，一股呛鼻的漂白粉的气味，从窟窿里散出来，飘在这些围观者的头顶上。为了防止有人失足跌进去，池上像创可贴一样横七竖八拉了几条黄色的塑料带，塑料带上印着黑色的字：Keep Out，请勿进入！

小柯这才注意到花园里气氛不太对，那些衣冠楚楚的人，个个面色凝重，窃窃私语，指指点点，身旁几个老太太摘下太阳镜，在抹眼泪，鼻尖红红的，看来已经哭了一会儿了。小柯不明就里，左问问右听听，很快就大概知道出了什么事——前天傍晚闭馆前，保安发现锁园子的自动报警装置失常，下楼去找控制中心的工程师。就在那几分钟里，有人偷偷溜进园里，往金鱼池投了强漂白剂，把锦鲤都毒死了。保安从控制中心出来，没有再进花园查看，直接锁门，连上警报装置走人。直到第二天清早，才看见池里漂满了死鱼。那些锦鲤已经养了近二十年，最大的身长近一米，横漂在水面，发出难闻的恶臭。漂白剂把锦鲤身上的五彩鳞片染成棕不棕灰不灰，大鱼死前想必疼痛翻滚，有的撞折尾巴，有的撞破头，有的互咬互噬，死相凄惨恐怖。养鱼的几个园丁到场后抱头痛哭……"抹马"的管理员这才明白前一晚的报警装置失常原来是调虎离山之计，为的是造成清场后不立刻锁门这个疏漏，这多么阴毒！策划得多么周密啊！

这么处心积虑杀几条鱼，到底是为什么啊？

小柯平时不关心曼哈顿新闻。现在面对空空的鱼池，听旁边衣冠楚楚的老人讲事件的由来，也吓了一跳。"抹马"花园外就是西五十六街，这时车流喧嚣，街对过儿那些名品店的霓虹灯已经亮起来了，在夏天的傍晚光彩流溢，橘色、粉红、乳白色、深紫色，照在小花园的上空，仿佛在流光溢彩的夜色中，锦鲤们还会摇着尾巴，动一动背上有力的鳍，翩然而至。

小柯鼻子发酸。整池鱼被毒杀，这是他第二次看到。他去省城念高中时，父母的蔬菜生意还刚刚起步，鱼塘也只有一个，他们家是方圆百里内唯一一家养鱼的农户。父母从来没有养过草鱼，没想到运气很好，初春撒下鱼苗，一天天长势喜人，就等到入冬前大丰收，抽干水塘，捕鱼上市。善良的母亲准备给村里左邻右舍每家送一条大鱼，大家都沾沾喜气，高兴一下。

秋末，一夜之后，死鱼漂满整个池塘。有人在夜里往池塘里投毒，杀光所有的鱼。

小柯猛地起身，装啤酒的透明塑料杯子滚落在地上，啤酒洒了一地。他没有像从前那样去捡起塑料杯子扔进垃圾桶里。周围那些曼哈顿衣冠楚楚的文艺事儿妈，注意力都在花园中心的窟窿上，没有人看到小柯神色异样，也没有人指责他乱丢垃圾。

小柯觉得身体里有股力量在冲撞着，好像那个野兽要冲破躯体跑出来，他必须去找罗丹。他眼前都是无锡乡下鱼塘里漂满了的死鱼，耳边是妈妈在电话里大哭，他那时都没有掉过眼泪。现在，泪水不停地涌进他的眼睛，让他几乎看不清前面的路……霓虹灯里哭泣的鱼，手拉手的赤身裸体的人……这些被人戕害的万物生灵，现在仿佛都悬在"抹马"的顶上，看着小柯。世界正在完蛋，但小柯特别想有一个孩子。他要好好跟罗丹谈谈，不再畏畏缩缩。这个孩子会比他和罗丹都好，这个孩子就像一个小豹子那样，充满了活力。

小柯走到楼梯前，罗丹正慌慌张张地疾步走下来，她看到小柯脸上一副决绝的表情，好像刚刚吃了什么不健康的食物，正在找洗手间。罗丹一把抓住丈夫，说："哎小柯，你脸色不好，为什么不接电话?! 你到哪里去了，我到处在找你!"说着她已经紧紧拉住他的手，往博物馆的大门外走。

那天晚上，小柯和罗丹在酒店里终于睡着了。一只豹子，从小柯和罗丹两人的身体里跳出来，静悄悄地坐在电视前的小沙发上。像往常一样，为了不吵醒屋里睡觉的人，它把电视调到静音，长尾巴顺势将卧室的门关上。豹子喜欢看电影，悬疑片，警匪片，或者那些二、三流的色情片。当看到画面中男女交配的场景，枪战后假的血像喷泉一样飙出来，豹子乐得胡须打战，尾巴拍在地板上嘭嘭直响。如果有啤酒和盐水煮花生，那就更好了。豹子打开酒店的小酒吧冰箱，开始吃里面的零食。

看完电视，它伸一个懒腰，然后走到阳台上，等着曙色破晓。金紫色的光线冲破远方黑暗的那一刻，它鼻翼颤动，闻到空气中一丝野蛮的气味，带着哈得孙河边湿地的腐臭，从高速公路隔离带的草木上飘过，它激动得浑身发抖，隔着阳台上的栏杆朝楼下长长地撒了一泡尿。然后，它就满意地回去睡觉了，一任桌上的空啤酒罐和零食的包装纸扔在那里。

时差

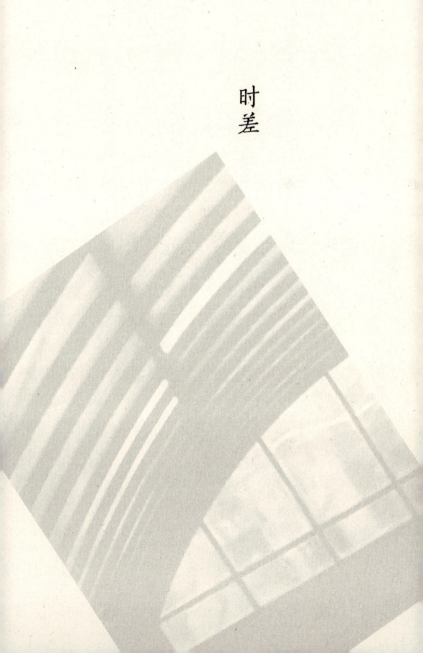

1

易敏中风，我带小昼每天来医院。

我取了病房床边小桌上的控制器，按了一下电钮，让床头稍稍抬起，易敏的身体随之从水平状调换到半坐状。易敏昏迷二十多天，我们每天来病房帮她改换姿势，这是医生唯一允许我们做的。

昏迷是第二次中风引起的。脑中的毛细血管大面积出血引起中风。第一次中风并不知道是什么时候发生的。医生指着放大的脑图给我看，说看到没有，这里以及这里是先天性血管狭窄……我盯着那些图片，似懂非懂。脑图印在一尺宽幅面的胶片上，几张一字排开，吸在放映板上。放映板后面的光源打开，照亮的脑图上明一块暗一块像一朵朵的乌云密布，也像赵无极的抽象画。我看不出哪里是先天畸形，哪里是毛细血管狭窄，只看到混沌一片，很难想象这就是聪明伶俐的易敏的大脑照片。

畸形又会怎么样？医生说脑血管畸形，病人会重复中风，第二次第三次就可能有生命危险。

"中风不是老年人才得的病吗？易敏才四十岁出头啊，一直那么健康。"我问，问完自己都觉得天真得可耻，生病哪里有什么年龄界限啊？就像旧戏里"无常"唱的："阎王要你三更死，不得拖延到五更。"医生指指脑图上那些明暗不一的云，道："大部分中风病人是老年人，但青年人、中年人也不是没有。你太太家有没有中风的遗传病史？之前你太太头疼过吗？"

易敏的确一直有偏头痛，发作起来"像有大锤在锤脑袋"，"头上血管突突地跳"，这是她的原话。但偏头痛的人多了！我忽然想起易敏的大哥易葆，就是年近五十岁时突然去世，在国内打麻将的时候，自摸儿，突然和了，欣喜若狂，连叫"大三元，大三元！"然后就倒了下去。

易敏躺在那里，手背上插的输液管，鼻子上插的吸氧管，连着后面一排的机器和屏幕。若不是有那些机器在，她的脸色和姿势跟平时睡觉没有什么不同。最大的区别是，易敏一直留着的一头长发剪短了。她的头发特别好，乌黑顺溜，不多不少，发质柔软，我们最初认识的时候，她给我印象最深的就是一头笔直乌亮的披肩发，挂在纤细的后背上，像琼瑶剧里走出来的女主角。

易葆戏剧性地倒下，易敏中风却是平静无声，不要说"大三元"，连"一雀头，四面子"这种最普通的和牌都没有。5月底，天气暴热，办公室开了空调。她们财务部在月底结账三天，要加班。空调有一个开口在她的办公室，被冷风直吹着，又忙，让她头疼了好几天。三天结账的时间很紧，她忍着不想停下来，头痛了就吃阿司匹林。"没事的，头疼吃几片阿司匹林就好了。"这也是易敏平时经常说的话，她特别能扛。

三天过完，她的头疼减轻，却多了恶心感。下班后去看门诊。门诊也即将下班，连医生都没有，只有一个老年的护士，也说不出易敏有什么毛病，却怎么都不肯放易敏走，同时呼叫附近的医生赶来。易敏留在诊所里，给保姆小田发短信，说今天有事要迟回了，安排小田去足球场接小昼回家。这是我赶回纽约以后才知道的，主要是小田告诉我的，易敏不肯多说。

那次做了造影检查，查出易敏有脑出血。立刻做了微创开颅手术，医生说发现脑中凝结的血块有时间上的沉积，可见病人的脑出血之前已经有发生，只是症状轻微，没有被觉察。开颅手术除了清理血块，没有更多的实质性的改变。她还想去上班，经医生劝说，在家边休息边远程上班，有一天在家昏倒。……这也就是中风族的"一雀头，四面子"，最普通的案例——朝九晚五上班，回家，做饭，然后你摸了一张牌，头疼，就和了。

我看着躺在床上的老婆，她的样子好像随时会睁开眼睛，谈笑如常。那安睡的样子，让我经常生出一种错觉，总感觉一旦我转身离开病房、走出医院大门的时候，她就会醒来，按照她自己的作息时间，正常运转——上班，购物，回家。就像我在香港，她在纽约，我的晚上是她的白天，反之亦然，我们之间，永远隔着十二小时的时差。我们过着差不多的生活，只是在不同的时区里。事实也的确如此。

脑外科病房多数时候是静悄悄的。隔壁新来的病人二十岁出头，男孩子，大三，是州立大学赛艇队的主力，在赛艇比赛中，突然来风掀起大浪，赛艇偏离航道撞上水面的浮标，人以八十英里的时速飞出去，落在海面的瞬间他就昏了。最初来的时候，家庭会客室里遇到男孩子的父母姐妹还有亲戚，一行十七八个人，在会客室里站得满满的。核心家庭成员先去病房，舅舅舅妈留在会客室里，等下一拨再进去探望。舅舅是个粗人，脖子上、手上戴着粗大的金首饰。他跟我打招呼，自我介绍叫查克，说话口气特别活络热情，像汽车销售员或者房产中介。他特别自然地问起易敏的病，完全没有美国医院"病人隐私法"那种装模作样的谨慎，我也就说了。说完问他家的病人怎么回事。查克舅舅眼圈一红，但还是特别详细地讲了。

小昼很认真地听他讲完，问："为什么要参加比赛？"查克舅舅说为了赢啊。"怎么赢？"小昼继续问。查克舅舅回答："谁先到终点就赢了。"小昼想了想，说："昏迷不算赢了？"查克舅舅眼圈更红，他吸了一下鼻子，摇摇头。

我赶快把小昼拉开。要是换了一个成年人这么没有礼貌地瞎问，我准会扇他一巴掌。但小昼才十岁，她是认真提问。查克舅舅三口两口吃完手里的火星巧克力能量棒，跟我们道日安，出门去看他的"昏迷不算赢"的外甥。我从口袋里掏出几张一块钱的票子，对小昼说你饿吗，去楼下礼品店也买一个火星能量棒吧。

　　小昼接过票子高高兴兴地走开，到门口转身问可不可以买口香糖，我点头，她更高兴，几乎是小跑着出了门，裙子在屁股后面甩来甩去。一股汗味儿，飘在她走后的空气里。小昼真的要洗头啦。

　　小昼十岁，一块糖可以让她兴高采烈，停三十分钟游戏能让她悲恸欲绝。我记不起自己十岁的时候常常是怎样的心情了。我那时脖子上挂一把钥匙，排队放学，从小学走回家，开门锁，拉开煤球炉底部的炉门，给炉子生火，淘米，做饭。小昼现在可以自己做花生酱三明治，她最大的担心是秋天开学时我能不能说话算话给她买一部新手机。除此以外都不是事，只要把iPad递过去，她就能消磨好几个小时，油管上的真人秀视频能逗得她哈哈大笑。我根本不知道她的头脑里想的是什么。

　　说到她的头，小昼今天早上梳头了吗？一头黑发又密又厚，上次理发是什么时候？现在这样一头蓬发像一个魔女。今天我们到医院以后，小昼不停地用手指搔头皮，然后盯着指甲缝里的黑垢发呆。

　　还有，她身上穿的那件T恤是谁给买的？"我不是你想的那样，但随时可以变成你想的那样"——T恤上用花体字这样写着，这种似是而非的话，是软色情吗？是挑逗吗？我不敢想下去，更让我生气的是，自己完全想不起来她什么时候换上这件T恤的。

我低头看了一下手表，10：34。离吃中饭的时间还有好几个小时呢。除了医院，我和小昼没有别的地方可去。小学放假了。按往年的惯例，小昼此刻应该在青年会办的夏令营里疯玩。今年则不同，第一，我根本没有想到给她报夏令营；第二，这种事应该是而且也从来都是易敏做的，不知道为什么她也没有报。等到学校放假的第二天，小昼上午从她的房间走下楼来，坐在厨房里看电视，我这才想起夏令营的事。不过，她在家，每天可以来医院看望妈妈，这也没有什么不好的。

2

我们在镇里的"真香"比萨店吃了晚饭，回到家的时候，已经是夕阳西下。下午，打理草地的公司来割过草，草地像新理的头发，整整齐齐，有风吹过，飘来一阵阵的青草香。门前的喷水池也开了，水花中，有几只晚归的鸟还在飞来飞去。水招来了好多蜻蜓和蝙蝠。这几年提倡环保节水，喷水池难得才开一会儿。常见的成群的乌鸦一只都没有，乌鸦都归巢了。喷水池那里种的草花，被8月的似火骄阳都晒得蔫了，现在天降甘露，百日草和黑心菊都挺直起来，花朵片片。薰衣草结了灰色的籽，在晚风里散发出肥皂一样的香气。我把车停在车库外。然后转上正门前的小路，欣赏黄昏的院子。草坪剪得很整齐，但是花圃却不能细看，杂草丛生，有的地方，草高得跟花一样。

小田已经离开。她炖了百合绿豆汤，把炉灶擦了。烘干机里的衣服还在转着，地板也拖了。厨房台面上的脏碗筷都顺进洗碗机里，云石岛台上乱摆的玩具、零食、过期的报纸、小区通知，收拾得干干净净，只留下一张字条："张先生，小昼同学家打电话，请查你的邮件。"

小田的英文不行，电话留言记录基本不可信，一定得当面说才问得清是怎么回事。小田一直给我们做保姆，去年开始，她只做白天的家务，晚上去陪另外一家的老人。她用那半瓶子醋英文听电话，会一知半解，事情反而搞七捻三。最后，易敏想出一个办法，她反复教小田一句英文，

please send e-mail. 这样，学校、镇公所、邻居，这些重要的"有关部门"，但凡有要紧事，就写邮件发给我们。手机可以立刻把"有关部门"的消息分送到我们手上。

看完字条，我懒得查邮件，先拨通了小田的手机。

"小田，你好！我张生啊！谁来电话啊？"

"张先生你好！是一个女的，好像是小昼的同学家里。她说她会发邮件。"

"好吧。你有没有跟她说易敏不在家。"

"我说了，我说'miss is sick.'"

"那她怎么说的？"

"她说'pardon me.'"小田回答，她这句礼节性的英语发音倒是无可挑剔，"毛宁""古德耐""三克油""好阿油"，她都背得滚瓜烂熟，但是全无用处。小田的英语是她来美国之前按照国内一本游客英语自学的，书上除了中英文句子，还用中文标出了英文的发音。这种偷懒的做法害了小田。从此后她记住的都是那些稀奇古怪的中文字组合。她用旅游签证来美国，天黑下来以后除了打工，就是看中文电视剧，要么就是在网上跟原来国内的老朋友聊天，正经英文是一句没学。

"好吧，Pardon me. 让我喘口气再去查电邮。谢谢小田，明天见。"我放下电话，但是人却不想动。马上就是东八区的清晨，公司上班后会有一堆事要找我，一般来说这帮孙子已经发了几十个邮件到我邮箱里。

厨房的窗户朝西，七点钟，太阳还没有落，但已经转到远处的树林后面。斜射的阳光照得满天金色，我走过去把那扇窗户打开了。已经立秋了，黄昏时的风带着清凉，吹进屋内喷了芳香剂的空气里。小田做饭后喜欢喷芳香剂，她还觉得那种人造的香氛挺高级的呢。

起居室里的电视已经开到动画频道。小昼站在电动滑板上，比以前高了近半尺，几乎赶上易敏的身高。随着一阵微型马达的转动声，她像幽灵一样从起居室的拱门滑进厨房。在冰箱前站定，从里面取了一个苹果，又从厨房的另一个门滑了出去，进了大餐厅。我给自己泡了一杯茶，喝一口觉得不过瘾，从酒架上取出一瓶金酒，本来想仰起脖子灌一大口，但小昼已经飘了一圈回来，正好在我背后。想想在孩子面前还是不要太放纵自己，我拿了一个小水晶杯，又从冰箱里取了几块冰，再把金酒倒进去小半杯。坐定了，喝一口，人放松下来，忽然忘记要干什么了，两眼盯着继续在滑圈的小昼发呆。

"爸你不是要查邮件，打电话吗？"到第N圈时，小昼突然问。我这才想起来，完全想不出这个同学家长给我电话是要干什么，给家委会年度项目募捐，还是帮高中舞会做义工值日？老婆昏迷不醒，你呼天抢地，但生活在别处依然继续，学校里要求家长做的事，该干什么还得干。

我在手机上划两下，打开邮箱，找到那个家长来信，六年级一个叫伊拉娜的女生，她妈妈辛格太太来信。我盯着这个姓看了几秒钟，猜测可能是印度裔。小昼上公立学校，同年级有不少印度裔，也有不少韩国人。每年秋天拿回来的班级集体照，一眼望过去肤色深浅不一，还蛮国际化的。

小昼又转进来，再开冰箱取冰淇淋。她很精，看出我表情严肃，手里举着装冰淇淋的碗就凑过来，我拨响了辛格太太的手机号。她站在一边，想旁听这个电话，我挥挥手让她离开。

电话那头一个悦耳的女声，像唱歌一样说哈啰。我说："请问是辛格太太吗？我是潘妮的爸爸，张生。您今天往我家里打电话找我太太，想来是为您家千金伊拉娜？"听到这里，小昼头也不回地离开了厨房。潘妮是小昼的英文名。

"对，伊拉娜是潘妮的同班同学。"对方回答，她的声音变了，好像迟疑着。我接着问："我太太生病，不能给您电话，请问我可以帮到您什么？"我这边把"生病"说出，感觉球抛到她手里。果然辛格太太迟疑了，说："嗯，既然这样，我不知道现在说是不是太打搅你们，如果打搅了真是抱歉。不过这事还是需要认真对待。"

"好，请从头说，让我们来认真对待'这个事'。"我说。"谢谢理解。"辛格太太还是彬彬有礼的口气，"是这样，潘妮过去几个月给伊拉娜发了不少不友善的短信，让伊拉娜非常伤心，请停止这种霸凌行为。"听到"霸凌"这个词，知道球又到了我手里，得拿出自己做律师的本色了。我本能地坐直了，问："请教具体是怎样不友善的短信呢？"辛格太太说："潘妮叫伊拉娜'牛'，'神牛'。"

我忍不住想笑，"神牛"是我们镇的一家冰淇淋店的名字。潘妮把她小脑瓜子里的聪明都用到骂人上了。她肯定知道牛是印度的圣物。我说："这些话很伤人，真是对不起，但我相信小昼不是恶意地用短信霸凌。如果冒犯到伊拉娜，我在这里真心道歉。辛格太太，您也知道，神牛是本地一家特色冰淇淋店的名字，很受小孩子的欢迎。我知道孩子之间会互相取外号，这种行为是孩子之间特别的感情表达，不是恶意中伤。至少我是这么理解的。"

"去你的感情表达！感情表达怎么能让我女儿哭呢！"辛格太太的嗓门提高了，停了一下，继续举证，"潘妮还发短信说伊拉娜的衣服漂亮，裤子漂亮。"

"那不是很好嘛！"

"那是在讽刺伊拉娜啊！"电话里传出低吼，像母狼或者母熊在发怒。我把手机放到离耳朵远一点的地方，辛格太太在正常情况下说标准美国英语，在发怒时她的印度口音暴露无遗，好多辅音装饰着她的英文，好像一连串的葡萄。辛格太太继续道，"她们在体育课上，潘妮说她不想排队跟在伊拉娜后面，因为会被她放的屁掀倒。这句是最让伊拉娜伤心的话，因为伊拉娜和潘妮一直是体育课上的跑步伙伴，伊拉娜也从来没有放屁的问题。"听到这里，我几乎就要笑出声，好歹还是忍住了。辛格太太看不到我脸上的表情，她听我没有反应，继续道，"你看看，伊拉娜没有招她惹她，潘妮时不时发这些短信伤害她。"

这个被人投诉的潘妮没有再踏着电动滑板经过厨房，客厅里的电视声也比刚才轻了很多。估计她正竖着耳朵站在厨房的门外偷听，或者正在想着什么更刁钻刻薄的话要给伊拉娜发短信。我继续说："这些短信听上去的确很伤人，潘妮平时不是这样的，真的不是。也许是母亲的事故让她性格变化，想找发泄口。你知道，我们家正经历一场危……"

"我才不管你们什么危机不危机呢！"辛格太太悍然打断我，她突然爆粗，我目瞪口呆，她越说声音越高语速越疾，像豆子撒在瓷碗里，"我不管你们家出了什么事，反正伊拉娜回家来时常常脸上挂着泪。当然啦，她发育有点早，体形微胖，但这又怎么啦？就得忍受同学连续不断的讥笑，言语虐待?! 我们不是富裕人家，不像你们，整天坐飞机全世界飞，到豪华店买衣服！但我们也有我们的尊严，而且伊拉娜一直很喜欢潘妮！"

最后一句话有点打动我，我笑不出来了，真心觉得歉疚，我说："是！是！"点头如捣蒜，举起手里的酒喝了一口。辛格太太本人不知道做什么职业，口才很好，虽然发火但是说话还是有理有据，流畅得好像在念稿子。

听我在线这头没有声音，她突然警觉地停下来，哈啰？看看我是否在线聆听。我说我在我在，我常驻亚洲，每年回来几次，管教女儿都靠她妈妈以及保姆，所以今天这些事对我都是新闻，第一次听到。她气哼哼地说，也许正是这个原因。

这也是大实话，易敏偶然写一点孩子的成长日记，贴在脸书上，但这种霸凌人家的事，当然从来不会出现在脸书上。这时我想起偶尔小昼说到学校里，哪个女生体形欠佳，"至少需要减掉十磅"。这是她的口头语。这种话我从来没有当回事。易敏很苗条，对体重很在意。我一直以为这只是母女俩互相影响而已。

厨房岛台上有一个白色云石的大瓶，里面插满了薰衣草的干花，发出阵阵的香气。平时小昼喜欢在这大瓶干花旁边吃零食，看视频，写作业。没想到在这么芬芳的花旁，小昼却在给同学发霸凌短信。现在这孩子不知道躲在哪里。

我环顾四周，想叫她出来一起听电话里的投诉。厨房墙上挂着一张我们一家三口的全家福，照片上的小昼才上学前大班，梳着马尾，两腮胖嘟嘟的，眼睛里闪着小星星。伶牙俐齿，小昼天性有些刻薄，难道这也是从妈妈那里遗传过来的？易敏肯定不同意，这个家里我是律师，是那个说任何话都事先想一想的人，难道是我把心机传给女儿的吗？小昼是"蓝月"那天出生的孩子，按这里的迷信，这种婴儿对着世界第一次睁开眼睛的时候，眼睛里有一对蓝月，蓝月婴儿都是厉害的角色。

辛格太太气哼哼地说："我要潘妮自己过来跟伊拉娜道歉，而且是今天就过来。否则我就跟学校校长正式写信抱怨。张先生你不要以为你的钱可以买通一切。你们不来，我明天就去跟学校说。"这是她第二次提到贫富差距的问题，这人好像有点仇富情结。"好的，我们一会儿就过来。这事对潘妮也很重要，她必须从中受到深刻的教训。我知道你不想提我们家现在的处境，但潘妮妈妈生病对小昼打击真的很大，这也是不容争辩的事实，而不是借口。"我说完，辛格太太口气稍微缓和了一点，就把她家的地址给我。我瞄了一眼辛格家的地址，离这里只有十分钟的车程。

挂了电话，觉得少有的累，好像办案子上法庭。我在脑海里又过了一遍辛格太太说的霸凌短信，好在没有涉及种族或者肤色的话。否则告到学校，小昼真的可能立刻给开除。房间里静悄悄的，小昼肯定躲到她房间里去了。从这里的窗户望出去，漫天晚霞比刚才还要绚丽，厨房沐浴在一片金色中。桌上酒杯里的冰几乎都化了，金酒在水晶玻璃杯里被夕阳照得好像圣水一样。我一饮而尽。然后坐到厨房壁炉边的小沙发上。那个沙发很旧，带一个同款的靠脚墩子，坐上去特别舒服。那还是小昼出生时，易敏一位同事送的。我坐下去，慢慢眼皮重起来。一天的疲累都涌上我的身体……

易敏，美丽的鹅蛋脸，漆黑的头发。带我去爬野山，她敏捷得像猴子，三步并作两步就爬上一个陡坡，然后回头骄傲地睥睨着我，"你行吗？你敢吗？"她身后是缅因州绿色的大山，阿巴拉契亚山脉最北端的峰系。山里的风猛烈地吹着她的运动外套，外套的下摆像双翼一样地鼓起。大山的深处，传出像鼓点一样咚咚咚咚低沉的声音。易敏瞄了脚下陡峭的山脊一眼，然后一抬腿就像飞一样地往山下奔。你行吗？你敢吗？她那句话的回声在山谷之间来回激荡着……

我浑身一震，一个激灵醒了过来。小昼站在我面前，用手推推我，小心翼翼地问："爸爸，你行吗？"她的小脸脏兮兮的，嘴角还留着一星花生酱，T恤上洒着几滴刚才吃的

219

香草冰淇淋，刘海乱七八糟，顶心的头发有几根直立着——这副样子，完全就是一个野孩子啊！我看着心疼，伸手去拉她。小昼依偎着我坐在小沙发上。她大概也知道事情不妙，默不作声，脸上表情紧张兮兮的，等我先开口。

厨房里那股人造香草的气味淡了，小沙发下的旧地毯发出淡淡的灰扑扑的气息。要不是这块地毯的纪念价值，按我的意思早就换了新的。我把小昼拉近身边，问她："你为什么要给伊拉娜写那些讽刺短信？你们不是朋友吗？我记得你们还互相参加过生日派对。"小昼紧挨着我挤坐在沙发边缘。她摆弄手机，我把那个手机拿开，放到沙发另一边的地毯上面。

"我，我不知道，我以为她没有那么在意的，她从来没有不高兴过，我才继续发短信。"小昼回答，满脸委屈。"你怎么知道她不在意？她怎么会不在意？换了你……"我说。

"她有时回复，LOL。"小昼低声说，她已经要哭了。"什么意思？LOL？好多爱？"我问。

"不是好多爱，是Laugh out loud，'一笑而过'，我以为她不在乎呢。"小昼说。我摸摸她的头发，想把顶心那几根直起来的毛撸平了，小昼头发油腻，真是得好好洗洗了。

我忽然想起辛格太太提起"别的同学"，又问："这些短信都是你一个人写的吗？别的同学看过吗？"

"我和雷亚娜一起写的，我写，她在一边看，写完她会大笑，然后把她特别喜欢的话再传给林迪、卓伊和其他的女生。"小昼说，她可能回忆起写短信时好笑的事，说着说着轻松起来，眼神里带着一丝促狭，"伊拉娜有次吃鹰嘴豆沙拉，放屁特别响，不停地放……"

听到雷亚娜这个名字，我忍不住皱了皱眉。果然有这个小姑奶奶参与其中！她来我们家里玩，穿着吊带裙，装模作样玩一会儿芭比娃娃。很快就让小昼去妈妈桌子上取面膜，取化妆品。然后打开视频，按照其中化妆频道的示范来化妆。这是小田跟我说的，不止一次。所以，我对雷亚娜这个名字特别熟悉。别的小姑娘从来没有这么大胆过。

"从现在起你就不要跟雷亚娜玩！她对你根本没有什么好影响！"小昼听罢直摇头，她好像知道我会有这种反应，说："她是我最好的朋友，我们星期二已经约好去看电影，让小田开车带我们去！""这也是雷亚娜的主意吧？"我问。"对，雷亚娜说'你爸爸工作，小田可以开车，她可以带我们出门'。"小昼回答，她一点都没有觉察到我话里的讽刺意味。

　　"你现在应该多花时间，跟妈妈多说话，而不是跟同学混。"我说。小昼转过脸来，对着我的眼睛，说："妈妈躺在那里一动不动，爸爸你不是也坐在那里看手机吗？"我的确是在病房里看手机，在手机上回复邮件，甚至有时把电脑带到病房里去，在那里处理公司的事务。

　　窗外太阳落山之后的余晖开始暗下来，一只猫头鹰在叫着，过了一会儿，另一只在远处应答一般地叫，空气凉凉的。每到这个时候，猫头鹰都开始叫。有时它们会在院子附近的树林里叫上一夜。现在这声音是这么熟悉，让我想象自己不在家的时候，她们母女度过的黄昏。自从易敏生病以后，这段时间我独自带女儿，好多事都是既熟悉又陌生。我起身去开灯，拉窗帘，小昼跟在后面，怯怯地问："雷亚娜能来医院看妈妈吗？她想来，我……我答应了。"

　　"你上楼洗澡，然后我们就去伊拉娜家道歉，刻薄短信比当面吵架要糟糕多了，你知道吗？你答应我这些，雷亚娜就可以来医院看妈妈。"我说完，小昼夸张地使劲点头，又小心翼翼地说："爸，你能把手机还给我吗？我需要给雷亚娜发短信确定她可以去医院，也得告诉她以后不可以再给神牛写坏话了。""你可以打家里的电话啊！拜托，不要再叫伊拉娜神牛了，行不行啊！"我说话的声音越来越高，真怀疑这孩子是不是能改邪归正。窗外猫头鹰的声音，一时听不到了。

我上楼。坐在小昼卧室外的椅子上，听到她浴室里水龙头放水的声音，这才放心。二楼走廊的墙上，一直到楼梯那面墙，挂着历年拍的全家福，以及过去度假时拍的五花八门的照片——从最早我和易敏的婚礼照开始，然后是小昼出生、满月、一百天、一岁、三岁、四岁……全家福到最近几年就停了，只有小昼每年在学校拍的全年级学生合照。她的五官和肤色特别像妈妈，加上夏天游泳晒出的蜜色皮肤，细长的丹凤眼。小昼洗完澡，头发顺溜，过长的刘海用细细的金色发卡别好，穿着象牙色的翻领小裙子，又恢复了小公主的模样。美中不足的是她脚上还蹬着那双松了扣儿的凉鞋，一迈步就响，像铃铛。

我以辩护律师面对被告的口气交代小昼，到了辛格家应该说什么，不应该说什么。"你一定得真诚地跟伊拉娜道歉，因为那些短信的确很难听，很伤人的，知道吗？"我反复叮嘱，我们没有准备过的话，千万不要多说。小昼表情

223

严肃，亦步亦趋地跟着我，沉默地坐进车后座里，双手放在膝盖上。

过了一会儿，她问可不可以坐到前排的副座上来。按年龄来说，得到十四岁才可以，我想想也就同意了，反正开车没有多远，她也习惯系上安全带。小昼坐到前排，表情又活泛了。开车出去，按照手机地图的指示，车往95号公路那边开，路上经过卡车车行，还有一个棒球场。棒球场的灯光打得雪亮，绿色的钻石形的比赛草地在灯光下像绿野仙踪，穿黑白两色队服的棒球手身姿矫健，他们正在进行比赛，击球手啪的一声，准确地把球击出去，场边传来一阵欢呼和口哨。小昼一直羡慕地扭头看着。也许，真的应该给她报一个暑期棒球班，而不是天天带她去医院。

"爸爸，你想不想去买一个星冰乐，或者吃一个魔鬼大汉堡？"小昼说，指指迎面而来的路边的魔鬼大汉堡的巨幅广告牌。那广告牌被下面的射灯照得雪亮，上面还做了特技效果，汉堡仿佛冒着热气。"不是说好了先去道歉吗？回来再说。"我坚持着，小昼还在盯着那广告牌咽口水。我忽然想起那个一直想问的问题："你跟伊拉娜以前关系很好，那时候你也没有写刻薄短信啊。为什么……"小昼把目光从广告牌收回来，说："我们过去是很好，以前一直都很好。去年她在家开生日派对，没有请我，那天我正好去了，她不开门。所以……"

"谁送你去的？妈妈？妈妈没有跟伊拉娜的妈妈抱怨吗？"我问。小昼先是摇摇头，随后又偏了一下头，说："小田带我去的，小田不会说英文，我在门外的石头上坐了一会儿，把她家一个花盆踢坏，然后就回家了。"我问："妈妈知道吗？"话一出口就知道答案了。小昼说："她不知道，她跟朋友出门了，后来我也忘记了。"

"我们到伊拉娜家快速地道歉，然后就出来，去吃魔鬼汉堡。"我说，小昼听完咧开嘴笑了，这是她今天最开心的笑。

3

住院区进门就是护士站，和前台秘书的办公区在一起。那里不分白天黑夜，永远有一群护士和秘书在低头忙着，前面站着一群沉默的探访病人的家属，等着这些护士和秘书招呼。每次进住院区，这里的安静让我战战兢兢，好像走进一个脆弱的壳里，脚步稍微重一点都会把地面踩碎。

易敏住的病房是右边走廊的倒数第二间，每次往那里走的时候，我尽量克制自己不要东张西望，偶尔还是忍不住往那些房间里溜一眼。除非是病人出院那天，清洁工会拉开窗帘打扫卫生，房间大亮；平时大部分时间，病房都是窗帘低垂，脑外科病人怕光。第二个病房住的不知道是什么大人物，门口探病的来客川流不息。不同年纪的人在门口窃窃私语，边说边表情凝重地点头或者摇头。探访者送来的花篮都放在走廊里沿墙的条桌上，好多气球飘在二号病房门口的一方小空间里，把病房搞得像新生了孩子的产房一样热闹。颜色鲜艳的气球上都写着吉祥语"Get Well Soon 早日康复"，换成中文就是"加油吧"。我对"早日康复"这种话特别腻烦，好像病人不够努力才不能"早日康复"似的。卡片、气球、绒毛熊、巧克力糖，是"早日康复"的标准礼品组合，充斥在医院的礼品小卖部里。

有一次，二号病人出现，是一个身高六尺的壮汉，足球队员一样魁伟的身板。他光着脚，从洗手间里走出来，一只手拽着病服的下摆，避免让那棉布袍拖在地上。浅蓝色的病服让人高马大的他看上去又脆弱又普通。在医院外，他肯定是一号什么人物，护士以某先生称呼他。但在医院里，你希望自己是芸芸众生，悄无声息地进和出。

在病房里，小昼最喜欢做的事，就是给妈妈化妆。她的所谓化妆，基本只有两件事，一是抹口红，二就是涂指甲油。小昼有一小箱儿童版的美甲套装工具，打开是一个可以把玉手放在上面的长方形塑料盘子，各种颜色的指甲油小瓶，十几个一字排开。小昼会先问问，妈妈今天你喜欢什么色系呢？橘色运动型？还是红色华贵型？或者就简单涂一点无色指甲油？问完之后，她就自作主张挑一个颜色，先把挑中的指甲油小瓶放在两掌之间，双手合拢使劲地搓暖，摇一摇，然后再拧开瓶盖，用小刷一点一点地描在易敏的指甲盖上。

后来，涂指甲的活动间隔越来越短，上一次涂的指甲油还没有淡，新的指甲油已经要开始涂。为此，我专门带小昼去沃尔玛的化妆品部买了洗甲水，一股强烈的化学味儿。但效果很好，能把前一次涂的指甲油洗得干干净净。至于口红，易敏抹上口红之后，薄薄的嘴唇丰满了许多，整个五官立刻凸显，精神抖擞。我也承认，易敏若是有知，她肯定是很喜欢的。易敏一向珍爱自己的美丽，天生丽质难自弃。

化妆完毕，小昼兴致勃勃。又从书包里掏出一个小罐罐，什么神奇补水面霜，给妈妈的手抹上。她开始摆弄妈妈的一双玉手，想对着不同的光线摆出曼妙的姿势，左端详，右端详。最后觉得屋里的光线太暗了，就起身去拉窗帘。

　　"小昼，别动！"我制止她，"妈妈在昏迷中，不能接受强烈光线。你没有注意到其他病房吗，没有一间是亮堂堂的。"小昼僵立在窗户边，赶紧又把刚刚打开到一半的窗帘拉上。她的嘴一瘪一瘪的，要哭了，"I am so sorry，我忘记妈妈在生病了。"我走过去想抱她一下，哪想到脚底下被自己刚才带进来的电脑包的背带绊了一下，我的手带倒椅子，椅子砸在病床的金属床腿上，发出一声巨响，把我们都吓了一跳。小昼被这声巨响转移了注意力，她走过来把椅子扶正，然后去收拾床头那些摊开来的化妆用的小瓶，神奇面霜、梳子、刷子。

　　"跟昨天没有什么两样，还是睡着。"小昼取出手机拍照，每拍一张照片，都停下来审视一下，不满意就删掉，换一个角度再拍。小昼把手机递给我看，在拍了十几张之后，她选出最佳一张，并在照片下标明了日期，"等妈妈康复了，我要把每一天的照片打印出来，做成一个幻灯系列，送到学校的艺术节上参赛摄影项目。"小昼现在说话都会在前面加一句，"等妈妈康复了"。刚开始拍照片的时候她还什么都不会，只知道把这些摄影作品用短信发过来，我只要看到就随手点一个赞。一个星期之后，小昼就开始自学修图，把照片用美图软件调成宝丽来照片的光线和格式，将这些病房照做出趁人睡熟时偷拍的气氛。她满意的作品，也不再限于短信上传这种原始的方式。小昼在摄影网站上注册了账户，并且开始有了几十个粉丝。

　　除了拍照，小昼还写周记。她准备等妈妈醒过来的时候，把照片和周记都打印成册，作为出院礼物送上。"小昼，你的周记给妈妈念了吗？"我一进门就问。刚才到楼下打了电话，回病房时经过了小卖部。小昼见我回来，摇摇头，笑着，眼睛期待地望过来，我把手里的巧克力和苹果递过去，她把苹果塞回来，然后剥开巧克力包装纸，狠狠咬了两口，满意地用手抹了抹嘴角的糖汁，说："还没有准备好。我觉得需要好好修改一下自己的稿子。"我问："要怎么修改呢？"

　　"我想把故事讲得更精彩、更凄惨一点，这样妈妈听了说不定就心动了，会忍不住睁开眼……"小昼一边说，一边嘴里吮着巧克力，两边嘴角挂着一滴巧克力棕色的糖浆。"已经够惨够衰的了，可以啦!"这是我的心里话，但是我什么都没有说。小昼看着我脸上的表情，道："爸，你怎么不高兴?"

"我没有不高兴，但你真的不需要把周记写得这么复杂。跟妈妈说话才是最重要的，她……"我的口气越来越严肃，小昼脸上由巧克力引发的笑容已经消失了，她慢慢地说："等妈妈醒过来再给她看周记，那时说不定已经写了一大本了，可以到亚马逊上出版了……"

好吧，好吧……我觉得自己又要发火了。早上在院子里欣赏到的鸟语花香让体内激增的多巴胺，此时在我身体里已经失效。好像一个定时炸弹随时都可能爆了，我迫切地想让小昼朗读她的周记，想让房间里多一点亲人的声音。但是医生说，小昼的态度是很自然的，人很难跟一直没有反应的人说话，尤其是对不开口的父母。

我拖了一张椅子，挨着床坐下来。易敏像熟睡一样，被单下，她的身体苗条的轮廓很动人，我把头埋进了那些柔软清洁的织物里，隔着毯子，我的脸几乎贴着她的身体。

这几年我和易敏似乎从来没有这么亲近过。若是跟她并排躺下，简直就像跟一个陌生女人同床。这个念头从心底冒出来，把我自己都吓了一跳！我伸手去搂了搂易敏的身体。

一根细细的管子，从易敏的嘴里接出来，连着呼吸机。身体需要的氧气，都靠这根导气管维持着，它是这个世界和易敏之间的救命稻草。易敏在这张床上已经躺了二十多天，"她的格拉斯哥昏迷指数是7，兰乔认知指数是5.5级，她对外界刺激偶尔会有自主反应，意识不稳定但是偶尔也会有；无论外界刺激是什么，她的反射性动作基本相同，并且有限……"易敏的脑科医生是一个少相的中年女人，右眼会神经性地眨动，说话速度很快，一口气说完，然后问我有什么问题。这些脑外科的生理指数，我听着像天书一样。女医生每次跟我说话，我都努力想记住语流中的医学名词，这样在轮到自己说话的时候，我可以用这些名词请教她，达成平等对话的效果。但是每次我都记不住，也被医生那只不停眨动的眼睛分了心。我的这些心理，像不像阿Q担心签名时的圈画得不够圆？

女医生报出的那些神经科指数，像成绩单上的得分。我虽然听不懂，但直觉是易敏状况不好——每天没有变化，她像睡美人，沉睡不醒。若她真是传说中的睡美人，我肯定不是那个路过的王子，我和小昼每天在她身边进进出出，都不能把她唤醒。

小昼已经把电视转成卡通频道，音量压得很低，但还可以听到卡通人物在叽叽喳喳。她专心地盯着屏幕看，背对着我，T恤皱巴巴的。一双细腿从椅子上荡下来，踢来踢去。凉鞋是旧的，一只脚背上的金属搭扣已经松了，扣不上。她的脚每踢一下，那个搭扣就轻轻响一下。"午饭去哪里吃？"小昼转身问我，她已经把巧克力吃完了。

"你想吃什么？日餐、乌冬面，还是墨西哥黑豆饭卷？我们再坐一会儿吧，你能把周记跟妈妈念一念吗？哪怕念一页也好。"

"我饿了，下午回来再念吧，反正我们吃完饭也要回来的。"

"再过半小时吧，要不，你先到门外走走，上个厕所。"我说。小昼听我这么说，如释重负，站起来头也不回地走了出去。

我低头看看易敏，她的脸上有一丝不易察觉的微笑，好像有什么事她知道，我们却蒙在鼓里。我起身在椅子里坐直了，看着天花板的隔音贴面上那些密密麻麻的小洞。走廊里传来医生巡视查房的声音。每天医生查房都是我等待的高光时刻，我希望从他们嘴里能传达出一两句好消息。心里有一个声音，告诉我不用担忧，易敏肯定能扛过这次转折的，就像她每次都扛过来一样：到美国留学、改专业、找工作、失业、搬家、换工作，桑迪飓风时大树倒下压塌了一半的房顶，她带着五岁的小昼被疏散到公共图书馆，过了一个月才回到家，那些，不也都扛过来了嘛。易敏会从昏迷中醒转过来，依然做小昼的妈妈，我的妻子。然后，再与我解决我们婚姻里的问题，我一定做一个负责的在场的好丈夫，好爸爸，听儿女和老婆话的好男人。

"爸爸，你不会的！"小昼的声音打断我的浮想联翩。什么不会的？我睁开眼睛对着她。"你不会听妈妈和我的话，还记得上次在佛芒特滑雪，你撞到树上脑震荡吧？"她指的是几年前的冬天，我在滑雪时的一个事故，在陡坡上失控，跌下雪道，滚到坡下的树林里。雪山巡逻队把我从雪里救出来以后，我坚持说自己没事，不想上医院。结果易敏和小昼联手给我做测试。"看着我的手，这是几根手指？"小昼站在一米开外的地方，冲着我举起右手。

"我不说，你们瞎闹！我才不要这么测试呢。"我闭上眼睛，想睡一会儿，不肯做这种测试。"说啊，快说!"易敏在一边帮腔。

"好吧，两根手指，行了吧。"我胡乱报了一个数字。其实我头痛欲裂，看不清前面。

"现在闭上眼睛，单脚站立，从十开始倒数。"小昼继续发号施令。她那时才四岁，或者五岁，说话奶声奶气，特别乐意指挥大人。易敏跟着催我，做啊，照小昼说的做啊！她虽然打着哈哈，但口气却更加不容置疑。"你们干吗啊？我又没有酒驾！我做不到！"我隐约觉得自己身体出了问题，因为一闭上眼就觉得天旋地转，根本不可能再单脚直立还倒着数数。

我当时不想去医院，觉得自己的身体能够扛过去，恢复正常。倘若到急诊室，怎么都要花掉两三千块——钱都还好说，但是我怕麻烦，怕在冷冰冰的急诊室里被陌生人折腾。医生和护士会让我做一切他们想得出来的测试，测试完了跟我说一些似是而非、挑不出错的诊断。继而我自己去跟保险公司打交道，为了报销医药费在电话上跟那些高中都没有毕业的接线员讲价磨牙。然后保险公司这帮孙子为了延迟支付费用，估计会把账单和医院诊断书给搞丢，或者反复说没有收到申报材料。

"你觉得头昏是吧，还是坐下吧。"易敏看出我在强撑着，伸手扶我到沙发上。她的脸凑近了，脸上抹的乳霜的味道飘在空气里，她脖子上戴的项链，坠子上是钻石吗？在那毛衣的领口处闪着光。那项坠看着似乎很熟悉，绝对不是什么新东西了，我却怎么都想不起来是什么时候买的了，是我送她的礼物吗？脑子里一片空白，耳边就听到易敏的唠叨，"你看看自己吧，都摔成这样了，还想省钱不肯去医院……"她的声音忽远忽近。"好啦好啦，我怎么能看到我自己哈？"我心烦意乱地打断她。她的声音又远了，"你啊！什么也别说，我去开车，马上去医院吧，你这样过一夜说不准就……还记得上次那个英国电影明星的女儿吧，在练习场的小坡上摔死的……"

到了医院，我给查出是中度脑震荡，那时我已经开始恶心、想吐、嘴里泛苦。按医生要求，我在那个山区的小病房里住了一晚，观察病况。病房里很暗，帘子都放了下来。我坐在病床上，易敏一直陪着。她在那里敷面膜，脸上贴着一层东西，露出眼睛嘴巴。做完面膜以后，她偷偷爬上床，睡在我的旁边。过了一会儿醒过来，她让小昼效仿，也陪着睡在我旁边。那是我记忆中我们最亲近的时刻。那是多久以前的事情啦？

　　易敏住进医院后，她的手提包被小田拿回来保管，我回到家里，小田郑重地把"太太的手提包"交给我，因为里面有钱物。我在厨房里，打开包，把其中的东西一样一样取出来——驾照、医疗保险卡（女儿的和她自己的）、信用卡、超市积分卡、公司的门卡、青年会体育健身房的门卡、图书馆借书证、电影院月票（也是两张，母女的）、好几年前的信用卡支付存根（在日本的和加拿大的）……易敏的手提包像一个微型个人档案馆。在这些零碎中，有一张硬纸卡，上面手写着一行字：给我的一生挚爱，想你！

　　硬纸卡只有信用卡那般大小，机械压出的心形。看来不是新的东西，卡的四周是烫金花边，虽然边角已经磨钝了，还是显得很精致。这种卡应该是随礼物盒送的留言卡。易敏不喜欢扔东西，再鸡汤俗气的贺卡，大路货的明信片，她都喜欢保存下来。这么一张纸卡，她放在钱包里留上几年就一点不奇怪了。问题是谁送的呢？

那时家里一片混乱，我很快把这张卡忘记。易敏收到这种卿卿我我的卡，并不奇怪。她喜欢社交，喜欢派对，一群一群的蓝颜红颜知己常年绕在她周围，这也是我在亚洲的这些年，她独自带着小昼，在这个康州小镇都可以过得下去的原因之一吧。

但现在，易敏躺在医院里，每天的生活没有太多的变化；我有大把的时间在手上，这张卡开始不时浮现在眼前，变成我心里的疑云。

4

昨天是混乱的一天。小昼在病房里把视频开得很响，我骂了一句，她放下手机又去玩易敏床头那些机器，手指在每一个开关和管子上乱摸，最后碰到一个脆弱的开关，警报声响起，护士冲了进来……昨天医生查房的时候，我差点跟那个年轻的女医生吵起来。我和小昼都开始焦虑，不能在医院待下去了。

我决定到海边换换环境。早上把这个消息告诉小昼，她立刻咧开嘴笑了，在手机上敲下短信，发给她的狐朋狗友。小田熨好我的亚麻布细条纹西装，白色卡其布裤子。小昼穿上细吊带的裙子，戴上草帽、墨镜，把泳衣穿在了吊带裙里面。小昼点名要开那辆小敞篷车。坐进车里就开始嚼起口香糖，车没有开出去多久，她就从后座爬到前排副座，然后开始摆弄收音机的按钮。阳光在路两边的绿树上跳跃，树叶间的光线投射在路上，像闪动的光圈，凉风习习，小昼草帽上的白色缎带在风中飘起来。

西卵的帆船俱乐部，原来是某个好莱坞电影明星的海边私产，美人无后，临到去世就把房子连同那块沙滩都捐给西卵。俱乐部大门右手的墙上，至今贴着青铜名牌，写着美人的名字和事迹，门厅内的墙上，挂着大幅的美人旧照。帆船俱乐部占据了康柏海边最好的位置，而且还有一段百米长的私家海滩。

美人在世的时候，美国第一次大萧条还没有到来，远离海岸线的西卵森林还是一片有印第安人出没的真正的森林。现在你要是在我们这里问西卵森林，热心的路人会把你带到一个新开发的高档小区。美人时代的西卵是乡下，从纽约来的时髦阔人夏天避暑，会来住上一个月，然后再离开回到城里，就像亨利·詹姆斯的《纯洁年代》里写的那样。在美人的私产基础上，渐渐增盖了食堂、会所，集资又买了近旁新的地皮，建造了一个小型的九洞高尔夫球场；同时，帆船俱乐部也初具规模。那个时候，普林斯顿大学毕业、从巴黎回来的天才作家菲茨杰拉德带着新婚妻子泽尔达，亦曾在这里小住。布什家族、肯尼迪家族这些"蓝血大黄蜂"，都曾是俱乐部的会员。往昔的风流人物照片，连同历年的网球冠军、高尔夫球冠军的名字镌刻于青铜名牌，统统挂在正厅的墙上。俱乐部现在是国家级文物保护单位，"在这个小小的角落，你将与海浪、天空和沙滩共鸣……"是俱乐部百年前的浪漫宗旨。

如今，你不必是出自藤校的累世名门，只要交得起每个月三千美元的月费，你就能到这里来与海浪、天空和沙滩共鸣。就这样，我这个吃红烧肉和韭菜馅儿饺子比牛排香的北京孩子，在西卵的帆船俱乐部登堂入室。美国真的不愧是移民大国。

车拐进大门，路两边的木架上叠放着细长的彩色划艇，短而肥的橘色皮划艇靠在修剪得整整齐齐的冬青灌木上。不远处的室外游泳池，传来阵阵孩子们的嬉闹声。我把车停下，踩着碎石路，上了台阶就是俱乐部的半露天前廊。前廊用防水的巴西红木铺地，夏天这里摆满了餐桌，桌上铺着雪白的台布。几个老年的女人坐在阴影里的桌边喝酒打牌，每一个手边一杯蓝色、粉红色、橘色的鸡尾酒。她们都穿着水彩色的网球超短裙，桌布遮住了她们的腿。我让小昼挑一个座位，她选了一个离老太太们较远的桌子坐下。

我既不会滑水，也不能冲浪。到俱乐部来唯一可以做的就是吃饭、游泳，虽然家里也有泳池，但在西卵这个小镇，所有有头有脸的人物似乎都得参加一个什么乡村俱乐部。我坐在桌边，等着服务员送来白葡萄酒，小昼点的是加了奶油的"秀兰·邓波儿"。小昼喜欢这个地方，她认识这里所有的服务员。

"哎老张，果然在这儿呢！"随着这声京片子，一个黑胖的华人男子坐到了我的身边，是查理，我的大学同学，我们曾经在那座有塔有湖的著名学府里，一起上马列主义经济学，一起读《资本论》。当然，毕业以后我们都该干吗干吗了，跟那四年的教育没有太多关系。

查理熟门熟路，朝酒吧方向打了一个响指，不到一分钟，服务员拉里送来了我们点的吃喝，也送来查理点的冰镇巴黎水，外加一杯啤酒，查理熟练地说了一声谢谢，把额头上的巴拿马草帽往上推了一下，算是对拉里打了个招呼。他喝了一大口啤酒，擦擦头上的汗，说小田说你们来帆船俱乐部了。自从我认识了查理，我家保姆基本就是他的探子。在北京也是这样，连司机都有他的手机号。

"易敏怎么样了？我昨天刚刚回到这里来，这两天想去医院看看她。"查理说，飞快地扫了我一眼，然后把目光转到远处，默默喝酒。

那天接到小田短信让我回纽约。当时我在香港过周末，立即跟公司请了假就回来了。那时我根本没太当一回事。以为易敏那么年轻，即便住一次医院，也会很快康复。

在去赤鱲角机场的轻轨车上，接到查理的电话，"我要搞一个访问学者的身份，让我老婆陪儿子来读美高。"查理在电话里念叨。背景音很吵，应该是在餐馆，就听到里面有一个老爷们儿的粗嗓子在说，"来来来涮肉涮肉，水开啦！这汤真好！"我眼前浮现出"前门涮肉"的赤铜火锅，一盘盘红白相间的片得薄薄的肥牛，塞上羊肉，新西兰羊肉，澳洲牛肉……我忍不住咽了一口唾沫。

"你不是有绿卡嘛，进出美国跟去簋街吃饭一样，切！你要什么访问学者身份？"我问。

"'偶'是新加坡绿卡，嘿嘿！万一有事要抓还不是照抓嘛！我已经申请投资移民美国了，但我怕排队不够快，得先找个访问学者当当。"然后他才转过话头，问我为什么突然回纽约，我把事情简单地说了一下，接着我们又开始谈怎么帮他搞到访问学者身份，到纽约哪所野鸡大学，找谁……那个时候我一点都没有把易敏住院当回事，还以为她去医院拍个片子就会出来。

安检后时间还早，我想起来应该买一个金首饰，贵重的礼物，帮她压一压惊。于是走进了那些卖首饰旗袍的店，过了几分钟就空手出来，实在不喜欢那些莫名其妙的中国风的装饰品，都是骗骗跟旅游团的洋人的。最后在一家卡地亚店，花五千美元买了一个带钻的LOVE手镯。这种手镯在香港是送给情人或者女朋友的，我以前买过。现在，把一模一样的东西掂在手里，反倒犹豫，易敏喜欢这种贵重首饰吗？我怎么从来没有见她戴过呢？划了信用卡后，收款机叮地一响，声音很愉悦，打断了我的思路，付钱总是愉快的，我不再多想，反正买一个礼物她总归会高兴，而且香港不是免税区嘛，这些欧洲奢侈品据说比美国便宜。

我手里提着那个红色盒子，正要离开，从外面突然拥进几十个内地来的游客，提着大包小包，都是中年女人。其中一个领队模样的人大声说："看二十分钟哈，大家抓紧啦，不要走散！"这些游客从头到脚穿着特别利落的户外运动服，硬底的登山鞋，背着双肩包、水壶，像野外登山那样进来扫货，叽叽喳喳。西装革履的售货员点头哈腰地用普通话招呼着。我逆着人群往外走。

等我到家，易敏二进宫，第二次中风被送入医院。我见到她的时候，她已经住进那个病房。卡地亚的手镯，到现在连包装纸都没有拆，放在客厅的柜子上。那个手镯，现在变成日历外的备注，提醒我从香港回到美国的时间。

查理开始喝啤酒，每次他来，跟这里的酒吧服务员都能打成一片。最后，他们还会问，记在张先生账上？查理会毫不犹豫地点点头。他真是个人精！等到第二杯啤酒喝到三分之一的时候，查理掩住嘴轻声打了一个嗝。并不看我，眼睛瞪着桌面，问："最近怎么回事？你知道吗？为什么美元汇不出来了？"这应该是他最想问的，什么访问学者的身份，对他都是小菜一碟。

　　"我不知道哇，这是你的本行啊，怎么来问我呢？你在深圳和江门的贸易公司，原来那些路子都不行了吗？买设备，买玉米，买花生大豆期货……"

　　查理轻轻地摇了摇头，说："真的是一分钱汇不出来，堵死啊！贸易公司开不出美元信用证啦。过去说是银行特批，特批算什么？一个小科长，怎么都能搞定了！现在连特批这条路都堵死了。"查理的"怎么都能搞定"我是见识过的，有一次在中环，他和两个深圳来的地产商要看手表，我们一起进了表店。看了十分钟之后，决定买。不是买一只金劳，而是每盒十只金劳，三盒全买下。深圳来的商人里面年轻的那个大着舌头说："每一只金劳都是一个副科长啊！"旁边那个矮个子说不够吧，"现在金劳只是第一次吃饭的见面礼。"

　　过去几年，查理带着国内移民来的人在美国的东岸和西岸买房子。最多的时候，从他在国内的公司每天打到美国的美元，一天有几百万的流水进进出出。都是以贸易的名义把美元转出来的。我刚刚回国的时候，查理带我去观海打球，说"带你去见见世面"。在球场上，他会远远地指着某一个人，说你认得出那是谁吗？这个球场就是他帮着批的地盖的，改革开放后中国第一拨儿球场。

小昼跑过来，对查理点点头，查理从包里掏出一张五十美元的星巴克礼卡，献宝一样送了过去。小昼喜气洋洋地接过去，谢了查理叔叔，然后挨着我坐了下来。拉里递上一杯可乐冰淇淋，放在她面前。冰淇淋下面垫着小小的餐巾纸，旁边摆一根吸管。

小昼用手臂挽住我的胳膊，她的手臂很细，因为打网球和游泳，手臂上居然有些肌肉，很有点力气。那个温热的小胳膊贴在我的皮肤上，让我想起易敏的身体，我忽然心里一酸，于是对查理把易敏多次脑出血昏迷的事说了一遍。说完还是刹不住，把今天下午跟瓦勒斯医生的约也说了。查理半张着口听我说。我絮絮说完，好像潜水已久浮出水面，深深呼吸一口空气那么痛快。

"易敏就这么完全昏迷，一动不动躺在医院里？我上次见她的时候是半年前，活蹦乱跳的一个人，好好的……"查理伸手摸摸小昼的头发，说，"你去医院，见到妈妈，帮叔叔问好。"

小昼把吸管从嘴里移开，用英文回答："妈妈躺在那里，

不跟我们说话，也不动。"我听得脸上滚烫，恨不得打小昼
一巴掌。

查理看出我的怒火，再次摸了摸她的头发，道："那你
应该多跟妈妈说说话，陪她，懂吗？陪陪她。"

小昼突然用不熟练的中文说："我妈妈还会醒来，现在
她的手指还能动呢。那叫什么，natural flex. "说到这里，
小昼停下来，脸上表情凄惨，眼圈已经红了，站起来就往
餐厅外跑。我跟在后面，一边追一边叫她。最后追到沙滩
上，小昼站住，愣愣地看着面前的大海，泪水从她眼睛里
往外涌。烈日当空，沙滩上的沙子滚烫，我们的影子小小
的，被踩到脚下。这时候是正午，连日光浴的人都躲到树
荫下。小昼把脸仰起来，想阻止眼睛里的泪水往下淌。我
把她搂了过来，自己也想哭，但眼睛却是干的，太阳把前
面的海水照得明晃晃的一片刺目，退潮后的海滩发出一股
腥臭。"我，我真不是故意那么说妈妈的，我没有多想。"小
昼一边抽泣一边说，"我不相信妈妈会死。"

"我知道，我知道。咱们回家吧，过一会儿就去医院看
妈妈。"我说，拉起她的手想往停车场走。小昼挣脱开我的
手，说是不想让俱乐部的人看见她哭，自己还想游泳呢。

说着，她飞快地脱去身上那条裙子，露出里面已经穿好的泳衣。小昼朝着远处的海滩飞奔过去，走到齐腰深的地方，一猫腰就钻进了水里。我在海滩上挑了一把没有人用的遮阳伞，在那一圈阴影里坐下来。远处海面有个黑点，那应该就是小昼。救生员划着红色的皮划艇在海上巡视着。几只海鸥，小心翼翼地落到离我数尺远的地方，假装头对着别处，仅用余光打量着我，看看我这里有没有什么吃的。

旁边的遮阳伞下，一位母亲带了好多的沙滩玩具，野餐装食物的箱子，儿童喝的果汁饮料，光是沙滩毛巾就有好几条。而我手里只有一条小昼的裙子，连毛巾都没有。要是易敏在，估计也会像旁边那位年轻的母亲那样，拖家带口带上一车的东西吧？易敏会被太阳晒得像煮熟的龙虾，然后一个猛子扎进海里凉快一下。

查理给我短信说他先走了，我知道他随时都会出现。查理代表亚洲的生活——没完没了的饭局，聚会，打高尔夫球赌钱，传谣言，讲荤段子，一夜情……美元汇不出来，美元汇不出来，美元汇不出来……我在心里木然地重复着刚才查理的话，用这句话把自己心里的担忧挡在意念外面。我现在是另外一个人了，就像易敏是另外一个人。

小昼突然站到我面前，手里提着一个篮球大的橘色水母，几根半透明的水母触须像海蜇皮一样挂在她赤裸的手臂上。哎呀！你怎么会抓这个东西！我赶快冲过去，捡起一根树枝把水母从她手里打掉，再把那些海蜇皮从她皮肤上挑下来。她的肩膀上、手臂上，已经像被烧红的烙铁烫过，一道道红色的伤口，小昼疼得龇牙咧嘴，两个救生员跟在她后面，各自端着一个装盐水的瓶子，往小昼的身上滋水。我们三个大人像围攻一个无辜小孩那样，把她围住，小昼疼得嗷嗷直叫……

等到我们父女从俱乐部的护士那里出来，我已精疲力竭，时差突然来了，困得眼皮都睁不开，特别想就地倒下来睡一会儿。我去餐厅要了一杯冰咖啡，坐在走廊里的沙发上喝了大半杯。小昼闯了祸，抹了油膏还是疼，但终于安静了下来，不再张牙舞爪。她进医务室的时候还是呼天抢地，哭声震天，现在脱了泳衣，换上来时穿的裙子，又变回那个安静乖巧的小女孩。

我掏出手机，立刻给瓦勒斯医生打电话。我不想再开车到医院，继续等待下去了。我给医院打电话，让护士传呼瓦勒斯医生。过了一会儿，瓦勒斯打过来了。我紧张地从座位上站起来，小昼也困了，在沙发上眯着。我怕她听到爸爸在电话里讲妈妈的病情，就走到院子里，一群学滑板的孩子，跟着教练从我面前走过去。

"瓦勒斯医生，请跟我直说，行吗？我想听到关于易敏的最真实的病情估计。"

"易敏的脑部压力变大，这是最近治疗的难点。我们想了好多办法，缓解她的脑压，但是似乎并不能解决问题。她最近陷入更深的昏迷，眼球移动次数减少，身体肌肉的自然反应也相应减少。第二次脑出血对她脑部的损害非常大。"停了一下，他继续道，"我们之前谈过治疗失败的可能性，另外，你或许也知道，易敏在第一次进医院检查时，就立了医疗遗嘱，不插管，不上呼吸机。"

这个医疗遗嘱我并不知道，但并不感到意外。易葆去世以后，易敏跟我谈过她哥哥的事，最后她得出的结论就是，这样速死远比受长罪好："大小便不能自理，在床上插着试管导尿管过上几年，有多少意思呢？"

"她的医疗遗嘱基本就是这些，一旦进入植物人状态时，她不愿意继续靠机器维生。"瓦勒斯医生说得很坦诚。

我嗯了一声，然后问："现在离这个植物人状态，还有多长时间？"

"很难说。这只是最坏的情况，不一定会发生，但是的确存在这种可能性。"他强调最后一句话。我问多大概率，"大概百分之三十吧，三十到四十。另外一个可能性，她会靠着自身的体质醒过来。这样的奇迹在她这个年轻的年龄段也是可能的，我的责任是把好消息和坏消息都告诉你。"我想象瓦勒斯说这话时的样子，瘦瘦的脸上，灰色的双眸深邃。我认识他的时候，他离开纽约的大医院，刚刚搬到这里来做神经科的副主任医师，买了房子，在同一条街上。那是多久之前的事了？那时小昼还没有出生呢……

不远处，学滑板的孩子在海滩上试水，突然爆发出夸张的尖叫，之后是哄笑。我抬头朝他们望过去。过不了两天，他们就会像水上的蜻蜓一样，一个个稳稳地站在滑板上，在风平浪静的近岸水面上缓缓前行。小昼就是这么学会滑板的。我呆呆地望着远处的海，直到视线模糊，才把脸上的眼泪抹去。

电话那头的医生沉默不语，瓦勒斯医生想给我一两分钟消化一下这个坏消息。然后他哈啰一声，"张生，你在吗?"我说在。瓦勒斯清清嗓子,继续说:"一旦病人进入植物人状态,我们会做一个最后评估,评估报告确认后的二十四小时内,我们执行拔管,病人生命结束。这是那份医疗遗嘱的基本内容。但现在我觉得易敏还是有康复的希望。这些我们上周已经讨论过,你肯定记得。"说到这里瓦勒斯又停了停,也许是想让我从峰回路转的治疗方案中透出一口气。我忽然有一个直觉,他真正想说的话并不是前面这些三七开的医疗可能性。

果然,瓦勒斯道:"张生,我认识你们家多年,跟你和易敏都是好朋友,我现在想提醒你,易敏医疗遗嘱里还有一条,你必须去见她的律师。"最后这一条我没听明白,电话那头又把话重复了一遍。

"什么律师?"我问。

"离婚律师。"瓦勒斯医生说,"易敏在住院之前就找了这个离婚律师,她应该是还没来得及跟你提。离婚律师来医院看过她一次,留下名片。张生,我觉得你应该主动去找这个人谈谈。"

电话结束,我站在那里不想动,迈不开步子,太阳火辣辣地照在头上。小昼还在前厅的椅子上打瞌睡,等着我回去。她坚信妈妈会醒转过来，然后健康地出院，一切都会回到从前，我们一家人。查理想的也是回到从前——要风得风，要雨得雨，多少钱都可以兑换成美元汇到大洋的这边来，帮他的客户买房，买地，买车，交学费，生孩子……

"易敏真的要离开你了！"这句话忽然从晴空中冒出来，响雷一样在我头上炸开。我站在大太阳下面，傻傻地看着眼前熟悉的风景，直到小昼跑过来说，爸爸我们回家吧。

我拉着小昼的手，慢慢走到停车场。她很警觉，注意到我神色异样，一边走一边侧着头察言观色。到了车前，她伸手拉了我一下，又叫了一声，"爸爸！"我沉默着拉开车门坐进车里，落座的一刻感觉浑身的重量瞬间坍塌下来。

"小昼，你跟妈妈在家的这几年，有没有注意到，注意到妈妈，有什么特别的朋友？"我支支吾吾地问，可是话一出口，立刻就后悔了。我心里一再叮嘱自己小心措辞，这可真的是个雷区。小昼现在是我唯一的朋友和联盟，我的眼睛像扫描仪一样扫过她的小脸。她坐在副座，扭身向我，眼睛迎着我的注视。她盯着我看了几秒钟，好像读出我心里的问题，迟疑地点点头，轻声说，"I saw it a couple of times. I knew something must be going on with

Mom, I just knew it.①"小昼说英文时口气完全像一个成年人，英文到底是她的母语，话语中的曲折隐晦，她都能轻轻松松地表达出来——

"有一次我跟瑞秋去拉福特中心看电影。你记得那个地方吗？离妈妈上班的楼不远。电影结束，瑞秋妈妈带我们去旁边的冰淇淋店，买完了我们坐在路边的椅子上吃，瑞秋妈妈又去旁边的店买什么东西，就我跟瑞秋坐在那里。马路对面，妈妈跟另外一个人朝电影院走过来。妈妈没有看到我。他们一直在走，在说话。过马路的时候，仍然没有看到我们。我喊了她一声，'妈妈!'

"妈妈听到我叫她，很吃惊，几乎从原地跳起来，第一个动作是从那个人身边离开一点。然后她冲我招招手，像平时那样打招呼，说嗨，小昼亲爱的。但那个人没有停下来，继续往前走，妈妈也没有介绍他。但我知道，那不是普通朋友。妈妈没有跟那个人说再见，而是立刻朝我这里奔过来，跟我聊天，就好像刚才一起走路说话的那个人不存在一样。

---

① "我其实撞到过他们几次。我就觉得妈妈有事，我知道!"——编者注

"他们当时什么也没有做，没有kissing，但是我看第一眼就知道有事……"小昼说到这里哭了，眼泪汪汪地看着我，说，"也许我早就应该告诉你了。"我伸手搂住她的肩膀，把她朝自己拉得近一点，说："这不是你的责任。"说到这里我想了想，虽然不情愿，还是继续说，"小昼，你一定要相信，妈妈非常爱你，爸爸也是。"小昼满脸严肃，使劲地点头，看出来最后几句话让她踏实了。

我不想继续聊这个话题，得说句笑话让她放松下来。果然，小昼听我说起伊拉娜，她又破涕为笑："今天晚上神牛到我们家来玩，我们赶快回家！"我这才想起来，今天是约好的请伊拉娜来家里玩的日子，是那天我对辛格太太的许诺。小昼的头发和脖子里飘出防晒霜和汗水海水的混合气味，这时她又变回那个熊孩子，在海滩上捞水母，现在一心一意等着跟同学玩。

5

我带着小昼回到家里，一进门，小田就迎出来，说小昼的同学正在家里等她。话音儿还没落，胖胖的伊拉娜已经从客厅里跑了出来。两个小姑娘见面，像久别重逢的老友那样紧紧拥抱在一起。伊拉娜满脸是笑，跟在小昼后面跑来跑去，完全看不出前几天那场霸凌的纠纷。小田做了炸鸡、蔬菜色拉、土豆泥，还烤了饼干，厨房里飘满香草巧克力和黄油的香味，加上两个小姑娘叽叽喳喳的笑语，家里突然有了活力，好像连空气都比前两天清新许多。我心情低落，恨不得躲起来，躲开这些欢声笑语，仿佛自己不属于这里。我跑进书房里关上了门。两个小姑娘在厨房吃饭。

书房在远离厨房的走廊另一边，关上门以后几乎听不到外面的声音。但过了一会儿，估计吃完晚饭，两个女孩子跑上二楼，天花板上不时传来咚咚的脚步声。我掏出手机，看着下午记下的那个律师的电话号码，瓦勒斯的话言犹在耳。我盯着那个号码发呆，直到手机上突然打进来一个电话。

是查理，他要过来。我说好吧，我们都在家，这时门铃已经响了，像往常一样，他已经径直把车开进院子里。我快步走到门厅，刚刚拉开门，查理高大的身影出现在门框中的一瞬，我忽然想拥抱他，但我没有动，怕把他给吓住。我打手势让他进来，张开口却只发出一个音：我——我错了，应该更关心家人，爱我的孩子，爱易敏，我需要帮助，我想要离开这里，我不想离开这里……只不过，后面这些千言万语，都闷在了心里。

门厅玄关的光线幽暗，查理没注意到我脸上的表情，他耸耸鼻子，睁大眼睛四下打量着，说好香啊！你们吃什么呢？有没有剩的，我想吃，说到这里查理咽了一下口水。他进了厨房。心满意足地坐在餐桌边，小田给他摆碗筷，倒饮料，泡茶。我陪他坐下，饭菜端上来时，查理急急地举起筷子捞一个鸡腿凑到嘴边就啃，几下就干掉一个，他见我没有动筷子，有点不好意思，看我一眼，说："我吃得急哈。吃完饭我还得给北京打电话，你知道，十二小时时差，北京这时正好是早晨上班的时候，打电话找人容易。"

我点头，我理解，这么多年我们都活在时差里，白昼黑夜颠倒，像一场没有尽头的通宵达旦的狂欢。

萍聚

6月时纽约市区的疫情开始缓解，居家令和限制跨州旅行的规定都解除了，餐馆开始正常营业。所谓"正常"，是在人行道上圈出一方"小天地"，四角各摆上一盆植物，每盆植物之间拉上绳子。绳子上缠着塑料藤蔓，造出夏日户外的野趣。然后在小天地里放上桌子椅子，让堂食的客人到这里就餐。

　　有一天，尹凡在微信里问我，想不想出来聚一下？在新泽西的"萍聚"。我说"萍聚"老板不是3月底就放风说要关门了吗？他说不对吧，要关门的是"晓店"，萍聚现在生意兴隆，要提前好几天预约才能订到座位。晓店也没关，现在又活转了。

　　我问为什么呢。话一出口我自己就答了——萍聚地方大，吃饭时顾客可以保持卫生局规定的六尺社交距离，现在不就讲究这个吗？今年什么都反着，萍聚这么偏僻的地儿，今年却变成热门餐馆。

尹凡是个热心人，每次跟我见面，都是他请我吃饭。尹凡不独对我好，任何聚会他都抢着买单，理由是"公司"请客。他原先开一个贸易公司，从中国进口工艺品香烛一类的小商品，后来升级成教育咨询公司，带国内来的年轻家庭看寄宿学校，搞美国高中申请。开始几年，我们这些吃过他饭的公司白领，都帮他读客户的申请文书。直到他公司正规了，雇了藤校和准藤校的毕业生来做申请类的英文文书，我们的"义务"才停止。

我不想出门，主要觉得不安全。像我这种身体免疫系统受过打击的，最好还是等疫情彻底结束再聚会吧。尹凡说干吗啊！什么受过打击?!你哪有那么脆弱，夏天打网球冬天滑雪，你不是好好的嘛！再说了你最近不是得了一个文学奖吗？我们老朋友聚一聚，帮你庆祝一下。消息传得真快啊！"你哪里听到文学奖的事，人家期刊都还没有正式宣布呢，只是私下通知我，你都已经知道啦？"

尹凡道："干吗保密，出来吧，好好聚一下，就这么定了。"

尹凡每次说"干吗啊"，他那渣渣的四平口音就暴露出来。我喜欢听他这句，亲切。他平时普通话说得很好，伪装得一点不像东北人。最后我答应他了，明天准时赴约。这时手机信号弱了，我只听见尹凡说："你能拿多少奖金呢？"说到这句电话已经断了，答案在风中飘。

到了约好的那天，我开车上路。车从我康州的家到新泽西，要经过纽约上州的威彻斯特郡。高速公路在康州境内叫麦瑞特，到了纽约改名叫哈清森。这一路人口稠密，小镇遍布。从高速公路上却看不出来，路两边都是树林葱郁。现在路上的车也不少，夏天是开车出行的季节。路边的树以枫树和橡树为主，现在枝繁叶茂，大部分路段风景一模一样，连在天上盘旋的红隼都好像是同一只。车转上95号路时，公路变得狭窄，好多急转弯。但路边的树少了，离高速公路不远就是密密麻麻的小房子，火车站，商店，人气旺盛，从乡下进城了，每次开到这里我就兴奋起来，人间最好看。

靠近乔治华盛顿桥，高速分岔。我正在手忙脚乱看路牌换道，尹凡又来电话，说他可能不来了，突然出了急事。"这才过去几天啊你就有急事了，你有毛病啊？"气得我的东北话都出来了。尹凡从来都是这种德行，他组的局，到最后他都有可能不来，而且每次理由都极其正当，我已经上过好几次当。我说我马上掉头回家，不玩了！

"别！别！我请客，将功补过好了吧？"尹凡的四平口音又出现了，他压低声音说，"我这里真的是突然有事，客户的儿子在学校里作弊被抓到。为了这事，我今天凌晨三点就起来了，开车往北，现在已经到麻州这个私立高中，在校长会议室等教务长呢。我这小皮包公司就这样，一遇到事就抓瞎。"他说得可怜巴巴，不像是撒谎。"今天聚会有个客人从加州来，带了一箱纳帕红酒，你千万别错过，那酒有个怪名字，叫'牢笼'还是'囚徒'，我记不清……"尹凡叽叽咕咕地说着，我以为他在逗我笑，想转移注意力，于是不搭理他。我虽然生气，但好不容易出门一趟，开车行了这一路，难道真的在这一刻折回头打道回府？在犹豫的那几分钟，车已经错过最后一个路口，往乔治华盛顿桥上开了。

过了华盛顿桥，就是新泽西了。

"萍聚"的老板娘叫邱晓萍，我认识她超过二十年了。

初到纽约留学，暑假去餐馆打工，餐馆里交的第一个朋友就是晓萍，我做招待，接电话，写外卖单子；她包外卖，也管厨房里的打杂，比如扫地，洗碗，收垃圾。

那是我到美国后的第一个暑假，连中餐馆外卖都没点过几回。我去新泽西一家著名餐馆"东海楼"打工——接外卖电话，填外卖单子。东海楼是《北京人在纽约》那个剧里餐馆的原型，在纽约新州有多家分店，生意红火。忙的时候，五部外卖电话同时响起。我根本搞不定这个工，经常写错单子，被大厨骂得狗血喷头。晓萍主动跟我说以后写好单子，先给她过目再送进厨房。她已经打了几年餐馆的工，对外卖顾客可能提哪些要求很熟悉——黄饭，白饭，少盐，不放味精，不要棕色调料（也就是酱油），要白调料（也就是高汤调料），最后是少辣（这个错了没有关系，中餐馆的辣本来就不太辣，多辣和重辣都不会太辣）——就那么几个变化。托她的保护，我在东海楼打工逐渐开始顺利，出错少了，接电话时说英文也溜了。我是学生身份，晓萍是旅游签证黑下来，没有身份，在我看来我们俩境况都差不多。但她不这么认为，"你是学生，比我高级多了，我就是唐人街打工的，非法移民……"而晓萍现在已经是新泽西两家餐厅的老板娘。

　　说起来，"萍聚"这个名字还是我取的。餐馆临湖而建，春天湖里的睡莲叶子开始抽芽，夏天睡莲开花，漂满湖面，随着水波荡漾，太阳光下像莫奈的画。黄色和紫色的睡莲，在水面上俏生生地支棱着。餐馆对着湖的窗户打开了，风行水上，把那股近似荷花，带着水汽的清香送进来。美国的睡莲虽然叫"莲"，在品种上更接近于浮萍和水葫芦，秋天没有藕或者莲蓬可摘，也不像中国的荷花长得那么阔大恣肆。睡莲长着一团一团的小圆叶子，巴掌大，叶子带着不规则的边，绿中泛出紫红，有金属光泽。本来我想叫它临湖轩，英文名字也容易起，The House On Summers，结果晓萍对古色古香的名字不感冒，她更喜欢店名里含有她的名字，比如另外一家店，就叫"晓店"。

　　"萍聚"在索莫斯湖边。索莫斯湖所在的索莫斯镇属于新泽西的高档区，房价都是百万美元起，寸土寸金。唯一发展不起来的地方就是那个湖，坊间有传新泽西化工厂的工业废料污染了地下水，流进湖里。索莫斯镇出来辟谣，宣布湖水清理工程结束，湖的各项生化指标都通过。正要招商，赶上金融危机爆发，城里黄金地段的房子都卖不出去，何况索莫斯湖这种有黑历史的地方。至今湖边只有"萍聚"一家中餐馆，孤零零的，平时勉强维持生意。

晓萍的另外一家店，"晓店"，在埃迪逊镇中心，离火车站一箭之遥，下了通勤车走路就到。那个店地方很小，只能摆得下四五张小桌子，我们聚会时一伙人贴手贴脚地挤坐在一起，女人们把手提包拢在怀里。"晓店"多年来生意很好，晚上十点关门时都有人排队在等外卖。今年则不同。年初闹疫情，大家都在家上班，或者丢了工作，根本不上班。去纽约的通勤车没人坐了，市政府禁堂食也禁聚会，超过六个人以上扎堆被举报就会被罚款。这么一来，"晓店"的生意骤减。从唐人街来打工的师傅和打杂的，因为疫情也不肯来上班，接了外卖的单子做不出菜来，"晓店"很快就随着其他店一起关门。庚子年，事事颠倒以往的惯例。"萍聚"正是因为地方偏，人少，大家觉得安全，连外卖都比平时多许多，天气暖和以后搞"社交距离"室外餐饮，生意兴隆。

车还没到"萍聚"，远远就看到餐馆外的停车场上架着一项巨大的像西式婚礼宴席用的白帐篷。食客们衣冠楚楚，把车停在路边，也像婚礼宾客那样往帐篷里走。路边已经停有几十辆车。帐篷门口有服务员，戴着口罩，帮每一位顾客测额头温度，她手边放着一加仑量的超大瓶消毒洗手液。测完体温，服务员朝那瓶消毒液指指，让顾客自己取消毒液洗手。很久都没有出门，这个仪式看着很靠谱，我心里的气渐渐消了。

等我检测合格往帐篷里走，帐篷的大门里走出一个身材苗条的女人，穿着窄窄的藕荷色小裙子和黑色的针织短袖T恤，头发盘上去，露出漂亮的脖子。黑色的口罩把她的小脸遮去六分之五，只留一对眼睛，像蒙面侠，又像化装舞会的打扮。我没有认出她来，她扬声叫我："哎，林明尔，亲爱的你终于来啦！"她拦住我，摘下口罩，我这才认出面前的丽人就是晓萍。我忙说晓萍你好，好久不见了！怪我没认出你来。晓萍朝我咧开嘴笑了一下，把口罩再戴上又成了蒙面侠。她说话还是大嗓门，语速很快："尹凡这人多讨厌啊！跟我约了一桌，现在人都到齐了，怎么就他不能来呢。"她说着把我往里带。帐篷里摆了十几张大大小小的圆桌，一眼望过去，几乎每一张圆桌上都竖着一方小牌牌，上写"已经预订"。没想到这里的生意这么红火。

我们那桌已经坐了近十个人，每一个之间都隔着一个座位，来客一半戴着口罩，我还是认不出谁是谁，隔离的这几个月仿佛让我得了脸盲症。但他们立刻认出我，开始叫我名字。

晓萍的手在空中画了一个圈，她说老张、雷克、小春，还有露露、张扬、吴总、托尼杨……大部分是你过去公司的老同事，基本都认识。听到"老同事"我开始回过神来，摘下口罩跟他们打招呼。我朝老同事微笑致意。大家的头发都白了，好久不见，忽然之间见到，显老。

这群人中跟我走动勤的有四个——小春和老张，雷克和露露。小春老张是夫妻俩，老张是老华侨，现在退休了。小春跟我同龄。她白白胖胖的圆脸，团团的身材，穿着夏天的短裙，胳膊上的白肉把袖口塞得满满的，每次看到她，我都仿佛看到自己。雷克是年青一代，随父母从上海移民来美国。雷克去年从派森设计学院毕业，现在在纽约做设计工作。他是文青，爱读我写的东西，还跟人推荐过，也帮我从国内带书回来。露露也是新移民，做房地产经纪，包打听，我们这里任何华人聚会都少不了她。

晓萍在空中画的那个圈，把熟人都收罗进去了。这个圈画到一个矮胖的中年男人那里停住了。她说这位大家可能不太熟，他从加州过来，贵姓武，单字"君"，武君。说到这两个字的时候，晓萍似乎很费劲，顿了一下。然后她指指我，"这是我们纽约地区的著名作家，林明尔。这里正好空两个位子，明尔你就坐这里吧。陪陪我们的加州客人，露露也在旁边。不等尹凡了，他爱来不来，马上就上菜。"我坐下以后，晓萍的手在我肩膀上按了一下，好像要传达什么秘密的信号。

矮胖男人头发染得很黑很亮，像新擦过的大皮鞋。他穿着时髦的米白色亚麻裤子，海蓝色的名牌T恤。摘下口罩以后，他的脸出奇的小，鼻子却很大，像鸟。这个人我从来没有见过。他有点惊讶地看着我，说："你是林明尔？真是你吗？我是武君，我们以前见过，武松是我哥，我在我哥那里住过，泽西城，汉密尔顿，记得吗？"

我当然记得在泽西城的大公寓楼汉密尔顿，那是我在新泽西的第一个住址。但我不认识眼前这个人，我仔细看他的脸，想找出一点熟悉的迹象。武松这个名字我记得，我"啊"了一声，千言万语涌上心头。我不能相信眼前这个人真的就是武君，几乎想用手去摸他一下。武君不错眼珠地盯着我，说："刚才要不是老板娘介绍你的名字，我绝对认不出你来。住汉密尔顿时，我们都觉得你是大美人，在电话公司的华人中你也声名远扬。"说到这里他顿了顿，他说"电话公司"，而不是英文简称AT&T，这也是当时华人圈对它的叫法，现在完全没有人这么称呼它。

我点点头，是啊！那么多年过去了，我们都老了很多。1994年到现在，二十多年啦！心里的话又往上涌，我努力提醒自己平静下来，慢慢问，有的是时间呢。这时服务员过来上菜，晓萍跟在后面，她走近我，低声说你肯定记得武松吧，我点头。她说记得就好，你们慢慢聊。

"武松，我哥，他现在在深圳当教授，已经是博导啦。"武君喜滋滋地说，他好像猜中我的心思，说话直奔主题。我点点头，心里略略平静了一点。其实我到现在都没有认出武君。我跟武君在他哥哥家见过两次，印象并不深。当时包括我在内，电话公司的员工都住在离公司很近的联排公寓楼群里。那个地方叫"汉密尔顿庭"，有一区二区三区，近一千多户人家，什么户型都有。现在这个地方在华人圈子里称作"汉庭"。20世纪90年代中期汉庭连锁在国内还没有诞生呢。

武松家是一个四卧二卫的大单元，独占一个门洞，一楼前门上贴着春联，按季换上各种装饰品——复活节是兔子，圣瓦伦丁节是一串粉红色的星星，万圣节是南瓜图案……这是武松买的房子，他们一家在那里住了好多年，两个孩子都是在那里出生的。前门口有两盆金橘，已经养得很大，夏天和秋天都开花，老远就可以闻到橘子的香味儿。冬天上冻后搬进门里，春节时这两棵小树结满了明黄色的小果子。我们在武松家聚会，孩子们会偷偷摘上面的果子吃。武家匆忙搬走后，人去楼空。不知道为什么，我最怀念的就是那两盆金橘——谁来管，没有人照顾浇水，会不会很快干死了或者冻死了？有一次做梦，梦见它们，长得太高太密，根把花盆撑破了，花盆散了以后，金橘倒在地上变成了两棵橘子树。醒来我还记得这个梦，梦里看见花盆被打碎，金橘雪白的根从泥土里暴露出来，茂盛的根须离开土，好像怕冷的小动物一样在空气中抖动着，瑟缩着。我当时愣愣地想，也许金橘树没有死，在哪个爱花的同事家里养得好好的呢。

　　"你知道当年因为武松，我们在AT&T的华人员工多少人辞职吗？"我问，说到这里眼睛都湿了。

"我知道，我知道大家给他筹钱打官司，最后我们没有坚持下去，跑路了。"说到这里武君低下头，左手手指摸摸自己的衣角，那个姿势特别像他哥哥。我问："你跟武松一样，都是左撇子？"他点头，说："这你都记得！那时我在斯蒂文森工学院读电脑硕士课程，有段时间完全住在我哥家里。我对汉密尔顿公寓的住户很熟悉，对你真是崇拜，女神啊！"说到这里他笑了一下，露出雪白的牙齿。

坐我另外一边的露露接话了："你这人真是不会说话！林明尔现在也漂亮，人家大作家，最近还在国内得了一个什么奖，明尔你说什么奖，你说！一会儿我们要干杯祝贺你！"露露在新泽西这一带做房地产经纪，倒是特别会说话。这时服务员捧着一瓶酒过来，武君带来的加州名葡萄酒，服务员手脚麻利地用开瓶器拔出软木塞子，开瓶后给我们每一个人面前的玻璃杯里倒酒。红葡萄酒带着琼浆玉液的重量倒进高脚酒杯里，酒液在玻璃杯的内壁上像血浆一样地溅起。杯子立在雪白的台布上，帐篷里的吊灯照着美酒佳肴，宴席的气氛出来啦。我百感交集，心里感谢尹凡邀请我出门见朋友。

武君把酒杯举到手里，晃一晃杯子，把酒凑到鼻子下闻了闻。我意识到这么几分钟一直在盯着他看,于是强迫自己把目光收回到面前的酒杯中。这时,服务员开始上冷盘了。冷盘有八个,我们正要举杯说一句什么喜庆话,服务员又上了六个热菜。看来晓萍是真生尹凡的气,一分钟都不想等。

举杯祝贺,露露逼着我把在国内得的那个小奖又说了一遍,我虽然不好意思但还是喜滋滋的,说完大家再次祝贺。随后开始吃菜聊天。露露最近生意兴隆,说着说着声音就高起来,她上个月一口气卖了十几所房子,住纽约的人都忙着搬家跑出城来,现在新泽西靠近纽约几个镇的二手房都有订金了。对面的雷克说这顿饭应该你请客啊,赚那么多!露露爽快地说我当然可以请啊!老张摆摆手,说让尹凡掏钱,他放我们这么多人的鸽子,一定得让他请。

武君把酒杯举到我面前,朗声道:"我说错话,自罚一杯!"我赶紧把杯子举起来,跟他的杯子碰一碰,欠一欠身,我说已经多年过去,再过几年我都六十啦,可以拿社保的退休金了,美不美的都是以前的事。武君赶紧说年龄大有年龄大的气质,知性美女。其实我知道他说的是大实话。这些年尤其是空巢后,我心境萧索,身材走形,素面朝天。

离婚以后的一段时间，还曾经发奋减肥，但后来发现瘦的时候并不好看，更憔悴，在镜子里偶尔看到自己，像1986年港版武侠剧里的疯女人，于是停止减肥，顺其自然。

我这些心里话虽然没有说出来，但武君可能已经感觉到，气氛缓和下来了。他又喝了一大口，吃了一块香酥鸭，像是对我说，又像是自言自语："当时警察也来找我，两个人，来了好几次，问我的背景，也问我哥的背景。"

我说："他们来问过我两次，而且还要求我出庭做证。"说到这里我的背脊一阵发凉，那些多年前的事一直不提，忽然之间说起，清晰得好像昨天发生的。"没想到这么多年以后，还能有机会跟你们武家兄弟坐同一桌吃饭品酒。"我低声说，这时我的心已经平静下来，过了一会儿才问："当时我们这里都传闻武松从亚利桑那州的边境去墨西哥，然后回国的，对吗？"

他点点头："查来查去，最后得出的结论是拿公司软件装自己家里还不算盗窃商业机密，也不算造假欺骗，但的确是违反公司纪律，我哥那时已经山穷水尽，家里的几万美元根本不够继续上诉，他愿意庭外和解，罚一小笔款。他原来在加州筹建的公司被官司这么一拖，也玩完了。我哥觉得特别憋屈，真的没做错什么，他心里有一股火，所以就决定离开。"武君的脸上掠过一层伤痛的表情，我侧身望着他，等着他说话，他的侧面轮廓看着很熟悉，高鼻子，短下巴，像鸟，看了一会儿我想起来，这个侧脸的样子要是年轻二十岁，就是武松。

"你们是从亚利桑那边境去的墨西哥，然后再从墨西哥回国的?"

"对，是那条路线，后来媒体传得神乎其神，说我哥从边境成功出逃，其实不是，他是自由的，又没有通缉令。"说到"自由"两个字，他停顿了一下，吃惊地看着我，好像我在质疑他。

"过边境没被盘问?"我问，心里有好多疑问，既然是自由的，为什么不坐飞机回国，而是要开车从南部边境离开，进入墨西哥，再从墨西哥飞回国?坐在大桌对面的老张好像听到我心里这些没有问出口的话，他脸色凝重，意味深长地朝我们这边扫了好几眼，然后伸手推了一下面前的盘和筷，我以为他要站起来加入我们，结果他没动。

多少年前，这些问题曾经是带火药的空气，占据我们的聚会，占据晚饭时间与家人说话的时光，稍不留神，它就在我们的话语中爆炸，让我们争得脸红耳热，不欢而散，最后多年的朋友互不来往。

武君摇摇头，说没有被盘问："现在管得严，那时美国边境连身份证都不看，尤其是去墨西哥的那个方向。我哥开的车，我坐旁边，其他人坐后面。"他这么一说，我对那个情景就仿佛身临其境，我太熟悉武松开车其他人坐后面这种情形了。那两年我们组里活动，从来就是武松开车，其他的人挤在车后座。在我认识武松的两年里，他就是那个开车的，做主的，凡事身先士卒的领袖型人物。再难再急的事，只要有他在，我们这些跟在后面的就不会慌了。

我们部门上班是在谷仓一样大的办公室，中间隔成许多格子间。每一格子间大小不一，有的只是一张桌子大小，有的很大。武松的位子在我坐的格子间右手斜对面。他那间格子是最大的，那里整天都有人——本组找他帮忙查错的，别的组来做技术协调的，公司管理层来谈预算和项目调整的……我那时进电话公司才一年，刚刚过了试用期，当上正式员工。我坐在最小的一个格子里，离武松最近，"这样我可以照顾到你"。这是他领我进办公室时说的。从我的座位上，正好可以看到武松格子间的开口。他南人北相，身材高大，侧身把办公椅坐得满满的。我每次看他，他都在扬起脸跟人说话，满脸严肃，双目有神，衬衫的袖子挽起来。大部分时候都是他坐着说话，来的人弓着身子凑近听。因为随时需要点开屏幕上的编程代码或者文件，给人示范，除非去吃饭或者休息，否则他都不会站起身。

武松出名，不是因为他能干，而是因为他成了被告。他是20世纪90年代美国科技界一起著名的公司商业机密纠纷案的事主，告他的是当时美国财富五百强中风头最劲的电话公司也是他工作了十年的雇主，帮他办绿卡，从一名码农提升为重要部门的经理，掌管中后台百多人的团队，工资加股票分红，收入不菲。事情的起因是武松想离开AT&T，去加州开软件科创公司。他到底拿没拿公司的软件去开公司？他到底有罪还是被上司报复而构罪……这个案子在东岸的华人圈轰动一时，上了《纽约时报》。当时在美国华人圈分成截然不同的两派——一派同情武松，相信他没有犯法，公司利用小错来起诉和报复离职的员工；另一派不同情武松，认为公司待他不薄，他违反公司条例应该受到惩罚。这两派的观点水火不容，两派人的分野，从他手下的员工开始，到泽西城的华人科技社区，再到纽约新泽西康州三州几十万人的留学生社区，一直到唐人街摆摊儿的老头老太太，一说起武松案都是面红耳赤，各执一词。

现在我和武君吃着饭，看到对面老张脸上的表情，以为他会像过去那样，奔过来跟我争吵得昏天黑地。老张和我就属于不同的两派，我坚信武松无辜，老张觉得武松罪有应得，给华人技术员工抹黑。我和老张家、武松家一度关系密切，他们都是我初进公司时提携过、帮助过我的人，但因为武松案子的缘故，我和老张多年都没有来往，最近几年才重新联系。

我听到的说法，武松按照规定，离职前一个月通知公司，在交接时不知怎么得罪了管理层里的"伯乐"。"伯乐"过去非常赏识武松，一直在提拔他，现在武松突然要辞职，而且要去开公司，"伯乐"震怒。等武松离开办公室，"伯乐"立刻向公司律师和人事部举报，说武松偷公司的核心通信软件，拿出去自己创业牟利。通信软件是公司机密，这个虽然是民事纠纷，但公司第一时间通知FBI来调查。

偷窃和私用技术的最主要证据，是武松在自家的电脑上装了公司自营的一个旧软件。当时听到这个"证据"，我吓得腿都软了，因为我也将公司的软件拷贝进移动硬盘，把它带回去装在家里的机器上。如果活计做不完，我可以晚上继续在家工作一两个小时。这是初进公司时，组里的华人同事教的办法。公司自营软件，老版被淘汰后不加密，可以随意拷贝，老版新版之间差别不大，等第二天早上把活儿带回公司，稍微改动几个地方，新版就可以兼容接受。

如果连在家装旧版软件都属偷窃公司专利技术，那我也逃不掉。我记得晚上回到家急得大哭，男友内森抓耳挠腮，不理解事情怎么突然变得这么糟糕这么复杂，我哭哭啼啼，说话颠三倒四，他也想不出什么话来安慰，最后他拿出美国人遇到这种事的民间智慧，说："我们找律师吧！"说完连夜翻通信录，找亲朋好友中可能有的免费律师。

那时我银行里只存了两万美元，本来想做首付买个联排公寓，我们结婚用。新泽西那时的两室两卫公寓只要三万美元一套。这笔血汗钱居然要拿出来打官司！多么肉痛啊！我想想还是继续大哭。内森知道我心疼钱，说我们现在请律师，只是在FBI来问话的时候，让律师在你旁边陪着，省得你说错话给牵扯进去。他本想安慰我，意思是不花钱或者花不了那么多钱。结果说到最后却成了"两万美元，真要打官司这笔钱根本不够的"！我记得内森说话时的表情，双眉紧蹙，他也被可能出现的官司吓到了。

"那年我真的准备被牵连进去，那个该死的旧软件，当时的员工家里几乎人人都有一个，加班用，我们多蠢多无知啊！"说到这里我还是觉得委屈，多年过去，一提到那段往事我依然心慌，喘不过气来。我喝了一口武君带来的红酒，丝绒一样的口感，余味有一丝苦杏仁的味道，好像那些往事都被酿进酒里，留存在杯底。"囚徒"，这个酒居然真的叫这么一个名字。

警察到我们家里来问话，但谈话不超过半个小时。他们提前一天通知我，我怕内森着急，没敢对他说详情，谈话时间他不在家里。警察问我愿不愿出庭做证，让我举报是武松给的旧版软件，让我安装的。我说记不清谁给的了。这是实话，我说出来毫不犹豫。我从来不相信武松是拿公司的软件去创业，那些软件，根本就是他写的，若真是要拿出去自己牟利，哪里需要拷贝啊，他有那么蠢吗?! 我这些话，在当时的华人聚会上不止一次当众说过，大声为武松辩护，但在一些人看来，这就是武松拿公司的技术出去牟利的证据——武松在加州组建的新公司是做通信软件技术的——"你看看，昭然若揭！若没有公司那么多年的技术培养，他哪里能出去创业？"老张说，别人也这么看，好像武松的才华和头脑都是属于公司的……我的话匣子打开，越说越多，武君在一边默默地听着。

等我一口气说完，停下来，才意识到全桌的人都不吃菜了，专心地听我和武君的谈话，露露费劲地扭过头，注视着我们。她的嘴唇完美地抹了口红，嘴半张着，像少女一样一脸懵懂。露露是北京奥运会后移民美国的，20世纪90年代的人和事对她来说都是老华侨的苦大仇深历史。她凑近我，悄声问，你们说的是那个好久以前的电话公司案子吗？她身上喷了花香型的香水，随着她身体靠近，香气扑鼻。我解释了两句，露露还是满脸困惑，问武松为什么不回国，我说他的确回国了，但是以出逃的形式。本来上诉官司有希望赢的，但他不想再等了，也没钱继续打官司了……露露对"没钱"这个理由显然不太相信，她似乎也不想继续讨论案子的复杂性，开始用玉指摆弄自己的名牌包包。我注意到她的这个动作，于是不再絮叨，开始给自己夹菜吃饭。过了一会儿，露露见我平静一点，说："这个叫武松的人也不完全无辜，他不也是把公司的软件拿回家了嘛，这总归是错的啰。"这句话再次触痛我，我又想继续分辩，露露看我脸色不好，没有继续说下去。

我还没来得及反驳露露的话，坐在对面的老张和托尼吴听到这句，频频点头。托尼说："露露我们跟你想的一样，武松做得不对，明尔人善良，喜欢同情人，但错就是错，我们一直不支持武松。"饭局上的气氛立刻变得紧张起来，幸好这时服务员送上来剁椒鱼头和烩海参，我们的注意力转到这两道名菜上。这两个菜都是"萍聚"的特色大菜，盛在面盆一样大的盘子里，盘子宝蓝色，上面印着赤金图案，描龙画凤。特色菜因为分量大，一般只有节日聚会人多时才点。今天无疑是接待贵客的规格。武君带来的那瓶"囚徒"，我拿过酒瓶细看，2004年的赤霞珠，天哪！还真是名酒，这个饭局确实是不惜血本。武君见我对酒赞不绝口，说带了两箱呢，代表哥哥来问候新泽西的老朋友。你走的时候别忘记也拿一瓶。

我盯着那瓶酒看，心里却缠绕着过去，好像又有千言万语涌上来，过去的一切又回到眼前，我居然食不知味，木然地一粒粒扒着碗里的饭和菜。武君觉察到这样的变化，用汤勺舀了一大块海参放进我的碗里，"吃吧，别想了，事情都过去了。"

沉一沉，他给自己夹了一块鱼肉，边吃边说："我记得那时在汉庭见到你，真是惊艳！没想到那么漂亮的美女也能编程，做电脑工程师。"武君这样说着，听得我脸上发烧，又有点伤感。张扬说："当时 AT&T 有五朵金花呢。时间过得多快啊，原来我们上班的那个楼已经关了好几年，去年卖给数据公司了。"他看了过来，对我眨了一下眼，又转向小春，补了一句，"小春你也是金花一朵。"

小春说："去！明尔才是！我哪里算得上！那时女孩子的漂亮是货真价实的漂亮，不像现在，纽约街上那么多明眸皓齿的华人小姑娘，几乎都是进过美容院动过刀子的。"说到这里她自己都笑起来，"但我女儿是真漂亮，个子也高，一米七六了。武君，我一会儿给你找照片。"小春的女儿从普林斯顿毕业，在纽约的电视台做综艺节目的助理编辑。"我们的下一代，都特别有出息。"老张由衷地说着。他刚刚又喝了一杯酒，脸红红的，眼睛也红了，站起身来，绕过桌子，跟武君碰杯。服务员打开第三瓶的"囚徒"赤霞珠，为每一个人的杯子斟上。"来，大家再干杯哈！活到今天真不容易。"老张和武君几乎同时说。武君有点激动，他一口喝下杯中酒，低头看着手里的空杯子，说："唉，我们都老了，过去的事想起来真心酸啊！"

老张拍拍武君的肩膀，本想安慰他，但这个动作反而让武君更激动，他放下杯子，大声说："你们不知道电话公司有多操蛋啊，找了警察带着搜查证，凌晨四点来踹我哥家的门，出示搜查证，然后开始找那几台电脑。靠！当时那个气氛，两个孩子还小，吓得大哭又不敢哭，像鬼子进村。只有我哥一个人坚持说他是清白的，这个案子纯粹是电话公司那个老板打击报复。"

"他们是要找那台装了软件的电脑吗？"露露问，武君点点头。过了一会儿，露露又说："要是在国内，拿公司的软件自己用，被抓到把柄，也会吃官司的。"我听到这话，感觉像肚子上被人打了一拳，就把筷子放下，说："露露，不是你说的这样。"听出我语气不善，露露一双修得漂亮的蛾眉夸张地一扬，她望了我一眼，张了张口，却又忍住了，不再继续争辩。但托尼这时开口了，他满脸严肃，从武松带着全家不光彩地出境逃离美国开始，说到当时同事们凑了几万美元给他打官司，结果武松没有继续上诉，而是拿着这些钱跑路了……托尼越说越多，声音越来越高，小春忍不住伸手拉了拉他的衣袖，他这才止住。小春拼命给托尼夹菜，让他多吃，托尼好像如梦初醒似的左右看看，说："过去的事了，我怎么又提起来?! 抱歉啊，我一喝酒话就多。美国打官司，真是费钱啊，倾家荡产！我上次为了让保险公司赔家里被飓风毁坏的屋顶，雇了一个律师，只出了一次庭，却一共收了我小一万美元啊！太宰人啦！这个国家是律师的。"

说到这里，本来尴尬着的众人七嘴八舌开始议论律师费用。一般来说，派对上一旦开始谈钱，气氛就不会太沉重，大家也爱谈钱，即便是打官司的钱，谈起来都是充满活力，谈钱就是谈生活。武君起身，举着杯子绕过桌子，去跟托尼和张扬他们聊天。

武家为了打官司凑现金，卖了那个豪华的联排公寓，一家四口缩在一个朋友的地下室里。当时公司里支持武松的华人，偷偷组织了募捐，加上他的大学联谊会，一共捐了两万多美元。那时我们这些拿干薪水的码农，本没有多少钱可以捐给任何人，更何况听到"商业机密案"这样吓人的罪名，大部分人都会望而却步，根本不想管武家的事。若不是"百人会"出面请律师，武松会连官司的第一轮都打不下去，只能认罪服刑。"百人会"是从《纽约时报》看到对武松案子的报道。把这个事捅给《纽约时报》的人，就是内森。他先找到自己原来哥伦比亚大学同学，再通过哥大新闻学院的校友联系《纽约时报》，一星期以后，"通信巨头利用商业间谍案骚扰前员工"，这样的标题出现在商业版上。

想起内森，我泪眼婆娑。内森现在也不知道在哪里，跟哪个女人在一起。那时的内森是多么可爱单纯的一个人啊！小春大概注意到我脸色难看，起身走到我身边，搂了搂我的肩膀，什么也没有说，就在那里站定陪着。等我平静下来，她说："我们都是奔六的人啦，这些往事今天是最后一次提，以后就忘掉吧。"小春胖胖的胳膊热乎乎的，我靠在她的臂弯里，感觉像小宝宝。过了一会儿，她说，你为什么不去染一染头发，把自己好好打理一下呢？现在虽然是疫情期间，理发美容不安全。但我记得上次见面，你也是不修边幅，这样不好。小春粉嘟嘟的圆脸上一副认真的表情，加上她娇滴滴的上海口音普通话，好像我的中学班主任。我认错，知道自己生活态度不够积极。但我对眼下的生活真的是没有多少兴趣。

"就是啊！你得打扮自己。"老张说，他拿着酒杯姿态潇洒地走过来，附会着老婆。老张一直是上海帅哥，现在他的背开始驼了，小春悄声提醒他把身体挺直，说着伸手帮他把Polo衫的领头翻平。老张不肯，用手把领子又竖起来，说领头塌下去看着老气横秋的，老夫老妻彼此说话用沪语，娇声娇气的，看着很恩爱很天真。

我忽然想起一个疑问，问老张："武君这几年一直在美国吗？"他摇头，说："当然不在美国，他们兄弟俩应该都在深圳，武君开公司。"

"晓萍刚才怎么介绍他是从加州过来的？"我问。老张道："他的确是从加州过来的，移民啦，去年刚批准的。"说到这里老张和小春都笑了起来。看着他们笑，我又疑神疑鬼，心里还有一阵不痛快。酒精让老张神情松弛，他伸手在我背上拍了两下，没有再说什么，我也没有理由继续生气，那么多年前说过的话，骂过的人，在刚才吃饭的半小时里已经重演了一遍。我心里好像有一块石头，忽然间石头已经被移走了。

武君现在移民到加州，武松说不定也会过来住住，我们还吵什么呢？我举起杯子，跟老张的杯子碰了一下。

尹凡风风火火地从外面冲进来，一面走一面摘口罩，"哎，大家好，抱歉啊！总算赶上了，我太辛苦了！"我们一行人看他这样风尘仆仆，也不好意思再生气了，赶紧叫服务员拿杯子给他倒酒、搬椅子，服务员搬来两把椅子，晓萍也加入进来，说她也想喝一口"武总的好酒"。

尹凡先是把杯子凑近鼻子，然后抿一小口，把嘴闭着，大概是想让酒气在口腔和鼻腔之间回旋，摇头晃脑，真像那么回事似的。他每次喝酒都这么装腔作势。嘴里还念念有词：樱桃，黑巧克力，丁香，石榴，松果……这些都是他品出来的酒味。尹凡曾跟我们讲解过红酒的学问，说在酿酒的不同阶段，把香味引入，把酒倒换进不同的橡木酒桶，就像人在不同的地方住，增加阅历，这样酒才会有风采……很神秘的过程。

尹凡把酒瓶拿到手里看了又看，"混酿型"。然后问武君这酒是主要混的哪几种葡萄，武君说赤霞珠为主，加雪拉和小雪拉的葡萄，还有仙粉黛。尹凡说："牛×！这酒一瓶一百二十刀，你带来一箱子，就是一千二百刀啊！"听到这个价钱，我心里也惊叹了一下，算一算这顿开了五瓶酒，六百美元啊！平时我们聚会，喝的葡萄酒价格超过三十美元就算很豪华了。武君谦虚地笑笑，说我们公司最近跟产"囚徒"的康斯特雷酒庄签了代理合同，我买的当然不是零售价了，没有那么贵，不过，好喝是真的。

尹凡就着剩菜，边喝边聊，很快喝了大半瓶。他脸色泛红，两眼放光，说今天跟校方软磨硬泡，终于帮那个小孩子摆平了，孩子接受惩罚，不会被学校开除。凌晨出发去麻州，来回开车四百英里，终于赶回来能喝上一瓶好酒，值了！尹凡兴致很高，再次举起酒杯祝贺我获奖。

"这孩子要真是回家了，或许对他不是什么坏事！就像我哥当年……"武君说到这里停住了，他虽然喝多了但还是意识到自己的话已经说过一遍。酒过三巡，他的脸通红，鼻子更尖，鼻尖泛油。他指着那瓶酒，说现在这酒在国内可有名了，国内喝红酒的趣味从法国葡萄酒转向加州纳帕，这个酒的价位最好卖。去年到加州，他做的第一件事就是开车到各酒庄去签代理合同。

服务员在门口架起通风扇，一股清风，从湖上吹来，带着暮色苍茫时清凉的水汽，还有一点花香，现在又是睡莲开花的时候了。我仔细看酒瓶上的标签。画面上的囚徒是一个巨人，双手被绑在两条锁链之间，肌肉虬结的上半身扭曲着，背景一片混沌。巨人低着头，看不出脸上是喜是悲，画面方寸间满满蓄着力量。"囚徒"这个名字，这个姿势，让我想起凌晨从家里被警察带走的武松——身材高大，双手反剪在身后，一边走一边对身后的孩子说，小杰小英，你们别怕，爸爸没有做错事，爸爸会回来的……这么多年来我一直这么想象武松被抓走时的样子。这个情景，来自小时候历史课上读到的"戊戌六君子"的事迹，"我自横刀向天笑，去留肝胆两昆仑"。武松被抓走的那天，他老婆带着两个孩子被命令坐在自家的客厅沙发上，看着警察一伙人在家里按照单子上的抄家物件找电脑和储存卡，把家里的几台电脑取走。孩子们打瞌睡，靠在妈妈身上，眼睛都睁不开。没有人看到或者听到武松被抓走时有什么豪言壮语，他应该是什么也没说，最多说一句"我要找律师"。

我想给自己再倒一杯酒，晓萍把我拦住，说："别喝了，吃甜品吧，百合莲子绿豆汤，新鲜的百合。我给你们泡了南糯山普洱茶。普洱醒酒，开车回家没问题。"

我放下杯子，醉眼蒙眬里，一个白发苍苍的人举着酒杯走到我身边，坐下来，他仿佛是武松，又仿佛不是。武松比我大十几岁，现在应该是年近古稀了吧。白发者低着头，看着手里的酒。

我说："回家吗？我们一起走吧，我开车可以载你一程。"他不作声。我又问了一遍，他还是不作声。我伸手推了推，他抬头一脸茫然地望着我，说：

要到哪里去？回哪一个家？

无论时间过去多久，我们积累了多少阅历和经验，至少会有一两件事，对我们永远无解。

离开电话公司后，我在纽约住了几年，生了孩子，为了好学区，我又搬到康州。有一次，我独自一人开车经过泽西城，原来的联排公寓楼还在，但周边已经密密麻麻盖满了新公寓，多到我在高速公路上看过去，几乎找不到住了那么多年的地方。另一年的5月，我们开车远游，行驶在新泽西州南北贯通的高速公路上，那天我特别想找到汉密尔顿的那一个旧家的窗户，从那里可以看到对面的公司，也可以看到不远处的小区公园里的人造湖，湖边栽着樱花树和苹果树，离湖不远是一个九洞的小型高尔夫球场。那天我真的下了高速公路，按照自己记忆中街道的名字找到原先住的地方。那条街已经拓宽好多，每一栋楼的门牌似乎重新排列过，似曾相识。我盯着其中一个窗户看，却没有唤回任何熟悉的感觉。

太多的窗户，太多的人家，可能是，也可能不是。

四分之一英里

法拉盛有许多理发店，但被称为发廊一条街的只有那么一处，在四十街，起先我并不明白为什么。

　　四十街与缅街垂直，它有着纽约街道的标准长度，四分之一英里。那条街上的楼基本都是一个高度，三层或者四层，方方正正的形状，建于20世纪八九十年代。发廊都在二楼或者三楼。一楼是旅行社、公证处、保姆介绍所，或者是沿街摆的卖杂货和海产干货的摊子。要进发廊，必须穿过一个光线很暗的窄门，上楼得走很陡的楼梯。等走到二楼，左手右手两家发廊，继续上三楼，还是左手右手两家发廊。楼道很暗，发廊边写着小广告，比如"驾校在三楼"。发廊一条街上这种窄门只有两个，总共就有几家发廊，不知道为什么会叫"一条街"。

　　移民到纽约前，我在南京一直有到发廊洗剪吹的习惯。

感觉这般操作后，等于做了一个小SPA，头脸靓丽，整个人精神很多。所以第一次在法拉盛的小公司领工资，为了犒劳自己，想照搬旧习惯也去吹一次头发。我中午请了一小时假，兴冲冲地跑到发廊一条街，挑了一家开门的，腾腾地上楼，看到梦幻发廊的牌子，就走了进去。那是一个小屋子，站了几个年轻漂亮的妹子，见我进门，她们有点诧异，其中一个反应快，说要剪头发吗？我们的理发师傅下班了，您换一家吧。这么着，不到一分钟，我又腾腾地下楼来。出了窄门回到四十街，我闹不清楚刚才是怎么回事，好像走进什么不应该去的地方，心怦怦地跳，回头看看那个小窄门，中午的太阳直射下来，越发显得那个门里很暗，暗到几乎看不清里面的楼梯。左右都是小办公室和商铺，大白天也开着灯，货品摆在明处，清清楚楚。

这发廊不是那发廊，我这个初到皇后区的新移民不懂，不能怪我。走在那条街上，头顶的天空常常有大型喷气客机几乎贴着楼顶飞过，低到可以看清飞机腹部那些藏有起落架的紧紧关着的小孔。这里离一个超级繁忙的国际机场只有几分钟的路程。法拉盛好像是机场跑道延伸出来的一块飞地。从那里乘坐客机出门旅行或者归来的人，在起飞或者降落的那几分钟里，若是从飞机的小窗往下看纽约皇后区密密麻麻的街道，积木一样的小楼，多半就是这里。每每看到头顶飞过的大型客机、空中巴士、波音，我都会不由自主地幻想着神仙降落。其实几年前，我也曾是这些降落凡间的"神仙"中一员。对于降落之后的身份，我们有另外一些称谓，移民——非法的，合法的。

　　一年之后，我开始有点明白这些街头政治了——每天下午三四点钟开始，四十街的路上准会站着几个穿裙子的女人，她们都用少女风的化名，西西、拉拉、琪琪、悠悠、詹妮……她们的装束也差不多，染过的长发扎成马尾巴，前帘留着乱妆一样的刘海。除此以外，她们真不能算花枝招展。四十街和缅街相交的路口开始，她们每人相隔七八米站着，从来不会成群结队。第一次注意到她们，是在3月。那天倒春寒，刮大风，气温突然降了十几摄氏度，路上的人都有备而来，几乎都穿着臃肿的羽绒夹克。四十街路上的女人们还是穿毛呢短裙，里面套上一条深色紧身裤，那样的打扮乍一看像时髦的白领女郎，office lady。有时其中一个会装成路上的行人，在街上走来走去。遇到看中的行人，她们会用普通话或者英语上前问上一句，要按摩吗？先生要按摩吗？那带口音的普通话，像春晚上演小品的喜剧演员。站在街头那个，瘦骨伶仃的，远看苗条，近看超过五十岁。她偶尔跟行人聊几句，"爱唠嗑"，涂着大红口红的薄嘴唇之间露出灰白色的牙齿。路上没有人的时候，她们会靠在路边放水果蔬菜的木架旁刷手机，或者抽一种韩国走私来的香烟。那种香烟比美国烟便宜不少。

这些女人在四十街上风雨无阻，唯有一种情况，会让她们从街上消失，那就是一辆黑色的雪佛兰轿车停在街头，里头坐着一个穿运动服的大块头男人。他坐在熄了火的车上一动不动，即便是额头上没有写字，这里几乎所有的人都知道他是便衣警察。在法拉盛晃久了，你会毫不费力地认出哪些人属于便衣警察，哪些人就是无所事事的混混儿。这两类人都爱到饼屋买一杯咖啡带一个甜甜圈。

四十街其实有挺好的饭馆儿，比如豫园、新开的火锅店和过桥米线铺，街角有家"大口福"排档，好吃且便宜。最便宜的中餐套餐只要四块九美元，两菜一汤，还带一个幸运饼。那家餐馆门口永远有各种肤色的人排队。旁边一家广东人开的饼屋店面很小，店名却很豪气——"大三元"，卖老婆饼、拿破仑糕，也卖肉松包，老婆饼出炉时有股好闻的香味。自从看懂路上那些女人的营生，我就怕到那里去，尤其是在晚上。怕在路上看到那些人，看到心里会痛。晚上若是加班，我宁可多走点路，穿过缅街到香港超市那一带去吃饭。

11月，纽约的天黑得很早，到下午五点，天已经漆黑得好像深夜一样。天一黑，人就松弛下来，就想下班回家，但11月是进出口业最忙的季节，大多数集装箱都是定的这个时间进港。这一天下班前，纽约的海关总局突然来通知，一艘从张家港发来的集装箱船，其中有新鲜的花椒不能入境，全船物品必须打回原地。我忙跟新泽西那边的公司总部问到底出了什么事。那船货有上百家公司的拼单，忙了很久也没有理清其中的头绪，这期间还要应付十几个不同公司打来的电话。

这船东西里真有新鲜花椒吗？我给国内的发货商打电话，对方在电话里赌咒发誓说怎么可能有鲜花椒？花椒采下来几个小时就成干花椒了，这是常识嘛！你们不要总这么刁难我们好不好！

又不是我卡你不放行，刚刚接到通知，我传给你看行吧？对方说不用了，就是发发牢骚，在花椒上栽了多少跟头啊。我说大不了同意70摄氏度热消毒呗，电话那边长叹一声，说：70摄氏度消毒！说得轻巧，又要增加多少成本，再加上拆装费用，这笔单绝对赔本。我安慰对方，再多给点时间，也许能跟美国海关科普清楚了。

小艾在一边撇撇嘴，完全是鄙夷的表情，她的内心独白我知道——要是真能解释得清楚，过去三十年美国就不会禁花椒了！什么中餐馆偷偷藏花椒、偷偷用花椒，把这种普通的调味品搞得跟毒品一样，鸡同鸭讲！

芸香科植物中的花椒作为调味品从来都是干花椒，这也是为什么进口美国的花椒从来没有查出带柑橘溃疡霉菌……一想到明天又要跟海关声嘶力竭地解释，我就想撞墙。纽约海关会说，美国是柑橘大国，若是真带进柑橘溃疡霉菌，那就成千古罪人，把美国一大产业都毁了，比如2002年……这些老生常谈，从来都是扯皮。2002年美国柑橘受霉菌灾害，并不是中国花椒带来的菌啊！这些话在我脑海中闹哄哄地响着，好像蛤蟆坑。我在电话上讲了好久，等到放下听筒，已近晚上十点了。除了下午五点钟的时候吃了一个"美心"葡式蛋挞和一杯奶茶，到现在还没吃晚饭。我突然饿得眼冒金星，决定出门买吃的，歇一歇，再回来理这团芸香科的乱麻。

　　出了公司大楼，这个时间点法拉盛大部分餐馆都已经关门打烊。要吃饭只能去四十街。几辆警车从身边呼啸着开过去，接着是救护车。一股黑色的风，带着猛烈的金属一样的气味，几乎把我掀倒。我本能地在路边站住，想等警车过去以后再前行，结果一批警车后又来了几辆警车，大队人马云集的架势。这些警力似乎跟我走的是同一个方向，我走到下一个街区，已经看到前面路口警灯在狂闪，那个蓝白两色的车顶灯快速地转动闪耀着，刺破夜里街上的安静，看着让人无故地害怕。周围的空气仿佛稀薄起来，我觉得浑身的肌肉都像缺氧一样痛，但还是坚持走到下一个街口，那里的路已经封住。我转上缅街，往凯辛娜大道走，那里有一家哥伦比亚人开的炸鸡店，几乎是通宵营业。

　　路过警察局的时候，黑色的大门敞开，一辆警车鸣着警笛飞快地从我身边驶过，开进门里，停下。一个戴手铐的青壮汉子被从警车后部拉出来，我站在那里看稀奇。不知从哪里跳出来一只猫，在我面前停留片刻，狐疑地转头望望我，突然耳朵一耷，哇呜大叫一声，然后飞快地蹿到街对面，那里有一个垃圾箱。这死猫真他妈见鬼啦！

继续往前走，人行便道高低不平，我小心地看着前面的路，怕崴了脚。那个被带进警察局的男人，不知道犯了什么罪？多半是偷东西，严重的是持刀抢劫。这个钟点不是抓非法移民的时候。在纽约我还没有遇到过被抢劫的事。只是有一次，我带着一位从广州来参加儿子毕业典礼的大姐在北方大道上邮寄东西，也是一个青壮汉子在街头要钱，手里攥着一只空咖啡杯，摇得里面的硬币叮当响。我和大姐走过去，没有理会，他突然脸一横，冲着我们骂非常难听的话。他的声音不高，脸上表情自然，如果不懂英文还以为他在说唱呢。大姐没有太注意。我怕吓到她，很是后悔没有给恶讨的汉子一点钱。

走着走着，大楼之间冷风直往脖子里钻，墙角的流浪汉裹着棉被睡在地上。我也许不应该这个钟点独自出来，点个外卖让他们送到办公室多好，吃完叫一部电招车回家，才不管什么鲜花椒干花椒呢，什么柑橘溃疡霉菌呢。凯辛娜大道跟北方大道都是皇后区又直又长的大路，一个是南北向，一个是东西向，有一个笑话说无论往哪个方向，这两条路的终点都是地狱……我脑子里胡思乱想着往前走。上了缅街，灯光如昼，街上已经挂了五颜六色的圣诞灯，每一个街灯下挂着六角形的雪花灯，跟不远处街心公园的大圣诞树呼应着，走着走着我身上热了，平安喜乐的气氛还是能传染的。

炸鸡店里暖气开得很足，热烘烘的，每一个餐桌上吊着白炽灯围着红色的灯罩，晕着一团一团的红光，看着像麦当劳，但比麦当劳要脏要好吃，空气里飘着辛辣的油炸食品的香气，闻着很腻又很解馋。店里还有不少顾客，都是拉丁美洲裔模样，膀大腰圆，在埋头大吃。凯辛娜大道到晚上这个钟点华人已经很少了。我看了一圈，只在门口的火车座上找到一个空位，于是背朝门坐了下来，坐下来就觉得头顶上暖气口的风猛烈地吹着，我被那股风吹得浑身无力，心里极不安稳。但我是真饿了，不想再起身把堂食换成外卖。所以耐着性子坐在那里，等着叫到我的号去取炸鸡。

这时店里进来两个穿紧身牛仔裤的女子，头发都扎成马尾，其中一个脖子上系着红黑相间的围巾，围巾末端长长的穗子一直飘到腰间。她头上还戴着卡通风格的大蝴蝶结粉紫色发卡。两人都像二十岁出头，叽叽喳喳地说着国语，朝店的深处走，背影窈窕。我盯着她们的背影，想看看这两个身材瘦削的女人长的什么样。结果那个系红黑围巾的俏人儿果然回头，朝我这里扫了一眼。在那一瞬间，我们对了一下眼神。就那么一眼，我们彼此就知道不是一类人。我知道，她也知道。我比她年轻，但打扮上绝对比她老气，你也可以说知性——白衬衫，米色毛衣，黑西裤，黑色的羽绒夹克，脸上不施脂粉，最多涂一点口红。她呢，五官姣好，头发染成焦糖色，刘海烫成卷儿，衬着一张瓜子脸，细细的鼻梁很清秀，还打着洋红色的眼影。她比我漂亮，比我艳，你也可以说那是风尘感。

如果是在国内的深夜餐馆里，即便是天天遇到，我们都不可能成为朋友。现在呢，假以时日，晚上在法拉盛的哥伦比亚炸鸡店多见几次，我们或许会成为熟人，彼此聊几句怎么到美国来的，来了多久了⋯⋯但这一次，时间不在我们这一边，就像那首英文歌唱的，the time is not on your side：

　　　你的袖子上有绽裂的破口
　　　而你无视，继续在街上高声吟唱，手舞足蹈

302

有台"小黄"①就在你身后

你才不管它呢

因为你就想疯狂一整夜

一切都会好好的

你说,你还有时间

是啊　一切都会好好的

只要再过一些时间

……

炸鸡店的黑人服务员似乎跟她们很熟,站在柜台后面直接问两人要喝喜力还是红牛?说"红牛"的时候用的是普通话发音,而不是英文Red Bull,可见这两位是老顾客了。她们俩嘻嘻哈哈地喝着饮料,在店里很是放松的样子,就像是在自己的地盘上。

回到办公室,小艾已经回家了,留了一张字条,说花椒问题似乎解决了,国内公司托了咨询公司明天去海关解

---

① 小黄,美国出租车。——编者注

释，别急，time is on our side，时间在我们这边。看完字条，我释然，打电话叫了电招车回布鲁克林。

第二天早上，起来刷牙洗脸的时候，我打开电视，看"纽约第13台"晨间节目，才知道出事了——昨晚约十一点钟，一个华裔站街女从法拉盛四十街的一个旧公寓四楼顶层的小阳台上坠落下来，头先着地，当场死亡。当时纽约警察在搞一个扫黄行动，钓鱼执法，她跟其中一个警察发生争执……然后，就没有然后了。电视镜头出现了四十街的街景，出事的那栋红砖小楼，外墙上贴着中文写的发廊和驾校广告。镜头里街道的样子，看一眼我就知道在哪个位置，135号，一楼是卖海鲜干货的铺子。殒命女人的大头照、生活照，都在电视上公开了：瓜子脸，五官精致，细巧的鼻梁……昨晚在炸鸡店里与我回头对视的女人，此刻她在电视上，照片上的她年轻漂亮，永恒地定格在一个异度空间里。

过了一个月，《纽约时报》发了一篇长文报道：

"坠楼者本名刘扬，三十八岁。在法拉盛的地下按摩院打工，她在那里的名字叫西西。曾在塞班岛跟一个年龄是她两倍大的男人结婚，想借此成为美国公民。他们在塞班岛经营餐馆，生意失败后来到纽约皇后区这片移民聚集的地方。在最先的餐馆投资失败后，西西做起了地下色情生意。她的地盘意识很强，工作很拼，是四十街一带站街女中的头牌。

"西西住在四十街的一栋旧公寓的顶层。这套一室一厅的公寓经过多人转租，最后被西西的"老板"租了下来，成为站街女的招客之地，为此她必须向'老板'付一大笔钱。11月的这天晚上与之前的日子没有什么不同，西西从楼下的华人超市买了不少吃的，她一边吃一边尝试给在中国的弟弟打微信电话，但他睡觉了。之后她开始工作，在跟朋友和客户打电话，完全不知道自己已经被一支由十名警察组成的扫黄行动队盯上了。

"西西打扮一番后下楼走到四十街那个固定的揽客点。人行道上那些堆放着杂物，放置着活鱼活蟹的水箱边即使在白天都很隐蔽，夜晚更是暗影憧憧，那里是按摩女跟顾客谈价钱的地点。没过一会儿，她就带着一名男子回到楼上，但她并不知道，那是一名便衣警察。在公寓里她和顾客说了几句，西西立刻意识到对方是前来钓鱼抓捕按摩女的警察，她愤怒地把他推出去，关上了门。西西之前因为非法卖春被捕过，她知道接下来会有更多的警察冲进来。果不其然，一队警察很快来到小公寓的楼下，大力打开那个铝合金防盗门，穿过那栋布满灰尘的门厅，踩着破旧的猩红色地毯，腾腾地登上五十多级台阶上了楼。楼道里的中文标牌上面写着'这里没有驾校，你找错了地方'。这是皇后区地下按摩的行业黑话。然后，这些人就到了她家门口。

"从门旁边的监视器上，西西看到警察上楼。然后听到他们砸门，'警察！开门！'的喊声响彻楼道。大门出不去了，她只能冲到公寓朝北的阳台上，那里能看到楼下熙熙攘攘的街道全景。日日夜夜，晴天或雨雪天，这条街是她和抢生意的姐妹们招揽过路男人的地方：按摩吗？按摩吗？

"狭窄阳台的栏高只有两英尺，约合六十厘米。那里放着一把扫帚、一个塑料水桶和一只蓝色小凳。她穿着高跟鞋的脚踩到小凳上，瞬间后，她已经俯身跌落，身体朝楼下那条长约四分之一英里的四十街的坚硬路面扑了过去。卧底警察的工作完成了，他走出大楼朝右转，就在那一刻，那名刚刚向他报了服务价钱的女人击中路面，落在离他不远的地方。这个以'西西'为名的华人女子过去三年在这里谋生，现在死在这里，她头着地撞在水泥路面上，颅骨破裂，脑浆和血溅洒在地上，场面惨烈。"

　　报道还说如果这次被抓，将是她第三次在扫黄行动中被捕，这也是正在申请绿卡的她最担心的，她多次向自己的移民律师哭诉："被抓会不会留下不良记录，影响绿卡申请？"除了担心身份的问题，让西西心里充满恐慌耻辱的是被抓后的程序——她将被戴上手铐，推上警车和其他站街女一起被带走，送到局子里，罚款几百美元。在警察局里，她会受到各种羞辱，包括被放出来前可能还要给警察来一次免费的性服务，"反正你就是做这个生意的嘛，干吗不给我也服务一下？"警察会笑嘻嘻地问，这是扫黄的潜规则。四十街是纽约警察喜欢来进行扫黄的地点……

　　报道里还有西西生前所住小公寓的照片，里面的布置一看就是法拉盛这一带公寓风格——古典风的带金色合成木雕花边的镜子，赭红色的镶钉皮沙发，赭红色的镶钉床板，床上和桌上四处摆着粉色的公仔毛绒玩具，旁边是塑料梳子，卷发用的电热卷拖出一条黑色的电线，带花结的发卡……照片甚至拍了壁橱里挂的衣服，贴亮片的短裙，带毛茸茸大翻领的夹克，其他照片拍的是从国内赶来料理丧事的西西弟弟刘海，他愁眉苦脸的面部特写，同来的老母亲木然地坐在群租房的单人床上，床边小桌上放着一堆药以及装食物的外卖简装盒……

我都怀疑这个记者有点窥视癖。这些物品的主人的脸，一直在我面前晃着。我们唯一一次相遇，那时她还活着，吃炸鸡柳，加辣，喝红牛。然后，就像拧了一个开关，她啪的一声烟消云散。我把这个报道给小艾看，她已经读过，全纽约的华人应该都读过了，你知道，这种惨事传得很快的。"你不觉得她可怜吗？"我问，小艾面无表情地点点头，她一边说一边在点手里的银行电汇单子，手指熟练得像赌场里的发牌员，跟我聊天并没有让她的动作慢下来："当然可怜，但做按摩女这行是高风险的。更多时候下毒手的是嫖客，嫖完了，不付钱还要抢站街女手里的现金。这种事常发生。还有那种精神有毛病的低级嫖客，喜欢虐待妓女，所以死于非命的妓女总是伤痕累累，很暴力很血腥。不过，死在警察手里，或者间接被警察逼迫跳楼，这种事我还是第一次听到……"

啪的一声，小艾按了一下手里计算器的回车键，算出那沓单子的总数，她扯了一张纸，把总数写在纸上，用橡皮筋捆住那沓单子。小艾熟练而机械的动作，让我联想起我们的身体，在报废以后被一只看不见的手折叠归类，然后按部就班地回到永恒的大循环中，没有国籍，没有疆界，没有永久居民或者户口的差别。一道微薄的淡白的阳光从窗中斜照进来，照亮办公室里的我和小艾共用的这一角。小艾起身，把一盆吊兰和一盆发财树挪进那个阳光的小框里。于是阳光带上一点绿意，一点汪着水的灰尘，在聚光灯一样的空气中飞进飞出……我还是在想着西西。

楼外有警车疾驰而过，一声急似一声，催命一样，警察不知道又要冲到哪里去抓坏人。那天晚上，西西站在阳台的蓝色塑料小板凳上，从阳台上看到楼下的情形——一队穿黑色制服的男人，强壮有力，带着武器……他们疾步上了楼梯，狭窄的楼梯间回响着那些穿皮靴的脚步声，然后他们大力拍门——那是死亡步步逼近的声音。我好像穿越进一个陌生女人的身体里，惊恐中的震颤，在走投无路时纵身跳下，黑夜，以及迎面飞来的大地，像张开怀抱那样对我诱惑着，来吧，来吧，到这里来吧。

虽然报道写得明明白白，但我还是忍不住想起一个阴谋论，西西会不会是被警察从楼上推下去的？这篇报道最让我难忘的地方，是西西和我是同一天到的美国。如果她也是从浦东机场出发的话，我们甚至坐了同一个航班。就像电影《甜蜜蜜》的结尾，我们从不同的方向同时走过海关的转门，抵达这边的世界，好像同一个时辰投胎的婴儿。

那些天，带着这些奇奇怪怪的念头，我上下班都头脑昏沉，每天迟到四十分钟至一个小时不等。有一天小艾忍无可忍，我一进门她就走过来，虎着脸问，是不是你已经知道花椒问题解决了，所以才敢迟到的？我摇头，朝办公室前门那排书架望去，大惊失色，问："办公室门口那只招财猫怎么不见了？"小艾拿我没办法，她耸耸肩，翻了翻白眼，说："法拉盛有成千上万只招财猫，每个商店至少都有一尊。你不担心自己迟到却在操心发财猫！这样吧，你必须在下午两点之前，把昨天所有的电汇单子审了交给我存档。"作为公司里的资深员工，小艾对我发号施令。

办公室里有一只举起爪子祈求好运的招财猫，不知道是谁带来的。每次大扫除，我们都说它不应该摆在门口，搞得公司像餐馆一样。但这东西看久了，谁都没有动手把它扔掉。媒体对西西的报道中，也提到房间里同样的一只招财猫，还拍了照片，附在那篇报道上。有天中午，我比画着问过公司楼里做保洁的波多黎各大姐，是不是把那只招财猫收起来了？她听不明白我说的是什么，先是讨好地点头，说si，si，后来猜到公司里少了一件什么东西，又赶紧摇头否认，non，non。为了强调她的无辜，她用手温柔地拍了拍我的手。我最后给了她十美元，让她给孩子买零食。

我脑海中挥之不去的是那天晚上的偶遇——在那个时间点，哥伦比亚炸鸡店里见到的两个华人女子，其中那个回头看我的人，如果真是西西的话，应该是她从四十街的楼里最后一次自由地出来。"你看到的，极有可能并不是西西，而是别人，任何人。法拉盛这种女人多得很呢，身材、长相都差不多，你就看那么一眼，真那么确定？就是西西又怎么样？"小艾说，她想说一切都是我的想象，那晚上的记忆，加上一两点巧合，最后变成我对这个素不相识的陌生女人的想象，就像《西游补》里鲭鱼精吹出一口气，变成了让孙悟空入迷的青青世界——鲭鱼本与悟空同时出世，住于"幻部"，自号"青青世界"，一切境界，皆彼所造，而实无有。其云鲭鱼精，云青青世界，云小月王者，皆谓"情"矣。西西的突然出现和同样突然的消失，让我第一次意识到来和去的偶然和随意——只要提了两个箱子，坐上飞机，空降到这里，然后就开始买公寓，找工作，一切都可以轻易地从零开始，重新开始真的是我想象的那么容易吗？

这几年我没有太多对家乡的想念——反正所谓的家乡母国，坐一趟跨洋飞机，十六个小时就可以回去。我是怎么来的，我要到哪里去，这些高深莫测又非常基本的问题，在我决定移民的时候从来就没有纠结过，现在却时时纠缠着我，这不能不说跟西西有关，在这个广大嘈杂的都市里，她的悲惨经历牵动了我乡愁的那根神经。

那篇报道我看了好多遍，每次读都会注意到更多的细节。比如说西西原名刘扬，出生于辽宁的一个村子。90年代初的时候，刘扬的父母种过人参，做过各种小买卖。直到父亲开始做挖沙生意才真正赚到了一些钱，把家里的茅草屋推倒改建成砖砌的大屋。十九岁那年，刘扬被塞班岛服装厂招工的消息吸引，飞到两千英里外的太平洋上塞班岛的车衣厂打黑工。塞班岛是太平洋上美属北马里亚纳群岛中最大的岛，那里的车衣厂专门生产贴上"美国制造"标签的衣服然后卖到美国本土。经人介绍，她认识了一个华裔美国人。他六十七岁，她二十七岁，他们结婚，然后在塞班岛开越南餐馆，第一年生意兴隆，又借钱开了一家餐馆。过了一年，刘海也跟了过来，在那里开指甲花文身店。他们像辽宁出来的犹太人，毫不犹豫地跨出国门，到任何可以挣钱的地方去。我从来没有去过塞班岛，因为西西之死，那个太平洋小岛的名字给我莫名的哀愁。

2011年日本大地震，阻断了塞班岛的日本财路，大灾难后日本游客都不来了。西西的两家餐馆随之倒闭，还欠了不少钱。之后就决定到美国本土来发展……跟法拉盛的站街女相比，西西不是非法移民，她有合法身份，也能说几句地道的美式英语。这也是为什么在发廊一条街的站街妹子中，她一度小有优势，是那条街上的头牌。她们之间的纠纷，由一个叫老李的人来协调解决，老李在逢年过节时还给每一个女人一个小小的红包，女人在饼屋给他过生日，场面像会计师事务所的部门聚会；西西每做一单要给老李二十美元的抽头，四十街的几个小公寓就是老李转租给女人们的。

这些细节我读了，免不了跟小艾唠叨。出事以后的几天，小艾对这些跟西西有关的细节还有好奇心和同情心，到后来神情就有点异样。一个月之后，晚间新闻里报道西西的弟弟刘海和母亲都已经到达纽约，我第二天上班又重复一遍新闻，小艾在那里沉默地听着，最后忍不住了，郑重把我拉到一边，说："姐，you are obsessed! 你不能再关注啦，真的不能。迷信，你懂不懂，这种人下场不好，不吉利的。"

怎么不吉利？

小艾说："鬼上身，要倒霉的。"说完她居然在胸口画了一个十字，嘴里念念有词。我说你不是福音派吗？天主教教徒才这么画十字呢。她狠狠瞪我。小艾的生活里有好多忌讳，比如，在路上见到一只鞋子要绕道走，在房间里不能撑伞，筷子不能插在盛满米饭的碗上……除了迷信，她还爱说韭菜吃多了会上火，蛤蜊和螃蟹是凉性的不能多吃……都是"民科"的营养学知识。

"鬼上身"比"上火"要严重得多。我每提到西西的名字，阴阳两界的缝隙似乎就增大一点，它带着不甘沦落的阴风，吹到我的影子上。过了几天，我在新世界三楼一家粤菜馆吃午饭，那个桌子临窗，可以看到楼下熙熙攘攘的街道。一高一矮的两个人，一身缟素，手里各拿着一捧用报纸包着的菊花，神色凝重，正在往四十街的街口走。我一眼就认出这是电视上采访过的西西的两位亲人——刘海和她母亲。他们没有哭哭啼啼，而是像在进行什么仪式——的确是在做一个祭奠仪式，跟在他们后面不远处，是六福殡仪馆的一个工作人员，她穿着黑色西装，准备帮忙到现场烧纸钱。他们手里的鲜花和庄重的步态，以及中午拖在身下的影子，让那条喧闹的大街变成一条荒街，行人走到他们身边时，都自动躲开一尺的距离。

要是正午时刻在街上撞到这一幕，我会毫不犹豫往地上吐一口唾沫，祛除邪气。那顿午饭，我点了一个鳄梨烤鳗鱼沙拉、龙虾面和一个日风乳酪蛋糕。那天老板请客，我食欲大开，痛快地吃上一顿。在酒足饭饱之时，我们喝日本煎茶，冲一冲刚才喝了清酒的醉意，这时我的脑海中又想起刚才街头的一幕，醺醺然中一道白色的闪电，把一种苍老的寒意照进我饱食高蛋白高热量食品后的快乐，妈的我真的是中了邪了！

我住在布鲁克林，公寓在海边，风景很好。晚上若有月亮，对着海的那几扇窗户，可以看到不远处，星星点点的波浪反射出夜空的光。没有月亮的夜晚是一团漆黑，唯一发出光亮的是一个被称作海军码头的地方——60年代曾是一个海军码头，多年来这个军港退役后一直荒着，直到有一个聪明人来搞地产开发，从纽约市政府买地，再把它申报打包成投资移民项目，每一个愿意移民的人投资六十万美元，五年后本金全部奉还，投资者拿到绿卡。这是一桩不算太坏的买卖，按现在的价格，投资移民要花上一百万美元。所以，当年海军码头的项目公开以后，一年内就集到所需开发资金。在从中国涌来的外汇支撑下，那片海滩，以及毗连海滩的几百亩地开始大兴土木。几辆吊车上的红灯一闪一闪，盖了三分之二的公寓楼是海天一线里唯一的人工建筑，我们叫它投资移民纪念碑。我是怎么来到这个纪念碑下的？这是一个来路的问题。简单回答，我也是移民出来的，靠着家里一个在美国的远亲办的，不是靠投资出来的，我没有那么多钱。

但西西还是引起我的身世之慨。

我看过一个军事史纪录片。1812年法国入侵俄国时，双方都出现大量伤兵难以招架。沙皇军队的做法是，先把这些伤兵从战场抬上平板马车。待马车走出众人视线，车夫开始加速，并挑一条有陡坡的路走。马车在陡坡上疾驰，颠簸中，伤病员从车上不断跌落在雪地里。这时，车夫假装不知道，绝不回头。这样，伤员在雪地里慢慢冻毙。这种从马车上"自然"跌落冻毙于途的死法，被沙皇军队称为"事故"。拿破仑指挥下的法国军队，他们处理伤兵的做法更简单，法国军官命令战士把伤兵剥去衣服，然后这些精赤条条的人被留在雪地里，这样可以快一点冻死，减少了很多痛苦。这个做法在操作时比马车法难度高，因为把同一个队伍里熟悉的人衣服剥光并留在雪地里，不是一件容易的事，结果，拿破仑的军队被这些伤兵拖垮了。

我和西西，我们都是从同一辆平板马车上滚落下来的人，同一天来到纽约。

我出生在中国南方的小城越州，在师范大学本科读的是英文，毕业以后回到家乡，教高一英语。我只教了两年就时来运转，被借调到省城一个民俗文化调查机构。多年的经济飞速发展，物质文明有了，南方几个省都要搞人文大省，搞人文旅游经济，与我同时借调来的是一个政治思想老师高英。高英比我早一个月到。见到我的第一天，她特别热情，紧紧拉着我的手，带我参观办公楼。高英年龄比我大，长得很妩媚，瓜子脸，水蛇腰，细细瘦瘦的身材。现在想起来，有点像西西。

民俗处的工作很轻闲，我下班后开始写点随笔、散文，投稿到省报的副刊。两年之后开始写小说，发表了就有点小名气，有一年一个中篇进了当时的年度排行榜，得了个小奖。随后我被《越州晚报》采访，被称为家乡走出来的新生代作家。负责采访的是我的高中同学，她在晚报工作多年，已经是副刊主编，现在也帮我宣传宣传。最先拿到这份报纸的是高英，她一字一句在办公室朗诵了采访全文。

那年秋天我正式加入省作协。这个消息，也是高英对外宣布的："当了作协会员，就有希望调进省作协当签约作家。"这些编制上的事我不太懂，连"签约作家"这个词都是第一次听说。"签约作家是领工资的，每个月的工资有八千元，比你在这里薪水的两倍还要多。"结果呢，我并没有立刻被调进作协。我喜欢民俗处，到年底我就能转正了，十拿九稳。"发表作品是加分项。"副处长老陈偷偷跟我说，其实不说我也知道。春节过后，大家回到单位报到开始上班，这时网上出现了我的绯闻，除了绯闻还有我写举报信的传闻——举报顶头上司，民俗处的正处长。

所谓"绯闻"，是我高中日记的截屏，日记上满是肉麻的青春期句子，暗恋语文老师……现在在网上挂着。这的确是我的日记，我也的确暗恋过不止一个老师。这样说吧，我对男女之事开窍很早，也丢过不止一本日记，没想到如此古早的事现在浮出水面，这应该跟我写小说出了点小名有关。绯闻容易解释，陈年旧事，可以推脱说当时年轻不懂事，乱写而已，这个事情很快就会过去。但举报领导的传闻就很严重了——没有任何证据，只是"听说"，但"听说"等于判了我无形的无期徒刑，比男盗女娼的罪名要可怕得多。

开始我还拼命为自己辩解，恨不得剖心以证清白——我干吗举报老领导？我就是一个普通的文员，都不是正式编制，更不是科室干部，我举报他到底图什么？他下来以后我又不能坐上他的位子！我不信邪，相信只要自己坚持解释，同事们会站我这边，相信我的清白。我说这些话的时候，起先还有人愿意听，他们笑眯眯地看着我，眼睛却是冷的，静等着说完，然后一声不响地走开。每说一遍，我的舌头变得越来越滞重，说话的声音含混不清，最后发音变成单音节，突突突从声带里滚出来。这时候，已经没有太多的人愿意听了，我一开口同事们就找一个理由躲开。

有一天下了班，我实在郁闷，给一个认识了十多年的文友深夜打电话求助，对方并不多言，听筒里只有我一个人的声音，说话的间隙是空寂，电话里唯一的响动是静电信号"吱吱"的声音。不知过了多久，电话那边突然无比清晰地发声，以后我们还是不要再打电话吧，我怕传出去影响不好。

就这样，我成为精神文明部最阴险的女人，同事遇到我都绕道走。就连老陈，见到我都不敢当人面打招呼，而是像特务秘密接头那样，前后看看没人，再弯腰侧脸，虚着声音对我说，小梅，你还好吗？那时读卡夫卡的《变形记》："当格里高·萨姆莎从烦躁不安的梦中醒来时，发现他在床上变成了一个巨大的甲虫。"毫无疑问，这写的就是我，一夜之间，我变成了一只甲虫。

不久，民俗处正式宣布高英转正，老陈提升为正处长，原正处长退休。宣布消息的那天中午，高英在单位附近的小餐馆里请大家吃小龙虾，我没有去。第二天我辞职。辞职仅是一个姿态，不转正我就不是正式员工，无职可辞。调离越州高中已经五年，我也不可能再回去教书。变形报废，我属于社会闲杂人等。离开这个工作，我不知道应该怎么活，也不知道自己应该到哪里去。那时走在街上，我最怕的是遇到文宣系统的同事，也怕遇到过去的老同学，鄙视和怜悯都等于打我的脸。

怕见人，也怕给父母打电话，这种焦虑让我常流鼻血。最后我想出一个躲着人群又不用全天缩在家里的办法，星期一早上就进城里的大湖公园，这个时间来公园绝对不会撞到上班的人。公园里游人寥寥，偶尔有一两个保洁员无聊地坐在路边的假山石边刷手机，身边摆着扫帚，装出随时起身干活的姿态，其实他们会在那里一动不动坐很久。我找到明城墙近湖的一段，有一个隐秘的长椅，从来没有保洁员靠近，那椅子成为我的专座，可以在那里坐上一整天，对着空旷的湖面发呆。

湖水看久了，随着水的流动，我的身体也变得透明。湖水像丝绸一样清澈润滑地波动着，空气中的光线带着季节特有的敏感弥漫开来，像金粉一样照在湖面的刚刚展开的荷叶上。湖上光线灿烂，但水面下不多远，却是暗黑的，不透明的。一种消沉，随着湖水的波动从湖底升起，把我包裹在其中。四周绝对的安静，我像被催眠了，跟湖底升起的消沉混沌融成一体。就像村上春树的一部短篇小说写的那样，我变成七鳃鳗，以口器上的吸盘紧紧吸在河底的岩石上，一动不动，身体随着水的流动像水草一样随波漂舞，静静地往水上望着，水里颜色和大小各异的鱼像天上的云彩，在我头顶慢慢移动；老陈、高英、曾经有的工作、父母……也像天上的云彩，在我头顶慢慢移动，而我却是静止的，仿佛是永恒的。在那一刻，时间裂开一个微小的缝隙，让人仿佛看到我的前世。在这样的时候，心里的痛和委屈全部消失了。

有一天，应该是我在大湖公园的最后一天，我从椅子上站起来，走到湖边，想触摸一下湖水的冲动特别强烈，也特别诱惑。只要变成一条鳗，一条鱼，甚至是一块石头，也就解放了，不用被过去那些单位的琐事纠缠。朗朗晴空，天上云的形状是记忆中的样子；一群野鸭子从头顶飞过去，落到不远的樱花树下。这是我熟悉的世界，现在又是我永远失去的世界。微风从湖面上吹过来，水汽里带着野生植物的香气，我鼻子一酸，忽然原谅自己的落魄，原谅自己的不上进甚至想死的念头。我愿意再坚持一下，看看自己的命能下跌到什么地步。

家里的亲人都为我的事业前途担心，父母建议我再回炉去读一个学位。案头还立着"新锐文学排行榜"的木质奖牌，奖牌上烫金印着我的名字，小说的名字。这些荣誉，不过是几个月前的事。坐在书桌边，我和奖牌之间，一尺多远，一个狭窄的空间。可就在这个咫尺之间，却生出那么多莫名其妙的事和莫名其妙的人，他们都暗中屏息敛气静等着我出事。在那一刻，我动了出国的心。

随着刘海母子的到来，以缅街为轴心，印着西西彩照的中英文双语寻人告示很快遍布法拉盛最热闹的地段——电线杆上，社区告示栏上，公立图书馆门前的巴士站里。刘海站在四分之一英里的四十街和缅街街口处，举着一个大牌子，牌子两面都印着西西的照片，照片旁是中英文说明，他在给亲姐喊冤。缅街周末最热闹的时候，路上的行人密度近乎摩肩接踵。他站在那里，行人自觉地从他身边流走过，仿佛绕开一块石头。刘海个子不高，没有我常见到的东北人那么彪悍。他看上去非常苍老，像四十多岁的中年人，脸上五官因为悲痛紧紧缩在一起，几乎缩成小老头那样一个多皱的核。而他选择印在寻人启事上的姐姐的照片，则特别年轻漂亮，这种差距，让他们俩在外貌上更像父女，而不是姐弟。

皇后区的华人社区组织大家给他们捐钱，我和小艾都捐了善款。刘海母子住在一个北方大道靠近长岛铁路线的群租房里。从这个时候开始，我不再谈论西西。随着她生前亲人的到来，她的鬼魂不再盘桓在那四分之一英里的街上。这个倒霉女子的灵魂躲在弟弟呆滞的眼神里，躲在他机械的动作里、欲言又止的表情里，甚至他周围的空气里。

　　那段时间，我在法拉盛街上走着，会遇到一个相貌姣好的女人，她留着西西一样染成焦糖色的鬈发，冲我点头微笑，好像我们很熟悉。有一次傍晚下班后去吃越南河粉，这个女人居然跑到我面前，玩笑地敲了一下桌子，然后就跑开了。另一次，早上在美心饼屋排队买咖啡和面包，有个人过来亲热地拍了一下我的肩膀，我一回头，发现是同一个女人，很近地站在面前。她凑近地看我的脸。看清之后有点吃惊，笑凝在脸上，说啊对不起，我认错人了。随后失望地转身，快步离开。她到底在找谁呢？为什么每次撞上的都是我？我被这种偶遇搞得六神无主，后来下决心要是在路上再次遇到，我一定抓住她问一个究竟。

　　一天早上，小艾上班进门后给我递过来一张纸，朝纸上的照片努努嘴，问你看清了吗？那天晚上看到的是这个人吗？这张寻人启事我已经关注多时，现在再次仔细端详，并不能百分之百地确定那晚我见到的人是不是西西。西西的身世在我心里过了好多遍，已经生了根。它渐渐和我自己的移民史并列成距离很近的两条线。

"你还在操心那些事，今天要签的单子都审完了吗？"小艾会一板一眼地说，她的口气像我小学时的班主任。上小学时，中午强制小学生在教室午休。我们这些孩子哪里肯午休，偷偷读杂志。有一次读《奥秘》，这本后来被定性为伪科学的杂志上说外星人可能已经到达过地球，说着说着我们的嗓门大起来，引起班主任的注意。她冲我们一瞪眼："好好午休，要不起来做作业，外星人就是明天来，你也得按时交作业不是吗？"

随着时间推移，刘海成为法拉盛街头景观的一部分，他发传单，找别的站街女聊，接受记者采访，他很忙。开始时他坚信姐姐是被强奸以后再抛下楼的，坚信纽约市政府在掩盖真相。随着他调查活动的深入，也给我们这些局外人揭开了站街女的产业链——纽约警察扫黄行动惩罚的对象是食物链最底端的妓女，而不是按例抽取嫖资的皮条客，也不惩罚转租四十街小公寓的房东。西西这样的站街女，每接待一个顾客，皮条客收二十美元的费用。135号的那个小公寓是她的工作场所，是按"人数"付钱的，最多的时候一晚上西西上交了五百美元的抽头给老李。小公寓那栋楼的产业，原本属于华人社区第一大银行家，一再转租后没有一个人出来承担责任。其中一个转租的股东，是法拉盛民选的社区代表，他被记者截住问话时，推说自己从来不知道四十街有地下性产业。在铜墙铁壁一样的私有财产法律保护下，最脆弱最容易被欺负的，就是西西这样的站街女。她是裸露在泥土外的叶子和花，随时会被摘掉，或者被落下的重物砸烂，肝脑涂地。

那个房间进门处装的摄像头，就是用来监督人数的，怕西西少报接客次数。也正是这个摄像头拍摄的视频，替那个"钓鱼执法"的警察做了唯一被认可的不在场证据，西西跳楼的时候他已经离开公寓。刘海最后明白了，他姐姐不是被警察推下楼的。西西看到那个卧底的警察离开，知道随后就会发生什么，她恐慌到极点，不顾一切地奔到阳台上。那一刻她热血沸腾，极度想要逃离。她到底是慌不择路坠楼还是绝望中跳楼的，这个细微的差别对于那个悲惨结局已经没有什么意义了，关键是她坠楼时，房间里没有别的人。

信息是立体的怪物。出事时的细节带出了更多的更惨痛的细节，关于四分之一英里路上女人们的皮肉生涯——被警察抓到怎么被铐走，被羞辱，有一次被警察上门要求变态性服务。这个警察后来被西西举报，但在警察局列队认人时，她却认错了人，这样案子就不了了之。

刘海最后在找那个叫老李的人，一个地道的皮条客。卖淫的小公寓就是他转租给西西的，做一笔生意西西给他交二十美元。扫黄根本动不了他，他在隔条街上开了更大的店。像一个尽职的调查记者，刘海不再举着牌子鸣冤。他在缅街和四十街上走来走去，想在人群中寻找这个老李。过去几年，老李手下的女人们逢年过节到饼屋跟老李过节，还给他过生日。老李长得什么样，查一查西西手机里的照片就知道——一个留着背头的中年男。刘海最初到达时的懵懂，对警察的一腔单纯的怒火，化成更深的无奈和对老李的怨恨，他是站街女的剥削者，吸血鬼。

有一天，刘海按照之前别人给的提示，躲在"大口福"快餐店里，假装看报，其实偷偷关注着街上的动静。店门口站着一个穿短裙的女人，他现在对这种打扮的女人一望便知她是干什么的。果然，一个梳着背头，穿着假名牌夹克的男人，从街上走过来，接近那个短裙女。短裙女从包里掏出一沓美元，给了背头男，这一切刘海都看在眼里。"你要是看到按摩女给一个男人钱，而不是相反，那个男的就是老李，这一带没别人。"这是之前别的站街女提示他的。

刘海一个箭步冲过去，一把抓住背头男，说你就是老李是吧？你说你快说！他太激动，脸已经通红，一双眼睛瞪得滚圆，终于见到深仇大恨之人了。背头男被刘海的表情吓到了，他的衣服也禁不住这么大力一揪，领口哧的一声豁线了。他结结巴巴说是，"我是老李，我是，您有什么事？有话好好说。"

刘海已经流下眼泪，但他手上的力气依旧。他冲着街那头的警察大喊，Help, please help me! 这时他们周遭已经围了一圈人，很快警车就响着刺耳的警铃声冲到跟前。刘海用夹杂着英文的中文，手指着老李，高声说这就是逼死西西的凶手，这就是收我姐姐钱的那个人，请你们把他抓起来，我姐姐死了，跳楼了，这个人从来没有受到法律惩罚……

警车里走出一个人高马大的警察。聚拢的人越来越多，其中有人帮着翻译，让警察听懂刘海的哭喊控告。警察摸了摸别在腰间的手枪，脸上几乎没有任何表情，以为眼前揪作一团的两个华人是在街头打架，他说："你们先站好，说说怎么回事。"刘海没想到面对坏人，警察居然毫无所动，根本没有出手的意思，于是再次激动地高声控诉老李的罪行。警察慢慢有点明白了，他摸摸自己的下巴，拿眼光扫了面前的这两个人，意识到自己是判定婴儿归属的所罗门王，就说："这人没有犯罪，我们不能凭着一方指责就抓人的。"说完他对老李说，你可以走了。老李脸色灰白，他从人群中跟跄着冲出来，头也不回地拼命朝北方大道方向跑开去。

人群散去，刘海蹲坐在"大口福"外面的人行道上，他用手捂着脸，过了好久都是这个姿势一动不动。风吹起地上的落叶，沙沙地响，又是春天了，灰紫色的鸽子停在冒新芽的灌木上，咕咕地叫着。他们母子来纽约已经过了十五个月，钱花光了，签证过期，老母亲走路跌倒摔坏胯骨，送到医院，在那里住了近一个月，通过慈善基金付医药费换了新胯骨。老李好不容易被抓到，最后又被放了。刘海终于决定，现在是回辽宁的时候了。

夏天过去，巴士站和公共图书馆墙上贴的寻人启事被清理得干干净净，新广告又贴上来——补习班、找保姆、吉屋出租、现金收购黄金首饰、便宜搬家……四十街街口那个愁眉苦脸发寻人启事的男人也不在了，他们已经带着西西的骨灰以及对纽约的怨恨回到辽宁。在上飞机的前几天，刘海还接受了媒体的采访，记者陪他去六福殡仪馆取姐姐的骨灰，为这只小小盒子里的骨灰开了海关证明。出发前，刘海清点了一下，他们一共有九只箱子要带走，箱子堆在廉租房里几乎把房中的空地都塞满了，老母亲坐在床边，收拾一新准备去机场。"这么多箱子我怎么带啊？"这是刘海的话，也是采访的结束语。

　　这个时候，四十街口的站街女已经转移到"南牙买加"靠近长岛直通线的汽车旅馆里。发廊一条街那两个黑暗的门洞都上了锁，老李在隔街开的商铺也是大门紧闭，大门外的铝合金防盗门上，贴着因拖欠房租法院发的驱逐令。

　　又到了忙碌的11月。生日那天，小艾送我一件礼物，代替那只消失的招财猫。招财猫并不属于我，但似乎公司里只有我一个人注意到它不见了。礼物用塑料泡泡纸层层包着，拆开来看，里面是一只陶俑，一个身材苗条的女子，约五寸高，橘红色的身体上覆盖着一层已经褪色的白釉。女子着袍，戴着小茶碟一样的帽子，帽子下是端庄的鹅蛋脸，小鼻子小眼睛，好像唐仕女图里的模样，长长的颈项非常优雅，一只手端在胸口捏着一把粽叶扇，另一只手举起，手掌残缺。我伸出食指摸了一下陶俑举起的残手。小艾说："这只手应该是举着一个碗，或者是一束麦穗，或者水壶，这三样在古代希腊都是吉祥的东西。"

小艾笑盈盈地看着我的反应，等着我说喜欢。我当然喜欢，这比招财猫雅致多了。小艾于是喜滋滋地解释，陶俑是过去在纽约的古董店淘的，这叫塔纳格里陶俑，是古希腊人下葬时给死者的礼物，伴随着地下的寂寞时光。这真是古希腊的古董吗？小艾说这件应该是仿制品，真品在巴黎的博物馆里。说着她把陶俑翻过来，给我看下面的铭文，"巴黎罗浮宫美术馆，1968年"。最后小艾说："梅，我第一次见到你，就觉得你长得像它，送给你。"我拥抱了一下小艾，接过了陶俑。1968年我还没有出生呢，这还真是一件旧东西。

我把陶俑带回家，放在客厅里电视边的柜子上，柜子后挂着一面镶金框的镜子，映出陶俑窈窕的身影。白天光线好的时候，镜子里映出窗外的海，投资移民纪念碑，还有一座一座工地上的吊车。陶俑安静地站在这些风景前，像自由女神像。但她没有自由女神那么威武，她单薄多了，微微颔首，帽子下的脸也覆在一层淡淡的阴影里，细细的胳臂举着一只残破的手。

我小隐隐于法拉盛的事，渐渐被纽约华语写作圈同人知道。开始有人邀请我去参加作家联谊活动，两家华文报纸，也开始向我约稿。国内到纽约来的作家代表团很多，我一直等着省城来的文学客人却没有等到。

中秋节，一家新加坡报纸的副刊主编邀请我去一个华美协进社的会，说随后有很好的聚会。主编听出我不想去，就说客人有好些呢，一位是著名建筑师的公子，一位闻名中美的老报人，一对写作超过半个世纪的文学姐妹，还有一位易经大师，曾在大都会博物馆做讲座……唯一一位特别的来客，是在纽约地区挺有名的术士——近于盲的半仙，眇一目，善拆字。这么一说，我的兴趣来了。华美协进社我去过一次，最早是胡适在哥伦比亚大学访学时创办的，至今那里都有他题写的社名，裱成横幅挂在正厅里，斯文在兹。这样的地方，我当然愿意去，所以即刻答应了。

入席以后，周围都是专业人士打扮，老作家们也是衣冠楚楚，看不出谁是半仙。大姐忙着跟大家客套，简单介绍我是国内来的作家，随后就去接待别人。席间我听着周围人热络地说话，这些人跟我基本都是第一次见面，我插不进话，只管吃菜，有点无聊。吃到一半，一个西装革履的中年人走进来，径直走到我身边，问可不可以坐下。那人戴着眼镜，我从侧面看过去，可以看到厚厚镜片内部一圈一圈犹如凝固的涟漪。

我们客气了一番，各自做了自我介绍。他看我的时候，眼球在镜片后凸出，两只眼球各自有不同的焦距。他说话时，一只眼球聚焦对面的人，另一只眼球朝别的方向转动，那样子有点滑稽。除了那双眼睛，他有一种近于悲哀的安静表情。他突然问，你有没有特别想不明白的事。说完这句，好像怕我没听见，又问了一遍。我这才意识到他就是那位半仙。

我支吾地说了两句，也没有说出什么来。这几年发生在自己身边的事，不明白的太多了，无论哪一件都要说上半天，我已经到不加选择，全盘接受的地步，懒得说。半仙听了我的含糊回答，也没有再追问。他好像已经忘记自己的问话，跟旁边一个人聊起一部新电影，从女演员整容说到编剧兼导演的花边新闻，然后又说起最近哪里开的楼盘，最后说到纽约市那位因为给下属发色情自拍照而下台的市长……越说越热闹，大家都抢着说话。

这些新闻我都是第一次听说，我再次被冷落到一边，我倒没有太在乎。举目所见，桌上摆着一瓶清酒，商标是一个巨大的草书汉字。我集中目力去辨认那个笔意飞洒的白底黑字，最后认出那是"魁"。在辨认字时，不知已经过去了多少时间，"魁"字似乎从纸上跳跃出来，站到我的面前。我伸手取了这瓶酒，给自己又倒了一杯，也帮邻座的酒杯满上。这时饭局已经吃到最后一道点心擂沙丸子，一半的人已经离开。包间里开始安静，我听到街上一辆电动车嘀嘀地走过去。那车声，声声入耳，而且带着动感，我仿佛觉得自己就坐在那看不见的摩托后座上，一路颠簸着，摇摇欲坠，驾驶者就是那个中年人。

半仙忽然转头对着我，说你决定啦，就用"魁"哈。

我说是，这次心里没有什么疑问，我开始有点相信半仙的超能力了。好像工厂断电后车床上的磨轮靠着惯性依然在飞转，我心里空空的，一颗热泪从眼角流出，我用手背擦了一下。这样一个时刻，好像命运将被审判，谜底要被揭开一样。中年人低头在一张餐巾纸上写写画画，最后取了一张干净的餐巾纸，郑重写下一行字，对折起来，交给我，让我散席以后出门再看。然后这人喝干面前的酒，跟我们沉默地打了一个招呼，昂然地离开。我把那张餐巾纸放进包里，伸手再倒了一杯酒，喝完了才跟大姐告别。

　　酒的热度烧着我的脸，让我的心突突地跳着。出来以后已经很晚了，地铁离开曼哈顿岛朝布鲁克林开去，经过一段海上的高架桥，窗外的夜色像云一样飘过。我顾不得窗玻璃的肮脏，把脸贴在上面，随着车厢的震动，车外的凉意透过玻璃安抚着我的脸，整个车厢好像在云里飞。

　　回到家里，我取出餐巾纸，打开——上面写的是"鬼灯一线，露出桃花面"。我心里又惊讶又佩服，如梦初醒——《桃花面》是我的成名作，发表以后进了年度排行榜，帮我当选省作协会员。所有的荣誉、名声、奖金，都是这部作品带来的。之后所有的传闻，网上那些隐私的截屏，举报领导的谣言，也因了它而来。随后我丢了民俗处的工作，走投无路，决定移民，最后落脚到这里。如果没有《桃花面》，当然也没有什么荣耀会被人嫉妒，这会儿我极可能依然安安静静地在省城里过自己的小日子，每天上班，下班，写作。想到这里，我的眼泪忍不住流下来。越州和省城，那些事，那些人，恍如隔世。如果不提"桃花面"这三个字，我都几乎将这人生履历上最光荣的里程碑忘记了。

"寂寞泉台，今夜呼君遍。朦胧见，鬼灯一线，露出桃花面。"

或者，这也许仅是那个粗通文墨的江湖术士的把戏，中国文学史上那么多诗词歌赋，随便拿一首来应付，天机不可泄露，也不需要任何解释。我想不明白，但已经慢慢平静下来，给自己泡了一杯茶，打开电视看13台的晚间新闻。新闻头条是长岛直通线上发生重大车祸；第二条是在纽约市议员提议下，纽约市全面改革禁娼法案……电视新闻的画面滚动变化，房间里的光线随之亮丽流动。

我一个人居住，每天打开电视，再无聊的节目都带来许多人间的声音色彩。唯一静止的是柜子顶上的陶俑，她静默地站在那里仿佛微微颔首，举着一只残缺的手，似乎可以一直到永远。

后记

谁能在皇后区过得很好？

20世纪90年代初大学毕业，当时申请出国留学，我没有工作，在家里待业。有次跟母亲聊天，谈到一个熟人阖家移民到纽约——他们变卖了南京家里所有可以变现的资产，"连一个煤球都没剩下"，把一座完全成为空壳的房子留给亲戚，然后举家迁到纽约皇后区的法拉盛，在那里做最底层的体力活，打工攒钱。过了两年他们开了一家装修公司，开工后半年，一个员工从梯子上失足跌成重伤。他们像法拉盛很多小公司一样，为节省费用而不买工伤保险，结果给这家人赔了十万美元的医药费。母亲说到这个走背字的人生故事，一脸平静。突然，她变得忧心忡忡地问，谁能在纽约过得很好？我那时对美国一无所知，被她这么一问很是忐忑，仿佛预感到自己在美国也可能一事无成，人生的污糟凛冽将会在别人的叙述中固定下来。

这个熟人的事，就是《海中白象》的故事原型。

这本小说集素材大多是这么来的，或者社会新闻，或者道听途说，被我的记忆加工，在强迫症一样的耐心打磨下敷衍成篇。比如《四分之一英里》中法拉盛站街女的遭遇来自前几年的《纽约时报》，叙述者移民前在单位的人事纠葛发生在一个朋友身上。《萍聚》中的商业间谍案发生在90年代，轰动一时，两个被告是当时的美国通信巨头在新泽西总部的工程师。这个案子在美国复杂的官司丛林里盘桓纠缠了十年之久。被告中的一个，我还记得是上海人，全家放弃房产，离家出走，人间蒸发；另一个坚持到最后，在苦熬中等来了自己的清白。《潮来》里高中男生自杀事件发生于邻镇，就像小说里写的，让他走上绝路的原因一直都不能确定。《豹》里为怀孕流产而斗气的小夫妻来自我的朋友圈。《烟花冷》的老华侨是我遇到的几个朋友的集合体，而长岛独特的高速公路和海滩，伴着我初到美国的几年，是我对纽约周边风景的最初记忆，喧嚣拥挤的郊区生活与荒凉的海滩是如此之近。这些年随着中国经济突飞猛进，美国的华人社区中的一部分人开始海归，在中美大陆之间来回奔走，《时差》写的就是丈夫海归后的家庭生态；《陀飞轮》和《消失》这两篇虽然是关于钢琴少女的心路历程,但故事的背景也是父亲海归以后留守在美国的单亲家庭的困境。

偶尔听来的他人的故事,会像种子一样落在记忆深处。随着时间的酝酿,在某一个时间点上触发我的写作冲动,在构思和写作以及几十遍的修改后,它们在小说中以陌生的面目呈现出来,有时即便是当事人读了都不能辨认出自己。爱丽丝·门罗说过,事情是复杂的,事中有事,可能性无穷,没有什么是容易的,也没有什么是简单的。我们的记忆总是带着编故事的冲动,讲故事给自己听,也给别人听。人是靠着故事活下去的,不停地修改和讲述构成话语循环。而作者的生命的一小部分,像指纹一样留在了故事里,这就是虚构的魔法,好像《哈利·波特》里的魂器,每一次出手,你在对方的身上留下一点点自己。

而每一次告别,我们都死去一点点。

英文中"白象"指大而无当之物,"海中白象"也沿用了这个说法,我以"海中白象"比喻"移民"这个如今很流行的人生选项,移民他乡极有可能是一个耗费财力的生命的奢侈品,徒然一梦。谁能在皇后区过得很好?

最后要竭诚感谢责任编辑韩晓征女士，她细致尽责的工作，让这本书可以以较为体面的方式呈现。文中若还有任何谬误则尽归于我。

2021 年 7 月 12 日

图书在版编目 (CIP) 数据

海中白象 / （美）凌岚著. —— 北京：北京十月文艺
出版社，2022.1
ISBN 978-7-5302-2192-1

Ⅰ. ①海… Ⅱ. ①凌… Ⅲ. ①中篇小说—小说集—中
国—当代②短篇小说—小说集—中国—当代 Ⅳ.
① I247.7

中国版本图书馆 CIP 数据核字 (2021) 第 198592 号

海中白象
HAIZHONG BAIXIANG
（美）凌岚　著

出　　版　北京出版集团
　　　　　北京十月文艺出版社
地　　址　北京北三环中路 6 号
邮　　编　100120
网　　址　www.bph.com.cn
发　　行　新经典发行有限公司
　　　　　电话（010）68423599
经　　销　新华书店
印　　刷　北京盛通印刷股份有限公司
版　　次　2022 年 1 月第 1 版
　　　　　2022 年 1 月第 1 次印刷
开　　本　787 毫米 ×1092 毫米 1/32
印　　张　11
字　　数　160 千字
书　　号　ISBN 978-7-5302-2192-1
定　　价　59.80 元
质量监督电话　010-58572393
如有印装质量问题，由本社负责调换。